林 中 鹿 鸣

赵光华　著

中国文联出版社

图书在版编目（ＣＩＰ）数据

林中鹿鸣 ／ 赵光华著．-- 北京 ：中国文联出版社，
2022.7

ISBN 978-7-5190-4764-1

Ⅰ．①林… Ⅱ．①赵… Ⅲ．①中篇小说－小说集－中
国－当代②短篇小说－小说集－中国－当代 Ⅳ．
① I247.7

中国版本图书馆 CIP 数据核字（2022）第 047733 号

著　　者　赵光华
责任编辑　蒋爱民　贺　希
责任校对　刘秋燕
装帧设计　谭　锴

出版发行　中国文联出版社有限公司
社　　址　北京市朝阳区农展馆南里 10 号　邮编　100125
电　　话　010-85923025（发行部）　　010-85923091（总编室）
经　　销　全国新华书店等
印　　刷　中煤（北京）印务有限公司

开　　本　880 毫米 ×1230 毫米　　1/32
印　　张　8.5
字　　数　166 千字
版　　次　2022 年 7 月第 1 版第 1 次印刷
定　　价　48.00 元

序

一曲和谐的自然之歌

驻会作家赵光华将短篇小说集即将出版的消息告诉我，我非常高兴，这是他的第一部作品集，也是他驻会期间的一项重要成果。对一名作家来说，第一部作品集的重要性不言而喻，这将会成为他走进文坛的一块奠基石。有了这样一块石头，他的文学之旅才会迈得更加清晰坚实。光华2019年加入中国自然资源作家协会，2020年9月经过公开遴选成为驻会作家，同时也是中国地质大学（北京）首批驻校作家。

光华有近30年的自然资源系统基层工作经历，历任县局办公室副主任、土地整理中心副主任，后又下基层锻炼，在乡镇国土所工作了13年。他热爱文学，工作之余，广泛阅读，从经典文学名著中汲取智慧和营养，同时也提笔创作。无论公务多忙，他都没有放弃自己所热爱的文学事业，并视其为生命中不可或缺的一部分。正是因为有文学创作的基础和自信，所以2020年11月驻会以来，他除了按照分工较好地完成自己的分内工作外，还潜心文学创作，其创作能力和创作水平有了较大的提升，先后在省、市报纸杂志、文学网站发表了 20 余万字作品，其中有几篇在省级文学期刊发表后，产生了一定的影响。2020 年 3 月份，该同志还被确定为自然资源系统文学创作"五二五"工程 50 名领军人物之一。这是他本人勤奋努力的结果，也是中国自然资源作家协会、中国地质大学（北京）实施驻会、驻校作家制度，着力培养文学创作骨干的结果。

光华对我说起他父亲，也曾经发表过不少文学作品，小说发表后又被《小说选刊》《中篇小说选刊》选用。光华在父亲的影响和熏陶下，从小就喜欢上了文学。他父亲现在患病在身，搁笔多年，他特别希望光华能接过自己手中的笔，继续去书写生活。我想这就是我们常说的文学传承吧。

自然资源文化和生态文学，是近年来一个新的文学创作领域，它要求作家要深入农村、厂矿、企业，深入田间地头一线，聚焦基层人物，观察动植物生存状态、倾听山水的声音，感受花草树木的呼吸，写人与自然的关系。

光华这本中短篇小说集，起名为《林中鹿鸣》就是引导读者去关注我们这个星球的阳光、空气和森林。大家可以去想象一下在茂密的大森林里，有一只可爱的梅花鹿和一只鸟儿陪着他的主人去巡山，看护树林的场景。这是本书收录的一部中篇小说的名字。这篇小说，讲述了一名护林员和他的爱情故事。他原是村委会主任，为了致富带领村民砍光了山上的大树，结果遭到大自然无情的报复，一夜之间，洪水淹没了村庄，也带走了他温柔贤惠的妻子和可爱的孩子。他幡然悔悟，就住进了刚刚长成的幼林，成了一名义务护林员。每天带着钢叉，听着鹿脖上的铃铛声和金丝雀的啁啾，去制止破坏森林的人，他像看护孩子一样守护着这片森林，他在森林里遇到一个同样苦命的女人，他们相依为命，继而产生爱情的火花。一场大火正熊熊燃起，并一步一步吞噬着森林，职责所在，他义无反顾地冲进火海，火被及时赶来的消防队员扑灭了，他的伴儿金丝雀被烤熟了，鹿儿铃铛也被人射杀了，他们一起去了另一个世界，只有苦命的女人在森林里寻找她曾经的家……

光华的语言叙事能力较强，小说脉络清晰，主题鲜明，小说写得感人。他通过这个故事，揭示了森林对人类的重要性，大自然无时无刻不在为人类服务，可是人类却无视它们的存在，只有失去了才懂得珍贵，这是该篇小说要传递给读者的信息。

光华有多年的基层工作阅历，他熟悉农村和乡亲们的生活，他的作品通过巧妙的构思，多重视角，多维度反映天地间人与自然的故事。给我印象深刻的还有小说《爱是你我》，该小说叙述了一个在脱贫攻坚战中发生的故事。一个年轻人，遭遇了家庭的变故，经历了人生的悲欢离合，但他坚守初心、痴心不改。他扎根基层，把自己蹲点村的精准帮扶工作搞得有声有色，但是他刚直不阿的性格和个别基层干部的利己主义、形式主义发生冲突。故事所反映的问题是客观存在的，作者无意揭露或者鞭挞，只有正视这些问题并加以改正，我们的各项工作才能不偏离正确的轨道。小说主人公、扶贫干部薛华用生命捍卫了他做人的尊严，一场车祸夺去了他的生命，但是黄河岸边的柳家堡的贫困户永远记住了他，他化作天空一片洁白的云朵，和他日夜惦记的柳家堡村民同在。这个短篇构思巧妙，矛盾不断冲突、升级，结尾让人泪目，该篇小说语言朴实，描写生动，故事接地气，是较好的农村题材小说。

红色题材小说《卖针的男人》，这个题目一看就吸引人的眼球，男人怎么会去卖针？这篇小说成功塑造了一个共产党地下情报员"斜眼老马"的形象，他以卖针做掩护，从事情报工作，直到解放后上级任命他为县长，群众才明白原来如此。该小说动作描写细腻逼真，悬念跌宕起伏，尤其是"斜眼老马"在警察局表演他的拿手绝活"耍针"，让读者有身临其境的感觉。该篇小说只有 6000 多字，短小精悍，结构紧凑。可见一个短篇小说，有一个亮点就足矣。

小说《敲门的人》通过动作、外表、心理等多种描写方法和表现手法把一个夕阳老人晚年的寂寞、无聊和对爱情的追求表现得淋漓尽致，他在等待能敲开他心门的人，然而每次敲门进来的人都让他失望，小说开篇就渲染了一个寡居老人孤独与悲凉的生活环境、通过对往事的回忆展现了一个曾经高傲的知识分子形象。这篇小说主题戳中现实，令人深思。人都会老去，希望子女们能关心老人的精神生活，而不只是吃喝穿戴，也希望全社会都能包容老年人，从人性的角度去关爱他们，让他们优雅地老去。

这本集子收入了光华同志近年来创作的 14 个中短篇小说，不能说篇篇都是精品。他的小说还是存在一些问题的，比如语言驾驭能力还不够强，有些叙述过于格式化，小说的切入点不够准确，在表现手法上略显单一，反映主题思想过于直白，小说整体美感有待增强，希望光华同志在以后的小说创作中引起注意。

光华这本小说集《林中鹿鸣》入选中国地质大学（北京）文学创作中心重点文学创作扶持项目，希望驻会（校）作家们继续努力，创作出更多更好的以"山水林田湖草沙"为主题的文学作品。

中国自然资源作家协会主席

陈国栋

2021 年 8 月

目　录

女儿像爹　　　　　　　　　1

天上飞的是什么　　　　　　24

敲门的人　　　　　　　　　37

情理中的意外　　　　　　　55

归来泪满巾　　　　　　　　72

误　会　　　　　　　　　　97

老店、石牌坊和观音庙　　　101

金榜题名　　　　　　　　　114

头　疼　　　　　　　　　　117

月光宝盒　　　　　　　　　120

仗剑天涯　　　　　　　　　124

叫爷爷也不行　　　　　　　149

跟着感觉奔跑　　　　　　　158

刘老官的春天　　　　　　　179

卖针的男人　　　　　　　　191

林中鹿鸣　　　　　　　　　204

人生第一次（后记）　　　　258

女儿像爹

一

农村的流水宴席上，台面上一波波的吃客走马灯似的轮换。桌子底下，几条狗为了免费午餐硝烟再起。钢蛋和李富贵为了争一块肥得流油的鸡腿互相撕咬，吃客们忘记了手中挥舞的筷子，老人忘记了往塑料袋子里面装菜，众人都期待两条狗一触即发的大战，猜想谁是最后的赢家。

"胖霞的这条黑狗能赢，它膘肥体壮，不达目的誓不罢休。"

"英子的富贵能赢，它虽然瘦，但是身影矫健，攻击力强。"

"你看，钢蛋咬住富贵的耳朵了。"

"快看，富贵动作敏捷，已经占上风，鸡腿已经到嘴边了。"

正在吃席的胖霞看到钢蛋处于下风了，上前朝李富贵的肚子狠狠踢了一脚，李富贵赶紧放下鸡腿，发出凄惨的叫声。

"谁家的狗，好像八辈子没有吃过肉！"胖霞说得满嘴流油，鱿鱼丝从嘴里喷出来。

"胖霞，你说谁呢，你有几个臭钱，狗仗人势，人仗狗势，沆瀣一气，狼狈为奸，蛇鼠同窝，没有一个好东西。"英子把从老公嘴里学来的词全用上了，骂得解气，骂得文化，又不失身份。

大家停止了吃饭，像在看一场名角大戏上演，人群中有笑声，起哄声，孩子哭声，跑堂的吆喝声，厨子炒菜颠勺声，各种声响嘈杂搅和在一起，不绝于耳。

鼓风机吹得炉膛里蓝焰呼呼往上蹿，胖厨师纳闷，怎么都不吃菜了，他用毛巾擦了一把汗，嚷嚷道："狗咬狗有什么好看的，上菜，上菜……"

几条狗在厨师脚下穿梭，狗们眼睛紧盯着厨子手里的勺子，巴望有一块肉从勺子里掉到地上。他们摆好了百米冲刺的架势，只等发令枪响起，嘴里发出威胁同伴的呜呜声。

看到李富贵耷拉着脑袋，英子怒火中烧，李富贵你是吃白饭的吗？我养你有什么用？你必须战胜他们，替咱们穷人出口气。李富贵眼神有些迷离，有些忧虑，他看着英子发怒变形的脸，望着同样耷拉着脑袋的阿成和瘸子，心情沉重得像压着十万大山。

可是现在李富贵被阉了，这个重磅新闻像长了翅膀扑棱棱乱飞。英子租住的院子飘着血腥和青霉素药水搅和在一起的气味。

李富贵不明白最亲的人为什么会下如此毒手，抽走他身体里最宝贵的东西，让他雄风不再，更无脸面对众狗。

英勇善战的阿成不见了，温柔可人的小丽拂袖而去。唯有无家可归的流浪儿瘸子还鞍前马后，每天蹲坐在英子家门口，英子偶尔慈悲心泛滥，扔给它半个馒头或者一块馊肉。

泡桐树上叶子嫩绿，喇叭花还没有吹奏成春天的调子，春风就摇醒了大地，到处生机勃发，美好的时光里，却发生了这样一个令人震惊的事情，让李富贵有了赴死的念头。

当初，李富贵是"英派"掌门人，英姿飒爽，威风凛凛。经过无数场战斗，它所向披靡，这一片地上所有有主的、无主的狗都向他俯首称臣。他能稳坐头把交椅，不只是靠打打杀杀，李富贵不仅骁勇善战更善于以智谋取胜。他先招安了阿成做"英派"的先锋官。然后收留了奄奄一息的瘸子，它一条腿被车轧断后，昏昏沉沉如日暮西山。它记不清什么时候被一群穿制服的人用铁夹子钳住了头，扔进大卡车，流落至此。它经常为一顿丰盛的晚餐忘记自己曾经是一条有尊严的宠物狗，李富贵每次将英子奖赏给他的美食，分给瘸子一星半点，瘸子因此感激涕零。每次和"霞派"战斗，瘸子都充当参谋的角色，它按照李富贵排兵布阵发号施令；阿成听到冲锋的命令，便奋不顾身，置生死于度外。群里其他众狗按照"军师"瘸子的分工各司其职。"英派"还专门收留了几条个头小、叫声大的泰迪，在阿成披挂上阵，或者在战斗中士气低落的时候，在瘸子的引领下众狗扯开嗓子狂吠，好比阵前抢擂响战鼓。战斗进入胶着状态时的铜锣，鼓舞士兵形成猛虎下山、摧枯拉朽的气势，达到瓦解敌军气势之目的。"英派"取得决定性胜利的时候，这帮小喽啰一哄而上，打扫战场，烘托胜利的气氛。

这片小区住着城市边缘的人，或者说是一群怀揣梦想来城市淘金的人。低矮破旧的鸽子楼斑斑驳驳，到处是拥挤的人，条件好的可以合租一个小院子。小生意人每天早出晚归。年轻的、有力气的干工地活，来钱快，除了养家糊口还略有盈余；年龄大的，腿脚不灵便的做"再生资源回收利用"，偶尔里应外合弄点工地的废品去卖，这些工作一般在夜幕掩护下进行，像老鼠和猫一样与城管周旋。小区内临街搭建的发廊门面装修得亮丽妖娆，粉红色的荧光灯像一个徐娘半老、浓妆艳抹女人的媚眼，大胆而肆意地勾引着。晚上理发的人比白天多。大家住在一起，相互熟悉了，心照不宣，谁做什么事也都心知肚明，大家帮衬着，抬着日子往前走，该吃吃该喝喝，鬼才知道能不能看到明天新鲜的太阳升起。英子流落至此，确有不甘，但也无奈。她曾经是纺织厂一朵娇艳的玫瑰，老公也是大学毕业的金疙瘩，不管怎么说他们曾经也是端国家饭碗的人，是农村人羡慕的双职工。只是，唉！怎么说呢，落架的凤凰呗。企业倒闭，工人师傅不再鲜艳了，但气质不能丢。英子打心眼儿瞧不起周围林林总总的这些人，她相信他们家一定会咸鱼翻身。于是，英子拼死拼活也得培养个优秀的接班人。儿子没出息，早早停了学，商海扑腾了几年，差点被淹死。女儿还算争气，初中、高中一路下来，好像万里长征，砸钱补课、拼死拼活挤进了大学门，本科毕业考研搁浅，找不下关系，没有好工作。女儿这会儿又说要出国读研，这让英子一家陷入了两难，如何抉择？人生就是赌博，一半是海水一半是火焰，如果一步踏错，可能就是另外一种结局。英子和丈夫卖掉城市里唯一的房产，才凑齐女儿留学费用。就这样，一家子被迫蜗居在这阴暗潮湿的农宅里。人活着不能被别人瞧不起，她这一辈子是没有活出个样子，就算勒紧裤带也要让女儿为全家长脸，哪怕受再大的委屈，吃再大的苦都不足挂齿。在这些人面前提起女儿，英子不由自主地扬起眉梢，话语中夹带着模糊的英语单词，好像刚下从外国飞回来的航班，身上还沾着湿漉漉的洋气。尽管她已经囊中羞涩，捉襟见肘，但是外表依然光鲜，经常在这些乡下人面前招摇。英子穿戴非常讲究，她认为好马配好鞍，有一身名牌加持让她信心满满。英子老公每天围着领导转，春夏秋冬还是要添置一两身装门面的衣服。尽管他贴身秋裤裤裆已经烂了一个大大的洞，走起路，洞里经常刮起凉飕飕的风。

李富贵四条腿被固定在一个血迹斑斑的木架子上，动弹不得，他想叫两声，又觉得是徒劳，麻醉针药效抽走了意识，失去知觉前，李富贵突然想起了妈妈，不知道妈妈还好吗？她老人家又生了几窝崽子？兄弟姊妹是否也忍受着和他一样的痛苦？

一个兼职做兽医的乡间郎中用刀片划开了李富贵的皮肤，他叼着烟，烟头的火时隐时现，空气中弥漫着烟味，空气死一般的寂静，烟灰掉在地上都能听到响声。

英子坐在诊所病号椅子上，手机视频传出十分夸张的笑声，她也抿嘴偷笑，笑声震落了药架上的灰尘。

李富贵变得萎靡不振，几天来不吃不喝，身体里的微妙变化让他羞于出门，眼光忧郁且充满悲愤。他不想再看英子的脸，眼睛直愣愣地盯着前方。耳朵屏蔽英子发出的任何信息。他不再像以前那样期盼英子回家了。路边鲜艳的花朵，天空美丽的云彩开始失去了颜色。在李富贵眼里，英子成了一个贪婪无知的动物，而他却变成一个郁郁寡欢的男人。绚烂的朝霞蒙上了阴影，夕阳被鲜血染红，世界失去了原来的模样。"英派"成员四分五裂，小丽的眼神飘忽不定，其他成员也都若即若离。只剩下他，身孤影单，步履蹒跚，行走在杂草丛生的土路边。伤口还隐隐作痛，他想卧下来稍歇片刻，只见一道白光由远而近，强光刺疼他的眼，他警觉地站起来，看到机车轰鸣，绝尘而去。城市的灯火在身后，像海市蜃楼，越来越远，越来越虚幻。

李富贵想，当初还不是为了给你英子挣面子，我才率领"英派"众狗，血雨腥风，付出了惨重的代价战胜了"霞派"。"霞派"众狗营养丰富，力气大，底气足，虾兵蟹将多。"霞派"首领是被胖霞称呼为"铁蛋"和"钢蛋"的两只黑色棕熊狗，它们每天摇着肥胖的身躯和狮子一样的头，在胖霞跟前摇头晃脑，狐假虎威。他们喽啰了一批同样缺吃少穿的流浪狗，组成一个团伙。钢、铁二蛋把守胖霞废品收购站的前后门。胖霞和她男人经营废品收购，生意红火，租用的场地紧邻大路，每天下午装满废品的三轮车和衣衫不整的人鱼贯进出，隔三岔五有大卡车来拉走成捆的旧货。胖霞臃肿的身体被衣服勒成几部分，像端午节绳子捆绑蒸熟的粽子。她脖子上拴一条拇指粗的金链子，手腕上的玉镯被污染变了成色。冬天一件黑色貂皮大衣让她远远看去像一条藏獒，夏天她T恤领口总是很低，肩带明晃晃地耀眼。她把肥胖表现得异常性感，她的媚笑能把各色各样送货的男人逗得心花怒放、欲罢不能。这些男人在肆意的玩笑声中得到满足。但这两只狗，让这些男人瞬间疲软下来，收起家伙滚蛋。胖霞自诩是杨贵妃的后裔，只是转世投错了胎，耽误了时辰才没有托生到名门。胖霞凭她一张巧若弹簧的嘴和两条狗把生意做得风生水起。

废品收购站的伙食好，"霞派"众狗们个个膀大腰圆，钢蛋和铁蛋每天呼哧呼哧地跑，狗随人性，它们会从胖霞说话语速和口气轻重揣摩主人的心情，是疯摇尾巴还是退避三舍。

英子每天回家，路过废品收购点，胖霞假惺惺的问候中总是带着趾高气扬。她有意在男人面前撒娇，这恩爱秀得让英子浑身发麻。钢蛋和铁蛋猛扑着，对着英子一通毫无章法的乱叫，胖霞满脸堆笑的呵斥声倒不如说是对狗的鼓励。

英子觉得她家实在需要养一只公狗了，养一只狼狗好比家里添了一个男人，请回一尊保护神。下岗后她经常出去打零工，早出晚归，好几次被歹徒尾随，让她心有余悸，每次她都想身后如果有一个威风凛凛的肌肉男做保镖多好。

英子丈夫是个书生，唯唯诺诺半辈子。瘦弱的身体好像天生营养不良，架着一副金边眼镜，背着一个斜挎包，里面是笔记本、钥匙、手机、通讯录、零钱等等。毕业分配到这个事业单位，从小职员做起，现在成了老职员，他希望别人叫他某某长，但是这个愿望一直没有实现。领导换了一茬又一茬，他年年进后备干部名单，每次总是竹篮打水，他甚至想辞职。领导安慰说要相信组织，组织一定不会亏待老实人。每次梦想快要破灭的时候，领导适时的阳光雨露滋润又让他的希望重新燃起，如此循环往复，他的脾气被磨得如同头发稀少的前额，越来越光亮了。

早上六点起床，洗漱完毕，他要在家里的大镜子前照一会儿，看看哪里还不整洁，衣服有没有脏污，裤子拉链拉上了没有，或者，凌乱的头发需要整理一下。上班路过早餐点，胡乱往嘴里倒点食物。七点半准时到单位，先把领导办公室打扫一遍，然后是整理公文，对照昨晚下班前在黑板上写的备忘录，把今天要办的事分轻重缓急梳理一遍，领导进办公室前要做好今天的行程安排，做各种准备。他的主要工作是每天为领导弄些无关痛痒的材料，然后是伺候领导的吃喝拉撒，稍不留意，就会被训斥，他如惊弓之鸟，整天如履薄冰、提心吊胆，生怕出了纰漏，希望再次被扎破，前程毁于一旦。

英子越来越觉得，她男人好恓惶，好无奈。他有时候在家里莫名其妙地发火，英子能理解，也不去计较。老公每天把自己累得像一条狗，一条听话的狗，一条被阉割后温顺的雄性金毛狗。让英子庆幸的是，慢慢长大的李富贵给家里增添了雄性荷尔蒙气息。英子走夜路不再害怕了，英子柔软无趣的日子变得阳刚并充满色彩。

应该说英子是被李富贵的容貌迷惑了，刚出满月的狗崽，煞是可爱，一身黑毛油光发亮，两耳尖竖，眼神懵懂。几个姊妹还在妈妈身下拱奶、嬉闹。妈妈疲惫地曲卧着，面无表情地看着即将天各一方的孩子，她记不清这是第几窝崽子了，也不知道狗崽儿的爹在哪里。每次每只公狗一阵欢愉后，就逃之夭夭，如空气般消失得无影无踪。

李富贵是这窝狗崽儿里唯一的雄性，在众姐妹面前，妈妈总是偏爱他，也数他最闹腾，世界在他眼里一切都新鲜而好奇，他总是从旮旮旯旯里钻进钻出，灰头土脸，一身窘相。妈妈也不凶他，把饱胀的奶头第一个塞进他嗷嗷待哺的嘴里。他吃饱了，四脚朝上，睡相恣意妖娆、阳光灿烂，他经常被自己的梦笑醒。

星期天的宠物市场人头攒动。英子蹲下身，仔细扒拉开挤在一起的狗崽，一手抓起李富贵，李富贵被拽得生疼，嘴里发出怒吼，本能地挣扎着。狗妈妈扑上前不停地舔着李富贵，低声地哀嚎着，眼边的毛已经被泪水浸湿了一大片。

高铁缩短了时空的距离，让思念不再遥远。小城曾经辉煌的火车站，一夜间"门前冷落车马稀"。一天只剩一列绿皮客车慢慢腾腾地通过，火车站东边小广场，自发形成了一条马路市场，以宠物交易为主。市场入口处一个卖古董物件的摊位特别明显，摊位老板是一个40多岁的中年男人，鼻子上架一副土财主标配的圆边眼镜，左手腕戴着几串木质手链，右胳膊腕有一块不走字的北京牌老款手表。他躺在椅子上半眯着眼，晒着暖洋洋的太阳，手里摆弄着两只文玩核桃。他像一个垂钓人，撑起鱼竿耐心地等待大鱼上钩。地摊上的旧物件琳琅满目，马灯、生锈的铜钱、旧书旧报、唱片等杂乱无章地摆放。今天是周末天气晴好，狗市上的人越来越多，卖狗的买狗的，闲溜达的老头老太太，拿糖葫芦的儿童，各种叫卖声通过小喇叭扩音，此起彼伏，聒噪而杂乱。路边树下拴着一只公牧羊犬德牧，这当口正围着一只白色的萨摩耶转。它小叫了几声，算是招呼又像是在勾引，萨摩耶走过去径直把屁股朝向德牧，德牧两只前腿腾空而起，这架势如老鹰捉小鸡。随着有节奏的晃动，萨摩耶半推半就愉快地叫起来，德牧喘着粗气嘴角流出哈喇子。卖古董的男子此时眼镜已经摘下，他同样口水直流，忘了有人在问旧书价钱。老头老太太面无表情地看着两条狗表演，小姑娘们撞见这尴尬的场面，瞥一眼，红着脸急忙躲开。英子瞥了一眼正在快活的狗竟然也产生了快感，这场面激发了她许久没有的冲动。

这是李富贵兄弟姊妹和母亲相处最后的日子，也许今生不会再见。狗笼里，有的狗崽子上蹿下跳，急切地想逃脱牢笼的束缚，眼光急切地注视着过往的路人，希望有人将他带出笼子，重获自由；有的安静地窝在那里，半眯着眼养精蓄锐，一副天塌下来管我何事的神态；一只好动的狗在把玩同伴的尾巴。真是儿童不知离别愁，狗妈妈一双湿漉漉的眼睛木然地注视着孩子们，一次次骨肉离别的痛苦让她麻木。狗崽们为主人换回花花绿绿的钞票，狗妈妈跃起前爪搭在即将离开的狗崽儿身上，不停地闻着的孩子，嘴里发出让人心碎的哀嚎。一个养狗的小姑娘抱起这个，摸摸那个，似有百般不舍。在金钱面前人类什么都可以交易，何况是畜生。

一阵讨价还价后，李富贵被英子以三百元的价钱买走了。

李富贵没有吃狗粮的命，剩饭剩菜也让他茁壮成长，青春勃发。他随了英子的性格，高傲、冷酷、爱憎分明、嫉恶如仇如江湖大侠。

这一片小区的狗自然被聚拢在"英派"和"霞派"麾下。两群狗经常追逐、约架。黄昏后，黎明前，听见急切的群狗狂吠，一定是正在上演一场刀光剑影的武侠剧。

李富贵作为主帅，沉着冷静，指挥有方，阿成英勇善战，舍生忘死。瘸子足智多谋，"英派"成员为了尊严而战，无奈势单力薄，寡不敌众，总是败下阵来，铩羽而归。"霞派"的钢蛋、铁蛋力大无穷，狗多势重，恃强凌弱。胖霞后勤保障好，营养足，众狗为了丰盛的餐食冲锋陷阵。

李富贵觉得英子变了，变得虚伪、争强好胜。她原来可是个漂亮优雅的女人啊。虽然快五十岁了，皮肤不像年轻时那么平展紧致，但是身材保持得相当好，前凸后翘。虽然是下岗工人，但是她气质高雅、不卑不亢，人前办事说话落落大方。一身名牌衬托出不凡的气质。英子每天花费很长时间在大镜子前，一头秀发变换着各种状态，有时会高高地绾起，有时如瀑布下泄顺滑到肩上，每次出门前要试穿衣服，穿上脱下多次，蜗居的斗室虽然简陋，但是里里外外被她收拾得一尘不染。从前英子回来，脚步声还很远，李富贵就按捺不住兴奋。前爪在门上扣划，尾巴像是安装了电动马达快速摇动。英子开锁进门，李富贵急切地扑上去，轻咬她的手和裤腿，等待主人的爱抚，像久别重逢的亲人。欢声笑语从院子里飞出。英子抱起那时候还年幼的李富贵，抚摸他柔软的鬃毛，院子里被他弄得一片狼藉，英子的责备声软绵绵的，像冬天午后的阳光。

女儿出国前，一家人亲密的气氛被李富贵融洽得如一湖春水，女儿大了，和父母交流的话题少了。随着李富贵的到来，女儿的欢笑声鲜亮起来，溢出围墙，电波一样在小区上空飘，女儿和妈妈耳鬓厮磨有说不完关于李富贵的悄悄话，英子和老公的生活也被李富贵调剂得风吹杨柳，一切烦恼都被抛到九霄云外。

傍晚，小路上有李富贵和英子一前一后的影子，彼此不脱离对方的视线，英子一声呼唤，李富贵立马会出现在身边。早晨，乡间道路行人稀少，李富贵在草丛或者树林里奔跑、撒欢。晚上，散步的人会向这只大狼狗和他的主人行注目礼。这一刻英子觉得十分满足。调皮的李富贵也挑逗过路人，小美女被吓得花容失色，胆大的会摸摸头，抱抱它，李富贵很享受这欢愉的时光。

二

这场血战在夏日黄昏后还是不可避免地发生了。

李富贵和阿成、瘸子带领"英派"众狗在天边的一抹血色残阳里，走出了一道悲壮。有壮士一去不复返的悲凉，也有不打胜仗绝不收兵的决心。熟悉的道路，熟悉的场景，无名野狗也在为他们送行。树林里静悄悄的，如黎明前的大地。李富贵知道，眼前已经没有退路了，只有孤注一掷，拼尽全力，殊死搏斗，用一场凯旋报答英子的养育之恩。

军师瘸子这个妙计让李富贵佩服得五体投地，集中优势兵力，各个击破。在废品收购点最忙的当口发起进攻，先把钢蛋引出来，然后群起而攻之，将其歼灭，削弱"霞派"的战斗力，然后等铁蛋增援，把铁蛋引入提前设伏的包围圈，打一场漂亮的伏击战。阿成去废品收购站门口叫阵的时候，胖霞正在和一个大卡车司机暧昧地嬉笑，铁蛋忙着监视胖霞老公，给女主人通风报信，钢蛋听到阿成叫阵后，提枪披挂，飞奔而来，阿成虚晃几招，把钢蛋引进"英派"提前埋伏的地方，"英派"众狗势不可挡，顿时淹没了钢蛋。阿成一口咬住钢蛋的腿，李富贵如饿虎扑食将其摁倒，并咬住脖子。钢蛋已严重损伤，在众狗面前，钢蛋毫无还手之力，也无心恋战，就凭着块头大，拼命挣脱，用凄惨嚎叫声发出求救信号。铁蛋闻声而动，带着"霞派"大队人马赶来救援，"英派"集中优势兵力，攻击铁蛋，李富贵半只耳朵被铁蛋咬掉了，阿成关键时刻咬住了铁蛋的两颗蛋蛋，拼命往后拖，几只狗撕咬在一起，尘土飞扬，鲜血飞溅。铁蛋终于招架不住，夹着尾巴逃跑了。李富贵半只耳朵不见了，阿成喘着粗气，瘸子领着"英派"众喽啰一阵狂吠，欢庆胜利，也为失败者送行。

李富贵带着部队雄赳赳地回到英子家，鸟唱起欢歌，风吹泡桐，喇叭花绽放，凯旋的曲子奏响。李富贵虽然严重负伤，但他没有半点哀鸣，胜利是麻醉药，可以冲淡疼痛，他的眼睛闪烁着光芒，笃定地望着前方，稳稳地蹲在英子家门前的葡萄架下，像得胜的将军等待表彰，其他众狗们一字排开，接受英子检阅。

英子早就听到了群狗的叫声，她相信李富贵一定会不负众望，一定会为她出这口恶气，我让你胖霞再神气，不就是有几个臭钱吗？你张扬什么？有钱就能盛气凌人吗？当初你如果能低调些，哪有今天的下场。英子心跳加速，血液涌向全身每个地方，脸涨得通红，一种久违的快感在她周身发酵，持续不退。

英子出门把提前准备的几块骨头分给几位功臣，论功行赏。负责摇旗呐喊的小兵，也得到了几块新鲜馒头。

我要犒劳你们，得胜的将士们！英子满血复活，她要将这个捷报告诉老公和远在国外的女儿，她要让周围的住户都为这个胜利的消息而欢欣鼓舞。李富贵耳朵上滴出的血映红了她的膨胀变形的脸。

英子再路过废品收购站时，胖霞说话明显和气多了，假笑仍堆在脸上，眼睛快眯成了一条缝了，英子刚走出不远，就听到胖霞说了一句，"哼，走着瞧！"

英子脑海出现了幻觉，她想象胖霞发怒变形的脸，训斥着钢蛋和铁蛋。胖霞在和老公吵架，甚至还动了手，胖霞正被老公拧住了耳朵，疼得嗷嗷叫，英子开心地笑了起来。

一场阴谋正在酝酿着，空气被战前紧张的氛围笼罩，天空中阴云密布，雷声由远及近。

这天晚上，发生了可怕的一幕，让英子胆战心惊。李富贵像是被鬼魂附身，不再听英子口令，鬼使神差、疯狂地冲向马路对面，正好一辆小汽车醉鬼一样驶来，一阵揪心刺耳的刹车声传出。幸好躲闪及时，不然李富贵就命丧黄泉，变成狗肉饼了。

朋友告诫英子，你再出去遛狗，必须用绳子牵着，因为李富贵已经成年了，只要闻到发情期母狗的气味，会不惜一切代价去追求爱情。

"霞派"队伍里，补充了兵员，胖霞每天细心地投喂，她在实施一项计划，为报一箭之仇。

铁蛋成了瘸子。钢蛋慢慢恢复了元气，英子路过，他们依旧狂吠，胖霞还是假惺惺地问候，她的问话充满了不屑，出于礼貌，英子也会轻轻地还她一个微笑，这个笑恰到好处，仿佛两军主帅在打一场看似和风细雨的心理战。

英子觉得奇怪了，这群狗好像休战了，气氛异常诡谲。狗们见面后，也只是互相闻闻，优雅地问候。也罢，和平相处有什么不好的。为什么总是要打打杀杀？人过好人生，狗过好狗生。人是平等的，狗也没有高低贵贱之分，大家以诚相待。不管你富有，还是贫穷，都是一粒尘埃，一样享受阳光空气。有葱葱的树林，娇艳的鲜花，这个世界多么美好！为什么要尔虞我诈，为什么要钩心斗角，为什么要互相攀比？许多年以后，谁还记得谁？

人生老病死，狗看家护院，日出日落，刮风下雨，冬去春来，如此多好！

铁链子羁绊不住李富贵追求爱情的执念，在家门口他和一只母狗粘连在一起。听到叫声，英子赶忙出去，尴尬的画面一直持续，让她脸红。大家束手无策，英子老公抡起一根木棍试图打开爱在一起的苦命鸳鸯。

英子既气愤又心疼。李富贵也觉得做了错事，耷拉着脑袋，一只剩下一半的耳朵不对称地竖着，特别显眼。它不敢正视英子犀利的目光，嘴里发出低沉的呜呜声，好像在央求英子原谅。

又是一个黄昏，天空阴云密布，狂风四起，空气中弥漫着呛人的尘土味道，一场大雨随时会倾盆而下。"霞派"众狗毫无征兆地在英子门前骂阵，李富贵由于恋上了母狗小丽，战斗力大减，他瞒着英子和小丽约会过几次了，小丽让他初尝雄性的快乐。他不想再打打杀杀了，他想解散"英派"，退隐江湖，带着小丽策马扬鞭，纵情天涯。

"你是风儿我是沙，缠缠绵绵走天涯。"李富贵是个情种。

李富贵想，和小丽要生一窝窝狗崽子，他不会卖掉任何一只。一家子其乐融融，然后他要占领一座小山包，做狗大王，再娶几房狗太太，朝朝有酒，夜夜笙歌，岂不美哉，快哉！小丽如果争宠，就把她加封为正宫娘娘，让她管理后宫佳丽三千。那段日子，他每天混混沌沌地做着美梦。

英子在骂他，李富贵，你怎么肥了？人家都欺负到门口了，你这是要挂免战牌吗？

李富贵走出屋门，一眼就认出了小丽，小丽竟然在对方阵营里叫骂？怎么回事？昨天小丽还和他缠缠绵绵鱼儿离不开水？昨晚它还主动投怀送抱，百般温存，让李富贵激情一次次燃烧。

李富贵恍然大悟，小丽是卧底。难道小丽是"霞派"几个月来潜心培养的温柔杀手？李富贵头大了，他分明是中了胖霞精心设计的"美狗计"了。李富贵悔恨不已，他的一世英名就要毁于一旦了。

面对钢蛋、铁蛋放肆地叫骂，面对"霞派"众狗们嘲笑的眼神，李富贵只有背水一战了，风刮得山摇地动，雨点子带着腥气铺天盖地落下来，李富贵披挂上阵，他身心疲惫，双腿无力，好像踩在棉花上，神勇不再。阿成也没有当年那个冲劲了，"英派"被打得丢盔卸甲，一片狼藉。李富贵被"霞派"众狗蹂躏，钢蛋、铁蛋张开了血盆大口。恍惚中，李富贵又想起了妈妈，妈妈啊，你在哪里？妈妈，我想你！如果永远在你身边多好，如果我不被英子买走，如果我不遇到小丽，如果我是一个人……

奄奄一息的李富贵倒在血泊中，在飘泼而下的大雨中，世界一片灰蒙蒙的，众狗已经散去，昏迷前，他记得雨中还有一只狗没有撤离，那是小丽。

小丽舔着他的伤口，嘴里呜咽着，像是在解释什么，小丽一遍遍呼唤着李富贵的名字，要把他从死神手里拉回。

李富贵只剩下那半只耳朵还在人世间，他的灵魂在空中飘着，他仿佛听到小丽说过的绵绵情话，他们仿佛又开始在田野里追逐，小丽又温柔地躺卧在草丛中，等待着李富贵激情迸发，她回头温柔地叫着，眼神里是幸福，是爱恋，是憧憬！

三

大雨戛然而止，一切恢复了宁静，英子走出家门，眼里噙着泪水，她叹了一口气。她要厚葬李富贵，李富贵陪了她两年多了，陪她度过了一段难忘的日子，鲜活的记忆从英子脑海里蹦出来，在地上跳舞。

李富贵命大，一息尚存，像大海狂风巨浪中的一条小船看到了灯塔。

英子不再遛他了，生怕再起祸端。李富贵慢慢恢复了，变得越来越威猛，一使劲就能挣脱铁链子，尤其是看见母狗的时候爆发力更强。英子再没有带他走过熟悉的小路。英子经常对李富贵说，我希望你永远是个孩子，永远做个人见人爱的小宠物。英子回忆起李富贵曾经清澈见底的眼睛。她要阻挡李富贵去寻找母狗小丽，小丽是奸细啊，李富贵你难道好坏不分，被爱情冲昏了头脑？当初买你回来只希望能保护我，给我带来欢乐。女儿长大了，又远在异国他乡，将来总有一天要离她而去，老公命运不济，整天唉声叹气，英子有些话只能说给李富贵听，她的烦恼只能对李富贵倾诉，她的母爱可以得到释放。她不能再失去这个虽然不会说话但心若明镜的孩子。

朋友说，要让李富贵长久地陪伴你，只有一个办法，就是给他做绝育手术。

英子从没有考虑过这个问题。不管怎么讲，她都不能残忍地剥夺一只公狗追求爱的权利，那样李富贵不就成了太监。走路就会扭捏起来。叫声一定也不雄壮了，不会像勇士一样格斗了。钢蛋、铁蛋一定会卷土重来，还有胖霞，就会永远蔑视她。

英子老公说，我不同意做手术，如果把我阉了，你是什么感受？

英子随口说了一句，你没阉和阉了有差别吗？英子觉得自己说错了话，她揭开了自己男人最后的一点虚伪。

英子老公手有点发抖，他想把手中的杯子砸向英子，以维护男人的尊严，当他看到英子犀利、真实的目光时，转眼又把头龟缩回自己的身体。

英子老公累得像狗一样，却换不回来媳妇一点尊重和关爱。他知道不管是金钱还是身体，他没有给老婆安全和满足，他在怀疑自己是不是真的被阉割了。

现在为什么男人不像男人，女人不像女人。女人都被培养成了汉子。电视上，那么多男不男，女不女的演员风光无限，英子老公突然想起贵妃醉酒时的妩媚，他突然想变成了一个衣袂飘飘的女子，躺在君王怀里如娇艳的牡丹。

"一骑红尘妃子笑，无人知是荔枝来。"英子老公产生了幻觉，好像吸食了毒品。

一天，英子老公神秘地说，单位"一把手"要出事了。英子说，那个相貌堂堂的男人左右逢源，上头也有关系，怎么会出事呢？莫不是人家没有提拔你，你忌恨人家？英子老公说，我说的是真的，凭我的直觉。瞬间，英子觉得她面前坐着的不是人，而是一只嗅觉异常灵敏的警犬。

果然，那位信誓旦旦廉洁的局长，被纪委请了进去，英子老公去看守所探望时，局长头发全白，一把鼻涕一把泪，瞬间苍老成一道秋风。

李富贵不顾英子劝阻接二连三和小丽幽会，英子对他彻底失望了。骂李富贵不知廉耻。为什么一次次犯错。难道爱情比生命更重要？

胖霞最近也出事了，她老公带着一个年轻漂亮身材姣好的女人私奔了，胖霞从此虚软成一团面。再无心和英子明争暗斗了，废品收购站生意也一落千丈，胖霞每天以泪洗面，脸更肿了，眼睛只剩一条缝隙。"英派"和"霞派"的众狗都偃旗息鼓、改恶从善了，江湖不再风起云涌。胖霞无心去喂狗，钢蛋离家出走了，铁蛋被拴着，锁在铁笼子里，偶尔几声毫无力气的叫声才能换来续命的食物。

胖霞再见英子，就成了惺惺相惜的好姐妹。胖霞开始哭诉男人的无情，骂男人的虚伪，废品收购站是她辛苦经营的，如今发达了，挣钱了，忘恩负义的男人却卷钱跑路。也怪我这张不争气的嘴啊，把自己吃得跟猪似的。胖霞也是一把鼻涕一把泪的，英子也陪着落泪。

"英子，我不该认为我比你有钱就小看你，不该嫉妒你的美丽，我不该在你面前秀恩爱，其实我和老公已经分居多年了，我知道他外面有女人，我睁只眼闭只眼，只要他不离开我，由着他，他只要给我们的婚姻留一点阳光就好，我难道连要一点面子也过分吗？英子妹，你比我漂亮，女儿也优秀，家里至少还有一个男人陪着你。"

"胖霞，我虽然有男人，但我的男人和女人差不多，我不该虚伪，我穿的名牌衣服全是高仿的地摊货，为了挣面子，硬把女儿送出国，我是自讨苦吃啊，我们每天虚伪地活着，真不如一只狗。"

英子说出了埋藏在心里的话，这些话憋在她心里许久，都快腐烂变质生虫子了。此刻，两个女人的心一起跳动，像两块非常同步钟表的指针。

胖霞拼命地吃，她要把悲愤吃进肚子，她说他男人还不如铁蛋，至少铁蛋还在她身边，偶尔还会摇几下尾巴。

胖霞干脆放了铁蛋，任由它去。没多久，铁蛋把钢蛋引回来了。两只狗又招兵买马，拉起旧部。阿成彻底离开了"英派"，它没有加入"霞派"的队伍，有人看见它去流浪了。瘸子潜入一家饭店偷吃时被打断了另外一条腿，聪明一世的瘸子不知道现在到处都是监控，让它无处遁形。母狗小丽做了钢蛋和铁蛋的情人，她被钢蛋、铁蛋随时宠幸，有时候也把她当作"鸽子"放出去。但是，此时的李富贵身体里已无昨日阳刚，他目光耷拉着，一副生无可恋的样子。

李富贵拖着臃肿的身躯，扭扭捏捏地走在熟悉的小路上，旁边的出租屋内，猜拳行令的声音高涨，魅惑的理发室内依旧传来暧昧的笑声。废品收购站内胖霞的呼噜声连过路的人都能听到，她被医生诊断为高度糖尿病患者。

四

夜晚，风很冷，月儿高高地挂在天空，李富贵逃离了英子的家，凭着儿时的记忆，他在辨识回老家的路，他要去看母亲最后一眼。也许英子初衷是好的，想让他长久地陪伴，但李富贵觉得这样窝囊地活着，不如现在就死去，早死早托生，也许下辈子能当一回真正的男人。

李富贵逃离了城市，带着对世界的无限眷恋和满腔悲愤，带着对小丽的一往情深，一头扑进路边稻田的淤泥里。恍惚间他听见蛙声四起，悲泣的哭声连成一片。

胖霞停了废品收购站的生意，把她那两亩多地全部开垦出来，种上了向日葵，还有月季、薄荷、三叶草、葫芦等。她说，她好像远离了城市，回到了农村，有阳光雨露滋润，她的病会慢慢好起来的，她要减肥，把肥胖的身体削成一道闪电。也许那个挨千刀的男人就会回心转意，回到她身边。

钢蛋、铁蛋一统江湖，安营扎寨，呼风唤雨，成了废品收购站真正的主人。

进入了腊月，母狗小丽在英子门口的土崖边刨了一个窝，在第一场雪飘落的时候，它生下一窝狗崽儿后就神秘地消失了，公狗崽儿一个个被捉走了，剩下一只母的，没有人领养，寒号鸟一样哀鸣，英子毕竟是女人，心肠软，母性泛滥，看不得可怜相，便收养了它。

这个狗崽儿长得越来越像李富贵，俗话说女儿像爹，英子说这话一点不假。

天上飞的是什么

天上飞的是什么，鸟儿还是云朵？

柔美的女声和着舒缓的旋律从老杜的智能手机上萦萦绕绕地飘出来，穿过他日渐稀疏的头发，在病房四壁上来回碰撞，病房的门紧闭着，声音一点都逃不出去。

现在的作词家是怎么了？瞪着铜铃般的大眼，竟然看不清天上飞的是什么，傻傻地分不清鸟儿和云朵，是视力出现了问题，还是因为雾霾遮挡了眼睛？

晴天的云朵像放大无数倍的棉花，一团一团，被风撕扯成各种奇怪的图案，没有白云的点缀，天空显得更加蔚蓝清澈。只有在暴雨来临之前的云才是乌泱泱的、怒吼着，带着闪电，像一个张开血盆大口的魔兽，吞噬阻挡它的一切。等到一场大雨淋漓尽致地落下来，它的情绪得到了宣泄，又恢复到温柔淑静。

几只鸟儿飞得很低，利箭一样从林间射出来，直冲云霄。它们大概是着急去赴一场盛宴，或者是为一场约会，或许是为巢中嗷嗷待哺的孩子觅食。遥远的从前，鸟一定是为了躲避骚扰，才学会飞翔，离开地面，不与猿人比肩，不与野兽为伍。飞上蓝天，和白云做伴。

词作家竟然连鸟儿和云朵也分不清！老杜蹙起了眉头，心中涌出一种莫名的悲哀，连漂亮的女护士走进病房都没有察觉。女护士麻利地换了药液，几瓶液体已无声地进入他的血管，这些药就像一群勇士们在他的身体内与病毒进行了殊死搏斗，当勇士们战胜了敌人，老杜的脸色就有了血色，反之，他就萎靡得像秋后的茄子。他真想一口气把几瓶液体全灌进身体，像当初在部队喝酒那样痛快。他对护士说，能不能让救命的液体滴得再快些。女护士说，你不要命了。

老杜心里着急，赶紧输完，拔下针头，他要走出病房，一探究竟，看看天上到底飞的是什么。

刚退休那阵子，他像一匹退伍的战马，又或者是一头耕耘半辈子的老牛，不习惯脑袋空空，无所事事。他从不去公园和那些老头老太太为伍，不想听他们唠叨家长里短，生活八卦。他不停地整理头脑里的碎片记忆，有些故事太遥远了，在大脑里零乱地存放着，只有不停地去整理拂拭，记忆中的人和事才能明亮起来，鲜活生动起来。他努力地翻腾、晾晒，一些往事才不会丢失，一幅画、一首歌、一个人就是一个线头头，能牵出一串一串的往事。

他从不认为自己会得绝症，也不知道病魔正一点点偷走他的健康，直到一天他晕倒在派出所，被救护车呜啦啦送进医院。战场上的冷枪、令人恐惧的地雷，一次次和死神擦肩而过，他都挺了过来，难道这次要死在医院的床上？只是刚退休就住进了医院，日复一日的白色液体踩着节奏滴进他的身体，他才觉得这病好像不是什么头疼发热。手术需要签字，女儿才趴到病床前，涕泪交加，她似乎良心发现了，这才把父亲从记忆里打捞上来。他没有埋怨过女儿，他觉得女儿是他记忆里的名词，是一个陌生又熟悉的物品。女儿最需要父爱的时候，他在部队，部队正在前线。女儿说，人家爸爸是天上的太阳，而她的爸爸连星星也不是。女儿说她儿时的记忆中只有母亲，童年的天空只有月亮。他欠下的债今生永远也还不清了，世界上最亲密的两个女人，一个是天空，一个是小鸟。有些事情一旦错过就无法弥补。老婆说她是不被阳光照耀的花朵，默默盛开，无声凋谢。她决定要离开他的时候，他也没有丝毫怨恨，倒是如释重负，老婆青春的水分被他耗干了，女人的青春短暂，转眼就到了深秋。老杜一直认为她是好人，是个称职的妻子和母亲。女儿长大了，心灵的阴霾逐渐散去，她成了一座架在父母中间的桥，一条勤奋的、不停洄游两地的鱼。女儿说，"是妈妈让我来医院照顾你的"，她说爸爸是个好人。他眼眶有点模糊，这半辈子从部队到公安局，习惯独来独往，一个人思考，衣食住行自己打理，孤独好像是冰层下的河水，悄无声息地流淌，他没有时间去品咂人生，生活过得狼吞虎咽。每次走进家门就像住进旅馆一样陌生。

病房外传来高跟鞋敲击地板的声音，一股香水味道灵敏地钻进他的鼻孔，这是老杜多年练就的警犬一样的嗅觉。病房里的青霉素味道被香水味道遮盖住了。

"叔叔，我是您战友的女儿，我从南方来，父亲专门委托我来看您。"面前这个姑娘年龄和女儿相仿，老杜看了几秒钟，就认出她是老班长的女儿，她脸上父亲的影子太明显了。老班长在战场上救过他的命。

"爸爸吵着要来看您，可他刚做了手术，有一个弹片在他身体隐藏 30 多年，已经成了他身体的一部分，他年龄大了，本来行动不便，我妈妈非要他去做手术，说是医疗费实报实销。结果取出了弹片，反而站不起来了。"

老杜记得那个弹片，如果不是老班长用身体压住了他，这个弹片早让他的骨头都化成灰了。

老杜在侦察班里年龄最小，执行任务的时候，老班长总带着他。那年夏天，战争进入胶着状态，由于没有得到撤退命令，部队仍坚守山头。在湿热的环境中，士兵得了一种怪病，身上溃烂。得知当地一种草药效果非常好，侦察班负责采药分送到阵地上各连队，那时大规模的战斗已经结束，偶尔还有冷枪冷炮从旮旯里射出，当他们满载而归，兴高采烈把最后一筐草药送到某高地山洞的时候，"轰"的一声，一枚炮弹在不远处爆炸，老班长扑过来，把他压在身下，他受了轻伤，老班长下半身血肉模糊。

战场硝烟间歇，水牛依旧在田里耕作，戴着斗笠的当地农民并不害怕。因为他们知道，中国军人不会朝他们放枪。白云在天空悠闲地走，鸟儿急匆匆地飞过，这鸟不叫麻雀，是南方的雨燕，鸟们大概不明白人类为什么要兵戎相见。老杜那时候还是小伙子，眼睛能看清好远的地方，能分辨出天空飞过的是什么鸟儿，能猜出云朵里有没有雨。

战争结束了，好多战友长眠在那块陌生的土地上，一座座坟茔矗立在山坡的花丛中，他们的名字被镌刻在烈士陵园里的纪念碑上。老杜回到了家乡，成了一名警察，他凭着一串串军功奖章，被任命为县公安局副局长。

没有了炮火硝烟，可他觉得自己还是一名兵，他分管刑侦工作，经常会面对锋利的刀口和穷凶极恶的暴徒，求生和躲避惩罚的欲望让他们对警察恨之入骨。和平年代的人还习惯使用糖衣炮弹来拖警察下水。这些温柔的陷阱对老杜来说没有任何作用。他的目光犀利如剑，让犯罪分子胆战心惊，连破大案要案，得到上级嘉奖。那时候，媳妇和女儿经常受到威胁。媳妇说，"跟着你过的什么日子，没有花前月下也罢，好歹给我们母女一个安生的日子。"他没有去解释，也不会说好话，只能静静地听着妻子的抱怨。

黄河流过黄土高原，汾河和渭河加入，变得更加雄壮起来，它怒吼着，把厚厚的黄土切开两半。碰到中条山后，温顺地贴着大地向东流去。秦晋，虽是两个省，但是自古以来，河水连起了两岸的乡亲，河西渔船上吼出的黄河号子河东的人对答如流，河东的妹子嫁给河西的汉子。几十米深的沟壑下，是一望无际的河滩，河滩上有葳蕤的蒲草，蒲草丛里是大鸟的家。河两岸的乡亲，一样的装扮，男人白羊肚毛巾裹头，黝黑的腱子肉在阳光下闪闪发光，女人们一色清布花衫子对襟袄，河风在滩里的人脸上刻下一道道沟，好像岁月的褶皱。他们用一样的语言交流，笑着，哭着，恋爱着，怨恨着。太阳爬上东山，月亮躲进西沟，日复一日。

初春，船上隆隆的机器声唤醒了河水，鱼群顺水从上游下来，撒网、收网。河东的女人望着沉甸甸的鱼篓子说，明年可以给娃娶媳妇了。河西的男人说，我女娃还小不到嫁人的时候呢。迎亲的唢呐让男人笑了，女人哭了。小两口能在河滩上种上几十亩高粱，日子就会变得浓稠起来，亮堂起来。

秋汛过后，恣意的河水被束缚了，失去了威风。河滩驾岭上，腾出了几百亩嫩滩地，深红色的土地被太阳火辣辣地照射，土地便被烤熟，地瓜一样的颜色，透着诱人的香味。两个村村民开始零星播种、收获。在两个村村民眼里这块土地肥沃得往外冒油，好像会长出黄灿灿的金子。河东、河西的村民都虎视眈眈，好像从这片滩地上照见了青砖大瓦房，照见了坐在花轿里的新娘。

等到河东、河西两村居民剑拔弩张的时候，夕阳被染成了血色，黄河上听不到粗犷的号子声了，满滩是手持铁锹、锄头和无数双喷着火的眼睛，只要一点火星星，河滩就会燃起大火，一场大战在孕育，一触即发。

老杜被派往一线做工作，领导交代不平息事件，决不收兵。河东、河西分别属于山西省和陕西省，地方官员各为其民，互不相让，官司打到了京城。

老杜说，黑就是黑，白就是白，对就是对，错就是错，该是谁家的地，就是谁家的，这块地在黄河主航道线西侧，理应是河西村的。上级却要求各打五十大板，平分滩地。他极不情愿地按照上级要求做群众工作，穿梭在黄河两岸，两个村村民寸土不让。在一个傍晚时分，空旷的河滩，终于发生了一场械斗，铁器碰撞声、叫骂声此起彼伏，有人倒在血泊中。当政府官员赶到后，两村均出现死伤情况。傍晚，河滩的夕阳落进一片血色中，夜晚的西北风呼啸着，县长下了死命令，不允许再出现械斗。老杜带着警察彻夜坚守在河滩，防止出现更大的情况。

老杜身为公安局副局长，没有尽职尽责，没有积极化解矛盾，有不可推卸的责任。在众多领导面前，他没有申辩，只觉得身上的老伤隐隐作痛。他的副局长职务毫无悬念被免了，下放到城区派出所任所长。

病房外有人高声喧哗，病房门"吱呀"一声被推开，一股风涌进来，是老杜非常熟悉又久违的气息。"老杜啊，乡亲们听说你病了，就委托我来看看你。这是我家鱼塘里养的鱼，还有地里的山药。"进来一位老人，手里拎着一个红色塑料桶，几条鱼在活蹦乱跳，和一捆刚挖出的还带着泥土的山药。

这个人叫赵栓牢，是河西村的前任老书记。那年老杜去处理河滩纠纷的时候在他家住过一个月。因为河滩地打架事件，他也坐了一年监狱。后来逢年过节，他总要来老杜家，老杜总是留他在家住一宿，在街上小馆子喝上一瓶，他喝酒不要菜，有一盘花生米就够了，喝多了，一些乡间趣事就被他嘴巴嗒得活色生香。

住院半年多了，同病房的人走马灯似的换了一批又一批，他却像钉子一样揳进了医院。每天下午，他习惯在医院后边的草坪上坐坐，浏览手机新闻推送的新鲜事，听着夸张的笑声。他惬意地看天上飞过的云朵和鸟儿，幻想着自己也能变成一只鸟儿，和清风为伴自由自在地翱翔，在白云的怀抱里撒娇。他渐渐领会那首歌词作者的本意了。

看守医院的门房是一对老年夫妻，那个女人的眼神和老杜眼神撞在一起的时候，她显得有些慌乱。老杜突然想起过去的一个案子，难道是她？

派出所民警抓回一对在树林里野合的人，人带回来，老杜觉得蹊跷，男人看上去 60 多岁，穿着一件黄色迷彩服上衣，过长的头发直直地竖在头顶，好像好久没有洗过，裤子上的油渍斑点被尘土清晰起来，他目光痴呆又坚定地看着前方，没有丝毫胆怯。女人 50 多岁，头一直低着，短头发明显有染过的痕迹，两只手捻着衣角，腿不停发抖。老杜说："一对老不正经的，办事也不找个地方，光天化日，朗朗乾坤啊，你们怎么就……"

"我们不是那个的。"那女人抬起头鼓起勇气说了一句。

"你们是什么关系？不是金钱买卖？"

"不是，不是……"女人抬起头，脸涨得通红，眼里充满委屈。

"我是寡妇，丈夫在工地上干活死了，我去工地讨债，被留在工地上做饭，不然他们不给工钱，他和我是一个村的，一辈子没有娶过老婆，我们现在搭着伴，我的孩子们不同意我和他在一起，所以我没有回去，一起在工地打工，工地上都是集体宿舍，他说快中秋节了，今晚的月亮好圆像一个月饼，我说像月饼也不能吃。他拉着我出去走走，不知道怎么就走进了小树林，他和我亲热，我喊出了声，结果，就这样了。"

老杜带他们在街上吃了饭，晚上留他们在所长办公室住了一夜。第二天，两个人说了很多感谢的话。按说这事就算过去了，老杜觉得也在情理中，可是这事就传到局长那里，局长说："老杜，以后要注意形象，公安局不是收容所，办事要有原则。"

一定是她，是这个看门的女人。不然每次看到他，她总是怯怯的眼神，再后来他们都心知肚明了，她隔三岔五还来病房帮老杜洗点衣服，有时候熬点小米粥给老杜送到病房来。

老杜手里拿着一张汇款单，是来自四川巴中的一万元，汇款单上用途是还债。老杜在记忆堆里深刨了半天还是没有想起和四川巴中有什么牵连。

老杜被免去了城区派出所所长职务是因为另外一个案件。在外人眼中这个案件是他触犯了原则问题，也成了压垮他婚姻的最后一棵稻草，却让他一直感到很憋屈。

公安局在一次治安清查行动中，抓获几名按摩女，有点脸面的都交了罚款被人领走了，只留下一个相貌平常的姑娘。这姑娘说她是四川人，父亲残疾，母亲跟外地人跑了，一个弟弟上高中，她刚出道半年，挣到的钱都寄回家了。她说话时一直在抹泪，不停地抽泣。老杜的眉头拧成了疙瘩，他见不得人流泪，尤其是女人，眼前这个长相并不漂亮的姑娘，让他想到了女儿，本来应该是上学的年龄，怎么会是这样！姑娘见老杜半天没有反应，终于说话了，叔叔，你行行好吧，不然，不然……你要了我，抵缴罚款。她拉起了办公室的窗帘，褪去外衣靠向老杜，正在愣神的老杜还没回过神来，姑娘已经坐到他腿上，就要褪去身上的衣物。老杜猛地站起来，一把推开他，一个巴掌打在她脸上，她捂着脸瘫倒在沙发上。你放尊重点，这里是派出所，我是人民警察。老杜的眼睛喷着火，女孩子大声地哭了起来，声音透过窗户的空隙，满院子都是。有几个警察冲了进来，看到这尴尬的场面，知趣地退了出去。

老杜从兜里掏出一沓钱，放到桌子上说，拿钱去交罚款，剩余的钱买张车票，回家去吧！那女孩止住了哭，疑惑地望着老杜，她不相信眼前这一幕是真的。

忽然，那姑娘冲向老杜，在老杜眉宇间留下了一个火红的唇印，拿起钱，跑出了办公室。

这个唇印，仿佛是刻在老杜脸上的一道疤痕，擦拭不去，这个唇印让老杜的事业和名声滑到了最低谷，事情闹得沸沸扬扬，故事被编得很惊艳，通过无数张嘴，被演绎得活灵活现。老杜成了恶魔、色鬼，人民警察中的败类。

这张来自四川巴中的汇款单，让老杜模糊的记忆又清晰起来。

他主动向局长要求去刘家河。刘家河派出所是全县最偏远的山区乡镇所，离县城有 80 多公里，全镇被茂密的树林环抱，有许多珍稀的动植物资源。这个派出所全年没有大案子，都是鸡毛蒜皮的事，经常有城里人开车来这里旅游野炊，工作重点在护林防火和打击捕杀野生动物上，所长空缺了一年多了，老杜说这里的星星比城里的亮，鸟儿比城里多，鸟叫得动听，云朵很低，就在树林间缠绕，草丛中的露水一天都不会褪去。老杜开始以所为家，整天在大山里几个村庄穿梭，很少回县城了。

　　老婆向法院提出了离婚申请。老婆对他说："你也太实在了，人家官是越做越大，你是越做越小，人家都往城里调，你却自愿去最边远的地方。过去女儿在身边，还好点。现在女儿上大学了，剩下我独守寂寞，身边连个说话的人都没有，这些我都能忍受。可是你出了这等风流韵事小县城人人皆知，让我这个人民教师颜面丢尽，我怎么面对老师和学生？"

　　其实他俩都知道婚姻早就名存实亡了，只是没有戳破最后一层面纱而已。

　　女儿最终原谅了父亲，她隔几天来医院看他，这让老杜感觉到欣慰。他没有奢求女儿会日日夜夜陪在他病床前，他身体上的痛别人也无法承担，老杜觉得一辈子很骄傲，他的人生不是失败的，他始终活的是自己，真实的、原汁原味的自己。

　　天刚蒙蒙亮，老杜披衣下床。他脑子里很乱，老是做梦，梦见好多奇奇怪怪的事，梦见太阳跌入深渊，山里一片黑暗，溪水快要断流了，森林在鸣咽。松鼠跳到他头顶瞪着他，说他听不懂的话。几个村子，几条路，几道梁都在梦里延伸，他变成了刘家河村口古庙里的佛，变成庙前那棵遮天蔽日的大皂角树。

时间在他胡思乱想中溜走了。护士的表情越来越凝重，他能感觉到女儿脸上装出来的僵硬的微笑。

两个学生模样的姑娘走进了病房，浑身疲惫的样子，好像是走了一夜的山路。她们说是一路打听来的，妈妈让他们一定来看看杜伯伯。老杜隐隐约约记着刘家河村有一个每天上山采药的女人和她的一双双胞胎女儿，女儿长大了，需要出山上学，老杜那年在村里驻点，他鼓励两个女儿好好上学，费用他负担。

杜伯伯，这些药材是我妈亲自从山里采的，她舍不得卖，让我们一定带给您治病，您一定要好好看病，我们明年就毕业了，工作挣到钱，一定买好东西给你吃。两个姑娘说着话，晶莹的泪花在眼里闪烁。

老杜怎么也想不起来山里的事情了，记忆如山里的云雾一样缥缈。

他一会儿清醒，一会儿糊涂，他对女儿说梦见黄河滩如血的残阳里一只大鸟驾着白云来看他了。他的葬礼上黑压压的人群，数不清的头颅。刘家河庙里的神仙带着众多小鬼打着灯笼，咧着嘴笑。

昔日老战友、同事，还有许多陌生的乡亲都来探望他，他的病房每天门庭若市，温暖的话溢满了病房。

病房外一道白光闪过，他突然睁大了眼睛。"给爸爸看看，天上飞的是什么，是鸟儿还是云朵？我眼睛浑浊，分不清了。"女儿打开窗户，清新的空气涌进来，迅速充满了病房，阳光射进来，在白色的床单上跳舞。

"爸爸，天上什么也没有啊。"女儿环顾四周搜寻。忽然，女儿惊叫起来，她发现一只大鸟驾着七彩祥云从空中飞过。

"爸爸快看，是鸟儿，一只大鸟，天空真有一只大鸟往西边飞去。"女儿回头再看时，爸爸面带笑容，慈祥地闭上了眼睛。

敲门的人

咚咚咚……咚咚咚……

73 岁的范老师在猜敲门的人是谁?

他住的这栋单元楼在一个工厂破旧的生活区内。因为是一楼,经常有人敲门,问路的、推销商品的,还有依着各种借口打探家里虚实的。范老师每次都急切地去开门,生怕让敲门的人等久了。就这么一个凌乱邋遢的家,自从老伴云走后就没有女人收拾过,茶几上摆着没有清洗的碗碟,用来冲奶粉的玻璃缸子壁上挂着厚厚的油腻,烟灰缸里的烟蒂堆积如山、指甲剪刀、牙签、掏耳勺横七竖八地躺着。他的工资由儿子打理,他不知道工资具体数目,每月到他手里的只有一千元生活费。老范想,来的都是客人,来敲门的人起码是一个个鲜活的人,他可以和这些活蹦乱跳的人拌些闲话。看电视只能被动地接收信息,央视四套的节目被他锁定了,他甚至能背下节目单。整点是《中国新闻》,七点三十分是《海峡两岸》,晚饭时候是《乡愁栏目》。他最喜欢的节目是《中国文艺》,节目主持人叫小孟,穿着朴素大方很亲和接地气,不像其他女主播那么华丽妖艳。小孟微黄的肤色，说话如乐器演奏般悦耳动听，当一些经典歌曲被满头银发的老歌唱家唱起时，老范也跟着穿越回过去，歌词和旋律听起来还是那么熟悉。每次看这个节目他心里总会一阵阵酸楚，黑红的脸上呈现出哭泣的表情，但是这种表情随着注意力的转移而消失。他没有眼泪流出来，或者说泪腺已经枯竭，只有脸上的表情凸显他心情的起伏。儿子注意到他这种状况已经很久了，儿子怀疑父亲得了抑郁症，他说儿子，你才阿尔茨海默病呢。儿子总是寻些开心的话题和他聊，他脸上的表情马上多云转晴了，这样的情绪在老范心里春夏秋冬交替变换。

"咚咚"又有人敲门了。

如果敲门声是两声暂停几秒，再敲两声，这样循环往复，肯定是儿子来了；如果是连续不断的敲门声，那是门口饭店的老板娘，她的敲门声，那么随意，那么蛮横；如果是轻轻的、略带胆怯的敲门声，那一定是推销商品的。但今天这个敲门声有点特别，老范没有猜出是谁，他觉得此刻这个敲门声里有一点温柔，还有一点阳光。

老范不想让这个敲门者失望，也不想让自己失望。他先应了一声，然后起身。起身需要两分钟，必须借着惯性，好像跳远运动员起跳前的助跑，最后他才能费力地站起来，从沙发走到门口最少要用半分钟，有时候他站起来到开门时间会长些，敲门人等不及就离开了。这类人是做推销的，所以敲门没有那么执着。有时老范打开门看不到人会很失望，一个人孤独地站在门口发呆，然后极不情愿地关上门，回到已经被他坐得塌陷下去的沙发上。今天这个敲门声有点特别，老范想一定不能让敲门者失望着离开。门打开了，一个20多岁的学生模样的女孩子，穿着白色衬衣，一步裙包着丰满的臀，是标准的推销员打扮。她吃力地背着比她体重还要重的包，额前的刘海已经被汗水浸湿，挂在眼前。由于背包的重力作用，小姑娘的胸被衣服紧紧地束着，突兀地映进老范的眼睛，她胸前的牌子左右摇晃。她上下打量着这个颤颤巍巍的老头，眼神立马松懈了下来，她介绍说这款洗发水能生发，同样品牌的东西在百货大楼里卖得很贵。爷爷，给您留几瓶免费试用吧。老范糊里糊涂留下几个大小不一装饰精美的盒子，漂亮的女生说完要走，老范说，姑娘不着急，喝口水吧！姑娘坐下来，眼光上下左右巡视了一遍屋子，问奶奶呢？说走了。问去哪里了？说下去了。下去了？姑娘愣了一会儿才反应过来，刚才正襟危坐的双腿放松地交叉起来，准备靠后身体松垮着跌进沙发，她被吓了一跳。休息片刻，喝了一杯水后，她说爷爷我走了，钱下次再来拿。老范从50多岁开始头发就日渐稀少，现在只剩下头一圈还有几缕，乱糟糟的像树上的鸟窝。老范想这些试用品应该先让儿子试试。他才40岁出头，也不知道是遗传还是营养过剩，头发早早就"地方支持中央"了。

门外又传来敲门声，声音温柔且充满青春气息。老范听出来了，一定还是那个推销洗发水的姑娘。她进屋没有等老范让座，就主人般窝进沙发。今天她没有背那个大背包，穿着随意，一件领口很低的文化 T 恤，红色的肩带若隐若现。姑娘问爷爷，"我那东西好用吗？"他说，"好用，好用。你看我的头顶都长出新发了，还是黑的呢。"姑娘说，"我是大学生，家里经济条件不好，暑假勤工俭学。大爷您是个挺好的人，一个人住也不容易，我给您成本价，您得帮我宣传宣传。"老范把那个月的生活费全部给了女孩。姑娘临走的时候给了他一个大大的拥抱，老范的身体像触电一样被突然年轻了一下。老范想他一定是做了一件大好事。他宁肯每天吃咸菜，也要资助这个女大学生。他为这个壮举感到骄傲和自豪。屋里几天都弥漫着姑娘身上的香水味，他希望屋门再次被这个女孩青春地敲起。这个单元里就他是退休干部，每个月有四千多元退休金，屋门总会经常被人敲响，楼口是个菜市场，菜市场打饼子摊位媳妇也每天敲门，她每天供应老范饼子夹肉，肉总是肥腻腻的，她说老人牙口不好，肥肉好消化吸收。饭店胖圆身材的媳妇，每天拖着胸前两块肉在老范面前晃来晃去。她的敲门声很恣肆，也很家常。问老范今天吃什么面？汤面、炒面还是油泼面？老范比较了那个卖化妆品的姑娘和打饼子的，还有卖面的老板娘的敲门声，真是有天壤之别。饭店胖媳妇爱逗范老师，范老师也把他的故事一遍一遍讲给她听。

　　吃面的时候老范会突然冒出几句让大家冷不防的话题。今天面里蒜太少，油泼面里的蒜末要用木杵捣出来的才好吃，不能用刀切，我老婆在世的时候捣出的蒜泥那才叫好。老范的老婆叫云，不知道是秋天的五彩祥云还是夏天雨前浓密的黑云。村里人都叫她云嫂，他称呼她就一个字，他们 1968 年结的婚。当时他还是民办老师，被母亲领着去相亲，他还记得当时和云第一次见面时的情景，她脑后扎着两条那个年代的标准辫子，辫子不长不短，刚好到胸前。上身一件合体的红蓝相间粗布罩子衫，一条火一样红的围巾，绑在脖子上，微微凸起的胸随着说话起起伏伏，她浑身没有雪花膏的香气，却散发着浓浓的大蒜味道。她说了一句话老范到现在还记得，"你敢空口吃大蒜吗？我敢"。说完她从上衣口袋掏出几瓣剥了皮的大蒜放到嘴里，吃糖似的咀嚼、吞咽，没有被辛辣的表情露出来，眼睛也没有被辣得流泪。老范用诧异的眼光看着她的表演，有点犹豫这门婚事了。他觉得和她好像不是一条河里的鱼。回家后他说，"娘，我不愿意她"。娘说"为啥？这么好的姑娘，我看她屁股大，过了门一定能生一串串娃娃。她是你老老舅家妗子的外甥女，虽然没有念过几年书，但是勤快，是生产队里的劳动模范，满屋子都贴着她的奖状咧！她不像是那种疯疯癫癫的女人"。他拗不过母亲，也不想叫母亲伤心。因为母亲和他相依为命受了半辈子苦。老范生父是一名军人，也不知道当时是哪条船上的人。拜完堂，和母亲睡了一晚后就急匆匆地消失了，从此就杳无音信，母亲再也没有见过丈夫。老范是个没有爹的孩子。解放后村长送来政府公函，说他爹战死了。在哪里死的？为谁死的？怎么死的？这个谜大概一辈子都弄不清了。只可怜了母亲忍受那个家族的白眼和非难。母亲走投无路带着老范净身出户，没有带走夫家一分钱财产。他们母子暂住在地主谭家的马房里，解放后谭家被革命了，所有财产都分给贫下中农了，谭家人基本上都被斗死了，只剩下地主小老婆一个人守着空空如也的院子。老范曾经发誓这辈子不能再让老娘伤心，所以就允了这门亲事，和这个敢空口吃蒜的女人结了婚。从此他的生活无时无刻不充斥着大蒜的味道。云喜欢泡在厨房，手擀面薄厚均匀，下锅煮到八成，用笊篱捞出来，盛到盆里过一遍凉水，然后撒上蒜末、葱花和香菜，再倒上辣椒面，用冒着烟气的热油往上一泼，"嘶嘶啦啦"香味能飘到几里外，左右邻居家的孩子口水流得满地都是。老范几个孩子嘴里的蒜香味道让他们骄傲，那个年代能吃上一碗油泼面是奢侈的，全家乐得像过年。

她应了母亲的话，六年内不停歇地为老范生了三个儿子，一个和另一个相差不到两岁，老大过了百天就怀上老二，那时候老范被调到30里外的一所中学教语文课，每周六才能回家和老婆相聚，30岁的青春，精力旺盛，不到周六老范就迫不及待了，他虽然讨厌满嘴蒜味的她，但是毕竟只有她能让老范的青春释放。老范说你克制一下，周六晚上就别吃蒜了。说是说，他还是抵着浓郁的蒜味和云度过了数不清的银河之夜。

生产队的活她从不挑拣，她是"工分"大王。秋天午后的田野里燥热无比，一丝风也没有，她拉着满满小平车农家肥，送到二里外的田里，农村道路坑坑洼洼，汗水湿透了她的衣衫。其他妇女一个上午跑两趟，她跑三趟。掰完玉米，用镰刀杀秆，叶子刀一样划着胳膊，她干完自己的活还帮别人干，好像浑身有使不完的劲。周六下午学校放假，老范火急火燎地骑着自行车飞到地里，车子还没有扎稳，队里几个调皮捣蛋的小伙子开起了他们的玩笑，"云嫂子，留点力气，晚上好伺候范老师，大哥足足攒了一礼拜的公粮啊"。她红彤彤的脸映红了夕阳。

说老范积攒公粮，那一点不假。30岁的小伙年轻嘟当的，浑身有使不完的劲哦。"天快快黑呀，孩子睡着了没有？"他问。她说，"没呢，猴急什么。"老范说，"把孩子送咱妈屋去，老汉我等不及了。"煤油灯下她越发显得好看。

老范喜欢文学，在学校，除了给娃娃们上课，就爬格子，他笔下的土地是那么丰腴，田野里数不清的野花，大山里猎人打狍子，门前小河边的狗尾巴草，村里放羊的老汉和河边洗衣服的姑娘，他一遍遍地抄写，一次一次把梦想播种，每完成一篇稿子他都亲自骑车子送到县文化馆去，来回一百多里路披星戴月。有时候当天还要赶到地区报社，这样一天骑自行车三四百里的路，也是稀松平常。看着散发油墨香的报纸上他的名字变成铅字，他常常自我陶醉，他的文学梦已经插上了翅膀，就要起飞了。

午睡醒来，天气如果暖和，老范就去工厂生活区外边空旷的地方，看看远方的青山和挂在西边的太阳，阳光透过楼房空隙照过来，影影绰绰。路旁电线杆子突兀地站立，电线像乐曲的五线谱，麻雀在电线上来回飞舞像跳动的音符。夕阳铺满老范铜色的脸。他坐在石台阶上点燃一根烟，除了烟从嘴里吐出，他身体一动不动像一株多年的老盆景。他不喜欢钻进叽叽喳喳的老头老太太群中凑话题，他们反复描述着老得像古董一样的过往，像反刍的动物一样咀嚼到索然无味才停止。夕阳落尽，路上匆忙行走的路人鱼贯而入。老范续燃了一根烟，直到夕阳熄灭了他手中的火，他才起身回家。该是央视四套的整点新闻了，新闻过后是《海峡两岸》，今天是谁主持？桑晨还是李红？

　　五年前，相伴 50 多年的云飘走了，她去了天国。最后几年她得了小脑萎缩症，近乎痴呆，把老范也折磨得不成样子，大儿子、三儿子在外地工作，只有老二和他住同一个城市，老二只有礼拜天过来看看，带些无关痛痒的问候，买一些快餐食品。云走路跌跌撞撞，不能利索地说话和做家务了。他每天不能离开云的视线，云看不到他的影子，便会喋喋不休地骂几个时辰。他刚退休那几年，思维还敏捷，每天健步锻炼，偶尔还能写写小文。找几个老哥们杀几盘象棋，退休生活大抵都是这个样子。他喜欢到处游走，去能力所及的远方。最能让他心情放松的就是一望无际的黄河滩了。久违的母亲河，熟悉的涛声，还有秋天满滩的芦苇，苇絮随风到处飘。太阳慢慢从西边下沉然后没入河水，这时候的阳光温柔得让人想去亲近。黄河滩有老范青春的记忆。这些像碑上的字一样刻在他的脑海里。四月，桃花春汛从河套地区一路奔袭，黄河里的鲤鱼无名地多起来，老范也和滩民一道去黄河里摸鱼，或者干脆用竹篮框鱼，心狠的鱼贩子在河水平缓的地方下网子，傍晚下的网子，天明收网满是挣扎得筋疲力尽的锦鲤，那时候能闻到鱼腥味，能吃到鱼是多么快乐的事。暑假他带着学生下河滩，让学生们尽情去疯，男孩子身上脱得只剩下他娘缝的三角棉布裤衩，他们像鱼儿一样在水面上下翻飞，男学生打水仗，在女生围观下谁都不肯服输。比赛一个猛子扎进水里谁憋气时间长，游得远。男生们任由午后火辣辣的太阳把皮肤晒黑，女生们都钻进河边杨树林，河滩的风不停地抚弄少年勃发的心。十五六岁的女孩子情窦初开，她们害羞地躲开男生光溜的身体，去扯些花草，编个花篮或者草帽戴在头上，脸上露出的笑容像河滩的野花，河滩里飘荡着泥土味的青春，女生们唱歌，老范二两酒下肚后，手风琴响起。

歌毕，他情绪更加高涨，想起昨天教给孩子们的课文。

"在苍茫的大海上，狂风卷集着乌云。在乌云和大海之间，海燕像黑色的闪电，在高傲地飞翔。一会儿翅膀碰着波浪，一会儿箭一般地直冲向乌云，它叫喊着，——就在这鸟儿勇敢的叫喊声里，乌云听出了欢乐……"

他头朝向天空，变换着手势，抑扬顿挫，声音大到沙哑，朗诵声在空旷的河滩上飘得很远，专心吃草的羊从草丛中抬起头不停地张望。

"我欲与君相知，长命无绝衰。山无陵，江水为竭。冬雷震震，夏雨雪。天地合，乃敢与君绝。"

朗诵这首诗的时候，老范流泪了，孩子们不明白老师为什么有眼泪，上课的时候，老师读这篇课文的时候，也是这样。孩子们手掌拍得通红。

云去世时他才 65 岁。人总是要离开的。躯体离开了，灵魂还要在世上飘一阵子。母亲下葬那天，儿子、孙子哭声一片。老范却一直在笑，大家都明白他这几年受的苦和累，说他也该享几年清福了。翌日中午吃饭找不见他，他一个人静默在新立的坟头旁，望着坟头新插的柳枝和风中摇摆的纸幡，他号啕大哭，这哭声如一块巨石抛进水中荡起的涟漪，树上停留的鸟被哭声吓得四散逃离。太阳挂在天空注视着人间的悲喜。云走了，老范再也看不到她了。天空再也不会乌云密布了，所有的云都随她而去了，去了一个神秘的地方，换一种姿态继续他们的生命。老范的世界只剩孤苦伶仃了，山川河流，苍山大地永恒地存在，只有空虚的回忆，凌乱的思绪属于他。

屋里需要不需要再添一个女人？夜深人静，范老师看完电视节目后会思考这个问题。该找个什么样的女人，能让他的爱情发芽、开花。云带给老范的是家庭和责任，让老范成了三个儿子的爹，她完成了做母亲的使命。但他的爱情呢？冥冥之中他总觉得有一个女人在朝他微笑。

墙上挂着一把满是尘土的二胡，他小心翼翼取下二胡，吹吹琴胡上的尘土，吱吱呀呀的声音从他的指尖发出，漆黑的夜多了一些光明与希望。这把二胡尽管弦已经松弛，拉出的音符晦涩。没有乐谱，许多段熟悉的旋律搅和在一起，好比一支乐队在合奏。二胡的音乐多美妙啊，不像小提琴那么低沉和悲伤，每次小屋里音乐响起，老范眼前就会出现一只白天鹅，伴着乐曲翩翩起舞，他还看到一个青年，舞步轻快，青春飞扬。

除了文字，音乐是他最亲密的伴侣。他的音乐细胞是与生俱来的，乐感在他还是婴儿的时候就表现出来。娘说他的啼哭声听起来像舞台上的旦角唱腔一样。没有音乐感觉的人，只是笨拙、生硬地重复，他们的演奏没有灵光，音乐是融入血液的东西，它和脉搏一样有节奏地跳动、和血液一样欢快地流淌。他还在娘肚里的时候，就手舞足蹈地表演，胎动的频率无数次把娘从梦中弄醒，娘拖着越来越臃肿的身体像正在筑巢的春燕，辛苦且幸福。他的歌声只有母亲能听懂，母亲幸福得面若桃花，会忘记劳累和无休止的烦恼。

母亲说，儿子啊，你在鼓捣什么？啊，这是一条大蟒蛇啊。孩子，你想干什么？蛇会咬死你，你要是有个三长两短让娘怎么活！12岁的男孩英俊威武，他没有钱买二胡，就打死一条黄金大蛇，当老范扛着大蛇进家门，娘一个趔趄，摔倒在地，她赶紧爬起来去案台前上香求观音，替儿子赎罪。他把蛇皮蜕下来，包在竹筒上，然后央求后爹去生产队槽头割几绺马尾鬃毛，就这样一把二胡在他手里制成了，奏出的声音如天籁。他不识谱子，整天在剧团拉板胡的许师傅跟前晃悠，许师傅经不住软磨硬泡，答应教他简单的指法和一些蒲剧基本曲牌演奏，师傅教他拉二胡时要看演员的脸，手指要随着演员的表情在弦上起伏。许师傅开启了他的音乐梦。他进步很快，不久师傅说，"你天生就是拉二胡的料，你来剧团拉二胡吧，我拉不动了。"许师傅说这话的那一年他20岁出头，已经在学校教书了。

单元楼的门用铁皮包着，敲门声不是那么清脆，倒像老人发出的沉闷的咳嗽声。这个周末儿子会不会过来？带着他那个妖精一样的媳妇，扔下一些嘘寒问暖，然后一溜烟地消失。如何给儿子开口说，家里需要个女人，或者委婉地说，你应该有个后妈了。

他在想如何恰如其分地表达，儿子才能领会到他的意思。

"咚咚……咚咚……咚咚……"敲两下，间隔几秒，是儿子来了。

爹，你寂寞了吗？我给你报一个旅游团，跟那帮老头老太太出去散散心，你不是一直想去一趟台湾吗？再不我给你买一条狗吧，泰迪很聪明的，可以陪你说话，晚上你可以带它遛弯。

老范还没有完整、准确地表达出他的意图，儿子一盆冷水把他刚刚燃起的火浇灭了，连死灰复燃的机会都没有。老范想他是不是真的想入非非了。

"老爹，你要注意晚节啊，我妈才去世几年，你就耐不住寂寞了。你还年轻自己想干什么没人管你了，自己的钱想怎么花就怎么花，弄个人回来，有很多麻烦事。是搭伙呢还是雇保姆，是不是要去民政局领证？"这里面有太多不可预见的事，这些个想法儿子不说他也明白。

"儿子你说的也有道理，但是也不完全对，对，我还年轻呢，我只是想找个说话的伴儿而已。"

儿子领着他媳妇悻悻地摔门而去，把老范蓓蕾般的想法碾碎一地。

夜已经很深了，电子钟红色数字依然不停闪烁变化，今天竟然误了看央视四套节目，他以前没有过这种情况，怎么会忘掉这么重要的事情？他努力地回想今天午饭吃的什么？面食馆老板娘今天敲门了没有？今天怎么没有看到她满脸堆积的笑容和胸前颤巍巍的两坨肉。住一楼的坏处就是窗外稍微有风吹草动屋内就听得清清楚楚。喧嚣的马路上是车辆经过的声音，听那声音，发动机响得那么急切，莫不是谁家媳妇快生娃了，一刻都不能等了。还是哪家男人又喝多了，喝到人事不省了，着急着送医院，人为什么要这样匆忙，许多事就在那里等你，早晚都一样。

楼房的卧室靠着阳面，太阳投进来的光，暖洋洋的。老范一个人有时候会赤裸下体，无拘无束地躺在床上晒太阳，他看到腿间软塌塌的、曾经辉煌的树根许久都没有勃发了，他要让阳光雨露进行一番滋润，树根就会雄壮起来，就会长出新芽。如果哪一天门外传来清脆的、略带点甜丝丝的敲门声，就一定是那个推销洗发水的姑娘放假了，又来给他送洗发水了，用她的洗发水浇灌，生命之树说不定会开花结果。

这个破旧的小区一直在改建，低低矮矮、阴暗潮湿的平房逐渐被高楼代替，搬家喜庆的鞭炮声把山上的石头震落下来。山上的灌木，黄了又绿，枯萎的野花被春风唤醒了。老范突然间想起了他的老家。很多年没有回去了，他家背靠大山，山前黄河水蜿蜓前行，到山尽头才恋恋不舍地转头向东奔涌而去，河水撞击大山声音阳刚，雄壮，顺着山坡的走势。20 世纪 70 年代，这里建起了一排工厂，现在这些工厂如夕阳中的老人，看着时光从指缝溜走。当初意气风发的工人能走的都调走了，留下来的人有的已经变成山谷里的坟包。生命依稀的老树、他们住过的老平房还在，记忆还停滞在那里。除了一些顽固的老人外，这样的房子几乎没人居住了。这些老人就像没有温度的石头，像秋风中仍然坚持在枝头上的残枝败叶，这些房子记录着他们的青春。他们反复回味曾经的辉煌和荣耀。像一头头安于现状、待宰的动物，日出没有惊喜，日落也不会叹息。

小时候不懂为什么老人喜欢去晒太阳，一坐就是半天，现在才明白，听之所及，皆是回忆，心之所想，皆是过往，眼之所看，皆是遗憾。

老范在这里住的时间不短了，他怎么没有注意到这个梳着长辫子的老女人？她头发几乎全白，却梳成长辫子垂在身后，这两条辫子很突兀，辫子末梢被两个漂亮的蝴蝶皮圈束着。她穿着洗得发白的格子衬衫，烙得平展的蓝裤子。她转过身时老范看到她脸上永远是淡淡的微笑，像茉莉花开的样子。每天吃早餐，她都比老范先到，饭桌上满是晋南方言俚语，她标准的北京腔普通话听得人舒服。她说，"我以前是这个工厂广播员，曾经是北京广播学院高才生，在北京的老家里有一面大大的镜子，能照全整个身体。"大学没有毕业便随着知识青年留到了这个三线建设工厂。后来厂里有了电视台，她就做了电视节目主持。大家从她的声音中想象她的容貌，没想到她的容貌比声音还甜美。她爱上了厂书记，后来书记为她离了婚。为什么要嫁给比她大十几岁的男人，她说凭感觉。她也为了爱情把如花的青春留在这个荒蛮的地方。再后来书记死了，她被书记的儿女们赶出家门，人们说她得了精神病。有时候疯狂，有时候安静。她错过了回北京的机会和年龄，就一个人落脚在破旧的平房子里，她特立独行，从不和身边苍蝇一般的老头为伍，人们说她脾气古怪，有时候像春风一样和煦，有时候如狂风暴雨一样激烈。

生活区依山而建，山谷里溪流潺潺，水里的鹅卵石在阳光照耀下五彩斑斓，绿草向水流的方向铺展。偶尔有捉螃蟹的孩子们欢呼雀跃的身影。她经常面对河流和大山朗诵诗歌散文，范老师又听到了女生版的高尔基的《海燕》。

"在苍茫的大海上，狂风卷集着乌云。在乌云和大海之间，海燕像黑色的闪电，在高傲地飞翔。一会儿翅膀碰着波浪，一会儿箭一般地直冲向乌云，它叫喊着，——就在这鸟儿勇敢的叫喊声里，乌云听出了欢乐……"

朗诵声气息略显不足，但是字正腔圆，感情充沛高亢。她的声音如溪水轻抚，如白云一样温柔，老范的青春被她重新点燃。

她竟然也朗诵那首《上邪》：

"我欲与君相知，长命无绝衰。山无陵，江水为竭。冬雷震震，夏雨雪。天地合，乃敢与君绝。"

此时的老范已是热泪盈眶，他想起了曾经的黄河滩，他年轻时候的样子。他走上前去拉起她的手，穿过时光隧道回到年轻时候的模样。他们的手紧紧地握在了一起，夕阳是美的，泪水是甜的。

　　每天下午听她朗诵成了老范的习惯，她朗诵青春，回忆往事，他竟然彻底不看央视四套的节目了，她比央视四套的播音员更美，听她的朗诵，范老师忘了家门上锁，忘了自己这个月的生活费被小偷拿走，忘了门前面馆老板娘胸前那两坨肉。

　　"范老师，你拉一曲二胡给我听好吗？舒缓点的曲子，不要太悲伤好吗？"

　　他不知道从哪里起弦也不知道从哪里停止，优美的旋律再次响起，这些音符只有她能听懂，她随着美妙的音乐开始旋转，她变成了一只白天鹅。天哪，她就是老范朝思暮想的白天鹅。这首曲子一定是其他演奏家没有演奏过的，是老范谱给心爱人的赞美诗。

　　昨夜，范老师的脑子一直在想，该怎么办？她已经彻底走进了老范的生活，她一定是他乐曲中的白天鹅，一直在等他的那只白天鹅。半睡半醒中他在梦和现实中穿梭。他想到了卖化妆品的小姑娘，想到了已经飘走的云，他忽然觉得他长出了翅膀，飞上了天，在悠扬的二胡声和清脆的朗诵声中驾驶着小船，在天河里游荡，月亮就在身边，他捡拾一串串星星放到船里，快到南天门口了，又听到教堂里诵经的声音，一对年轻人在神的引导下，圣洁地走向神圣殿堂……

　　窗外又有汽车极速地驶过，地上留下两道黑色的印迹。冬天快过去了吧，也许一夜醒来鲜花就会开满山。

"咚咚……咚咚……咚咚……"是儿子的敲门声。

"老爸，我老姨说了，该找个保姆照顾您了。这样下去我们有操不完的心。"儿子说这话，大概是听到闲话了，范老师觉得儿子的话被温情的外衣包裹着。

春天来了，厂区后面的小溪解冻了，老范期盼着。他看到儿子嘴在动，却听不到声音，他耳朵并不笨。

"老爸，明天我带你见一个人，已经说好了价钱，每月一千五，算是工资。然后再给她五百元生活费。你和这个阿姨不领结婚证，算是搭伙。如果你走在前头，她哪里来回哪里去。她先走，他儿子负责发落，我觉得这样挺好，我老姨也说合适，我媳妇也看了那个阿姨，觉得挺实在的，大哥和弟弟他们的意见我都征求了，大家都基本同意。"

范老师看着儿子的嘴一动一动的，觉得厌恶至极。

他想今天晚饭该吃什么，央视四套的乡愁节目就是煽情，范老师脸上又呈现出了悲伤的表情。

"老爸，我现在过去把阿姨接过来，你看看，如果能行，今晚就留下。"

老范觉得二胡要拿下来擦拭一下了。灰尘多了，眼睛就被蒙住了，鼓桶上蛇皮要打蜡滋润，这样发出的声音圆润，就能听出泉水流动和花开的声音。

阿姨来了，范老师没有看清脸，这个阿姨大概从农村来，满脸的紧张，上衣明显不合身，身体空荡荡的，坐在沙发上，沟壑纵横的脸上挤出假意的笑容，她的眼睛像云，比云的眼睛还大，但是岁月已经挖走了她眼中的光芒。

"爸，您看行吗？"

无语，一阵好久的沉默。

央视四套《中国文艺》开始了，小孟今天会介绍谁出来，要唱哪首经典老歌，又要让人流泪了，逝去的青春就像流到大海里的河水，海水蒸发返回大地又变成雨水，如此周而复始。寒风带走了秋天，秋色已经完全褪去，留下金灿灿的果实。

儿子带着阿姨走了，门被重重地关上了，好一会儿，老范发现屋里就剩他一人，《中国文艺》已经播完了，开始播放相声了，是一个短头发圆脸的娃和一个大胖子在说，台下的观众笑得前俯后仰，但他觉得一点都不好笑。他关了电视机，想去一趟厕所，他随着惯性晃了几次，还是没有站起来，他扶着茶几用力起身，茶几翻了，上面已经洗好的明显氧化的苹果滚了一地，他俯身去捡拾，感觉到裤裆已经湿透，液体叮咚叮咚地滴下来了。

屋里传来"扑通"一声响，老范想是什么东西重重地摔地上了，好像是人皮肤和地面发生了激烈的摩擦。过了许久，老范才感觉到胳膊疼，用手一摸，是黏稠的红色液体，好半天他才确认是自己流出的血。

"咚咚咚咚咚咚……."屋外又传来杂乱无章的敲门声，敲门的人看起来似乎很着急，老范猜想敲门的人会是谁？

情理中的意外

　　如果是毛茸茸的狗崽儿，出满月就会被人当宠物领养，但是生个孩子就不那么轻松了，尤其是生二胎，对父母来说就是抽一根烟的幸福。

　　养狗和生娃这八竿子打不着的事能有啥关系？

　　但是眼下在梅心里就是最纠结的两件事。就像做一道选择题，答案只有 A 和 B，选对了就状元高中，选错了就名落孙山。

　　梅住鸽子笼一样的单元楼，每天像笼中小鸟一样无助地望着窗外的蓝天，心好像被绳子紧紧地捆绑着。偶尔有污浊的空气和噪音飘进屋内，让人心烦。窗户上的防盗网像监狱的门，把空间分成两个世界。现在她终于搬进了渴望已久的"别墅"，她好像是解放的农奴，每天都想纵情歌唱。说是别墅其实就是在城中村的小院。住小院子太惬意了！浇花种草，出门散步，泥土的清香和着花香的气息在周身围绕，新鲜的空气能让人醉倒。最重要的是终于可以养一条可爱的狗了。她住进小院一年多了，养狗的念头如春天里的种子破土发芽。她认为动物界最有灵性的就是狗了，她和宠物四目相对的时候，语言就显得多余。小时候家里养过一条叫"四眼"的土狗。上早学时天还没亮，启明星还在天边孤独地眨着眼睛。娘三番五次催她起床，"四眼"好像是从天而降的士兵，精神抖擞地站在家门口，威风凛凛像一个保镖。有"四眼"跟在身后她走起路来脚步都铿锵有力，"四眼"目送她走进学校好久才恋恋不舍地回头。放学时，它会准时出现在学校门口，标准的站姿像站岗的哨兵。班里没有同学敢欺负她，调皮的男生都害怕这条招之即来、战无不胜的保镖"四眼"。不管它在哪里，多么远，梅一声喊去，它都会闪电般地出现在梅的眼前。梅觉得她和"四眼"之间有着一条不可名状的通道相连。有一年，"四眼"突然死了，梅哭得昏天暗地，觉得天要塌下来了。她让老爹把狗埋在自家后院的石榴树下，老爹却残忍地剥下狗皮，做成一件狗皮大衣。梅怀疑狗肉被炖烂了，做成红烧狗肉吃进某些恶人的肚子。梅柔软的心里从此永远住着她的"四眼"。现在住小院子的家户里有高矮胖瘦的狗，看家护院，给孩子们做伴儿。梅在年轻时就想养狗，可狭窄的单元楼人转弯都费劲，哪有狗的栖身之地，再说也没有时间和精力去照顾，时间把人拖入了稳重的中年，梅养狗的念头也越来越强烈。

放开二胎的政策公布好久了，这个消息像一个特大红包，毫无征兆地撒向全国人民，微信朋友圈里充斥着与生孩子相关的新闻。生孩子不是小事，是一项浩大的综合工程。

梅开始纠结了，如果要生二胎就不能养狗了，如果要养一条狗，那二胎怎么办？不养狗谁来看家护院？不生二胎，将来谁来给他们养老。靠那个不争气、就知道贪玩的男人吗？还是指望从小被爷爷奶奶娇生惯养，只知道伸手索取，不懂感恩的儿子？再生个贴心的女儿多好，母女俩说些女人间的悄悄话，女儿为妈妈捶捶腰，捏捏肩膀。梅经常在女儿梦中笑醒。

梅在企业财务工作，财务上三女一男，梅是科长。大杨姐比她大两岁，丈夫是水电工程师常年在非洲援外，夫妻聚少离多，但钞票却源源不断地从国外流进她的账户，她基本不在工作状态，中午瞎掰美容，下午八卦人生。用她的话说，嫁男人干吗？难道还指望女人赚钱，要是靠女人赚钱，男人头顶的帽子就要变色了。女人就是要把自己打扮成"妖精"，女人在家里省一只鸡，男人就在外边花两头牛，要让男人永远处于危机状态，女人才能放心。杨姐一辈子说不起嘴的就是肚子一直鼓不起来，没有给夫家添一男半女，不知是他男人的种子不行还是她的土地贫瘠，浇水施肥不少，就是不长庄稼。现在她年龄大了，也从不谈论儿女的事。财务科还有一个叫红，30来岁，正是精力旺盛的年纪，头胎男孩刚上小学，正备孕生二胎，她筹划再生个女孩，就儿女双全了。不知道什么时候，生女孩似乎比生男孩更吃香了。财务科分配来一个大学生叫波波，阳光帅气，是财务科三个女人心中的白马王子。中年女人们私房话说够了就拿波波开心，有时候说得波波脸红得像猴屁股，女人们笑得直不起腰来。

晚上加班吃饭的时候，餐厅里叽叽喳喳的像电线杆上的喜鹊开会。三个女人合计着逗一下波波，让波波读读手机上有关生娃的荤段子。三个女人是过来人，听完脸不红不绿，波波故意省略几个关键字，几个女人想听的那一段却没念出来，餐厅里就没有了笑声。生孩子本来是床帏之间隐秘事，现在放到阳光下去晒，难免会让人想入非非。有人关心养孩子的过程，有人却关心生孩子的细节，和谁生？怎么生？如何才能开花结果？这个和肉体沾一点边的话题像泡泡糖一样黏着每个人。

梅今年 39 岁，身材保持得如出水芙蓉一般，腰板挺得笔直，前凸后翘，皮肤白皙，瘦长脸，高高的鼻梁上架一副金丝边眼镜，她经常会不由自主地扶一下快要掉落到鼻尖上的眼镜。梅说话慢条斯理却字字珠玑，声音不大却铿锵有力。说笑归说笑，工作起来就变成另外一个人，企业的财务运转全靠她掌舵行船，厂领导也不敢小瞧。在外人看来她不像是在农村长大的人，怎么看都是大学里优雅斯文的教授。年轻时她就是个美人胚子，可惜个子限制了她的发展，只是身高遗传她老爹了，不然也不会屈身嫁给军，她会活得更娇艳。她老爹只有一米六，年轻时候在生产队干不了重活，但是天生一副好脑瓜，初中毕业就担任生产队记账员，一年下来账目清清楚楚，分毫不差。老爹经常叹气说，要是有点文化他肯定能当公社干部。后来荣升到大队当会计，也算是村里响当当的人物。现在她爹快 80 岁了，依然耳尖目聪，他把几十年的账目完整保存在柜子里，要查哪一笔账目，信手拈来，如数家珍。这在全县都是少有的。个子矮也受尽了嘲笑，过去农村挖墓穴，宽一米五，长三米，大家拿她老爹开涮，说不用尺子量，让老会计下去横着一躺量宽，竖着两躺是长，比尺子还准呢！当然这是笑话，老爹听多了，也不以为然。老爹说，小个子人能办大事，高个子人像空竹竿，风一吹就断。

梅遗传了老爹的个子，也继承了老爹的数学天赋，从小爱学数学，参加数学竞赛从村里到镇里，从镇里到县里，成绩一直是第一。有一次梅还拿了全地区的第二名，县教育局敲锣打鼓送来贺信，又是发奖状又是戴红花，她给全村人都长了脸。大家说这闺女望见了清华北大的门。中考梅数学考了满分，语文、英语成绩却拖后腿拉了分，没有考上重点高中，功亏一篑。那几年农村说娃娃考上啦，是考上中专。那时一个村能上大学的凤毛麟角，娃娃能考上个中专就烧高香了，上中专就跳出了农门，转城市户口，毕业就端国家饭碗。所以村里的娃娃都憋在八年级（初三）复读，考不上就一直复读，梅因为偏科严重复读了三年才考上地区会计学校，其实梅心里一直有个当教师的梦想，她想考师范，可是老爹执意让她考会计，孝顺女儿听了老爹的话，上了四年制的会计学校。

20 世纪 90 年代初大中专毕业生分配执行双轨制，什么是双轨制大家都心知肚明。梅如期毕业但是工作成了问题。那时候没有关系就可能被安排到大集体企业工作，三天两头放假，工资不能保障，关键还被人另眼相看。稍微拉呱个远房亲戚或者攀个乡党同学，就能进入全民大企业，这样女生就能找到更好的人家。

皇亲国戚的孩子都被爹妈安排去行政事业单位。对社会一无所知的梅陷入了迷茫，不知道成熟的果子会挂在哪棵树上。老爹的心眼像天上的星星一样多。有人告诉他邻村一个人在县委办当主任，就顺藤摸瓜找过去，县委办主任见到小巧玲珑俊俏模样的梅后，满口应允。梅老爹把当年自家的全部收入都贡献出去了，事情终于办妥帖了，梅如愿以偿进入一家国有大型企业。她也糊里糊涂成了县委办主任的儿媳妇，她很不情愿地嫁给了一个叫军的男人，当她如梦初醒的时候，吹吹打打的唢呐已经把她送上了婚床，她好像一个红艳艳的苹果被陌生的人咬了大大一口。

这个叫军的男人，长得还算精神，穿着打扮一看就是城里的公子，只是肚里墨水少，平日里不怎么爱说话，说话总是说不到点子上可关键时候总能语出惊人。办事也是直来直去，经常得罪人。这些梅都能忍受，但是让她窝心的是军一条腿走路有点跛，这是婚后梅才发现的，不然就算老爹打死她也不会同意嫁。按说县委办主任给自己儿子安排个好工作那是小菜一碟，但是儿子是个不成器的货，安排行政单位工作怕丢他的老脸。当初相亲的时候说了一句话梅到现在还记忆犹新。"你敢空口吃辣椒吗？"梅对他没有好感，但也不是特别讨厌，权衡再三就只好委屈自己的身体了，谁的一生事事都如意？插在牛粪上的鲜花也许更娇艳，梅一直这样自我安慰。隔段时间就去磨平一下不甘的心，这就是命运的安排，肉包子有时候也拿去喂狗呢。

婚后第二年，梅不负众望生了一个胖儿子，皆大欢喜。孩子满月，府上大摆酒席，鸡鸭鱼肉，王八海参爬满了桌子，喝酒的猜拳行令，东倒西歪，好不热闹。鞭炮震耳欲聋，地上的炮花一尺厚，像是大地盖上了喜庆的红棉被。县里各路人物云集，军被灌足了酒，一个劲傻笑，公公挨桌敬酒，被祝福声捧上了天。县委办主任真把孙子当爷爷供着，那时候村里来个北京吉普都稀罕，梅的儿子每天车接车送，被宠得像个小皇帝，孩子长大了，上学了，脑子却像他老子一样一盆糨糊。儿子怎么就没有遗传她的优点呢？听闺蜜说，男女结合受孕的那个时刻谁主动，孩子就像谁，怪不得呢。刚结婚头几年梅在床上是讨厌军的，他很没有情调，每次总是直奔主题，时间久了梅也没有了激情，闭着眼睛任他去折腾，只盼男人快点从自己身上滚下去。孩子不聪明怨谁呢，在儿子身上她没有少费心思，有他爷爷护着，打骂不得。儿子上学好像在和梅打"游击"。梅也使出三十六计对付，无奈劣种子结不出好果实，去年高考四门课加起来才200多分。无奈之下，他爷爷跑门路，让娃自费上了省城一所职业技术学院，用他爷爷的话说，我孙子正长身体呢，学习是副产品，学到哪都行，把梅气死了。

养孩子好像是浩大的航天工程，花费数年的心血精心研制，确保每个细节和数据准确无误。孩子上大学好比卫星发射升空，还得时刻纠错，不让卫星偏离轨道。父母眼巴巴遥望天空，猜想哪一颗星是自己的作品。卫星时而会传回来一些微弱的信号。等到把生活费打给了他们，叮嘱吃好穿暖。卫星又发回来消息："别叨叨，别叨叨……"

孩子上大学后，梅生二胎的念头也很久了，她看多了失独家庭父母的凄凉，这种恐惧像一块大石头压得她喘不过气来。经电视、报纸不停地渲染，仿佛厄运下一步就会降到自己身上。看到一些老人，孤苦伶仃地坐在敬老院里度日子、数年月，梅的情绪掉进了冰窟窿，她不敢把这事往自己身上扯，但是冥冥之中又觉得这种事情好像离自己也不远。当放开二胎的政策落实后，梅感觉春天来临了，到处生机勃勃。

但生孩子是大事，梅想得头疼，养狗倒是很容易，狗市上买回一个就行。

梅决定去一趟宠物市场，看看选择养一条什么样的狗好。大杨姐家里养了一条特别凶的牧羊犬，见了陌生人就狂吠不止，以证明它的凶悍和对主人的忠诚。前一阵子把一个小男孩"鸡鸡"咬伤了。男孩父母、爷爷奶奶、七大姑八大姨气势汹汹来兴师问罪。杨姐把小孩送医院注射完狂犬疫苗一番赔礼道歉后，对方还是不依不饶，说小孩是三代单传，如果将来孩子长大丧失男人功能，让他家断了后，就和大杨姐没完。还是养个宠物犬吧，京巴、腊肠、小松狮或者泰迪都行，可以早晚遛狗，梳梳毛，洗洗澡，没那么多烦心事。

高铁缩短了时空的距离，也让人的思念不再那么遥远。小城曾经辉煌的火车站，现在"门前冷落车马稀"了。一天只有一列绿皮客车慢慢腾腾地爬过，火车站东边小广场，群众自发形成了一个蚂蚁市场，以宠物交易为主。市场入口处一个卖古董物件的摊位特别明显，摊位老板是一个约莫40岁的男人，戴一副土财主标配的圆边眼镜，左手腕戴着几串木质手链，右胳膊腕有一块不走字的北京牌老款手表。他躺在椅子上半眯着眼，暖洋洋的太阳让他昏昏欲睡，两只文玩核桃在他手里转动着，他更像一个垂钓人，撑起鱼竿耐心地等待大鱼上钩。地摊上的旧物件不少，马灯、生锈的铜钱、旧书、唱片、毛选，等等。今天是周末，天气又好，狗市上人头攒动，卖狗的、买狗的、闲溜达的老头老太太、手拿糖葫芦的儿童。路边树上拴着一条公牧羊犬，这当口正围着一只纯白色的母萨摩耶转得欢。它小叫了几声，算是打招呼又像是在勾引，萨摩耶在德牧的勾引下，嘴里发出轻微的呜呜声。只见德牧两只前腿腾空而起，这架势如猛虎扑食。随着德牧有节奏地晃动，萨摩耶一江春水向东流。德牧喘着粗气嘴角有哈喇子流下来。由于激情过度，两只狗"黏"在一起了，狗叫声震落了颤动的树叶。卖古董的男子摘了眼镜，看得口水直流，忘了有人在问旧书价钱。老头老太太面无表情看着两条狗的表演，路过的小姑娘们瞥一眼就不好意思地跑开了。想是狗们也闻到了放开二胎的消息，等不及天黑就开始工作了。梅又想起生二胎的事，她瞥了一眼正在快活的狗竟然也春心荡漾，这场面激发了她身体内快要消失的激情。

回去一定和军郑重地谈谈，只要军给她肥沃的土地撒一把种子，快过年的时候怀里就能再抱一个娃儿，要是生个闺女，领着一儿一女走亲戚，大家肯定会投来羡慕的眼光。军肯定就也会像小安子伺候老佛爷那样鞍前马后，她公公一定会笑得脸上分不清鼻子眼睛。

今晚，梅早早洗了澡，通身都喷了欲望的香水，半透明的性感睡衣把身材曲线完美呈现，满屋都是爱的气息，就等她男人回来霸道地推开她虚掩的门，然后向她发动猛烈的进攻。梅在反复回忆今天狗狗做爱的场面，让欲望一直飘升在云端。当她看到军满身酒气摇摇晃晃走进卧室的时候，身体内燃烧的熊熊烈火顷刻间被浇灭。

"你还是不是男人，就废品一个。"她很少粗话骂人。

"什么？你开什么玩笑，我们都40岁的人了，生什么老二啊！将来是看儿子还是看孙子？我不跟你生，想给谁生跟谁生去！"说完就死猪一样呼呼睡去。

"你以为我不敢啊？"她说这句话时音量低了很多。

梅披上睡衣，凄凉地靠在床头，男人的鼾声如雷。她委屈、气愤，像一只受伤的兔子。怎么遇到这么个男人，当初是为了我的工作才下嫁给你的，你以为我爱你啊！

梅鼻子一酸，泪水在眼底打转，她抽泣起来，但是没有让哭声冲破喉咙，炸响寂静的夜。

梅想到了初恋。这个男人叫强，中专时的校友，比她高一年级。因为家里穷，梅老爹强烈反对他们恋爱。他瘦高个子，穿着朴素，学习名列前茅，性格内向，不多言语，篮球场上他时而身轻如燕，时而如猛虎下山，中场、栏板、投球动作连贯，爆发力强，让众多女生尖叫不止。梅也是在一次比赛场上注意到这个高高大大的男生，后来梅加入篮球后勤保障队伍。她打败了所有追求者，成功俘虏了这个男生，强也留意到这个娇小柔弱的女生。初恋就是这样美好，让人一生都忘不了。火热的七月，毕业列车的汽笛已经拉响，梅还是没有等到爱人的表白，尽管每次在一起他对梅都照顾有加。离校的前一天晚上，梅约他出去，梅想如果那晚他要自己，就给了他，把轰轰烈烈的爱推向高潮。七月的校园，白天炎热，晚上才有丝丝凉风吹来。巨大的法桐树叶被风轻轻地抚弄，发出细细密密的声响，像是情人间窃窃私语。说好七点灯光亮起时校门口见。梅身上淡淡的茉莉香水味弥漫在四周的空气中。校园后边小河水常年流淌，河上有一座横桥，那是学生情侣们心中的"康桥"。走在桥上梅从背后抱住了强。远处灯光若隐若现，天上星星羞涩地眨着眼睛，静静的夜里，只有蛐蛐在欢唱。美妙的夜晚，河水低声吟唱着快乐的曲子。眼前的一片柿林，叶子黑绿，柿子还青涩。强说，他家在中条山里，一个村离另一个村有几十里地，他父亲早早就去世了，坚强的母亲靠贩卖山货供他念书。去年，母亲说再卖一次山货儿子就毕业了，就可以歇歇了。可是就是那次她背着过重的山货滚了坡，摔断了腿。滚坡，你知道吗？山里人最害怕的事。梅的脸上粘着强滚烫的泪水。梅，你是好女孩，漂亮精明善解人意。但我不能给你安定的生活，我不能耽误你的前程，我以后的生活可能会居无定所，浮萍一样到处漂泊，所以我不能给你承诺。那个晚上，美好的夜晚，让梅终生难忘，其他的话梅再没有听进去，在横桥边，柿树下，她依在爱人的肩膀上，用小拳头打着心上人，强抱紧了她，像一面墙堵在梅的胸口，温热的唇融化了两颗心，梅忘情地吮吸着男人微咸的泪水。

月光如水，薄薄的暮霭包裹着融融的夜色，草丛里湿漉漉的。

后来好多年梅再没有见过强，手机那时还没有普及，更没有微信。梅也不打算去打扰他，只是在心里无数次默默地祝福他。

那是一个冬天，同学毕业十年聚会，她在人群中一眼就看到了强。两人目光交会的那一刻，火光四射。在酒精的刺激下大家豪言壮语，不知道哪句是真哪句是假，两个青春旺火的心和身体就交织在一起了。酒醒后，他悄无声息地离开了，没有留下一句话或者一个信息。梅一个人待在宾馆，她听到窗外北风呼啸，她不知道发生的这一切是必然还是偶然。他们没有继续，他继续玩消失，她也没有打听他的信息，她没有足够的实力去冲破家庭，只能把这幸福的萌芽扼杀。

军，你竟敢说这样的话，说不定我和强能生出一个博士来呢，比你儿子强一百倍。梅想如果再见到强，她会主动出击，她相信电影里一次亲热就能怀孕是真的。回忆起那次和强温存的一夜，身体不由自主地打战，一股暖流奔涌而下。

养个牧羊犬吧，听说牧羊犬智商高，这种狗体形大却吃得少，也不需要天天洗澡。放了它，由着它，让它撒野去。养狗容易，生孩子呢，生出来就不能退货了，养狗比生娃好。也不对，生娃再不能耽搁了。这两件事在梅的脑子里日夜战斗着，折磨得她头疼欲裂。

对了，要生二胎得问问儿子的意见啊！怎么忘了这个祖宗呢。梅立马拨通了儿子的手机。

"什么？给我生个弟弟妹妹。妈，你没有发烧吧，有病赶紧去看！将来你儿子和你孙子打架了，你帮谁？生个妹妹还好，生个弟弟呢，让他伺候你得了，我就不管了。"

手机响起了嘟嘟声，梅在心里骂了一句，这厌娃就不是个好种。

不过，儿子说得也有道理，要是生个儿子，不说精力，精力不能算在养娃成本里的。从婴儿到上幼儿园，从幼儿园到小学、中学、大学，风里雨里这得接送多少回？得攒多少钞票给他，如果再生个儿子，得盖房子娶媳妇，恐怕连他爷爷的老底翻出来也不够，这没有一两百万哪敢生啊！如果生下来就得对他们负责，虽然是二胎，也不能让娃受委屈，吃穿用度最起码要维持中等水平，不能让人说寒酸。这以后孩子的孩子，两个儿子四个孙子……还让人活吗？梅觉得生儿子简直是在培养冤家，还嫌一个冤家不够？

梅这段时间工作老是出错，这两件事反复在脑子里缠绕，占据大量的空间。如果二胎生下了就没有精力工作了，事业可能就到头了。她是个不服输的人，觉得事业上还能更上一层楼。这二孩政策为什么不早来几年。或者干脆别放开，反正也适应了，这个好消息来得真不是时候。

梅头上的白发越来越多了，一个月没去染，白发根就外露。如果生个二胎，这肚子又得吹气球一样被撑开，还有肚皮上妊娠纹就更像老人脸了。保养多年的身材就要付诸东流了，胸前两只活蹦乱跳、现在依然坚挺的小兔子又要涨憋一回，这二胎生完，身材就会成秋天的冬瓜。作为女人一生就这样交待了。每次想到这里，梅就会全身出虚汗，她用手往上推了推掉在鼻尖的眼镜。

日子在一天天过着，从夏天到冬天，都快开春了，梅还在犹豫。

这几天公公和婆婆也加入到游说队伍，说生下来他们带。才不让你们带呢，千辛万苦地生个孩子你们要把我娃带到哪里？

军这半年工夫也听说了生二胎的好处。他家是两代单传，说要是儿子有什么三长两短无言面对祖先，给孩子找个伴儿也好，让孩子以后除了父母还有亲情陪伴，避免出现独生子女身上特有的专横跋扈。

今年的春天来得格外早，刚过了元宵节，迎面吹来的风就温和起来，空气中弥漫着生命勃发的气息。梅的母性也被唤醒了，这次她终于铁心了。养狗的事可以缓缓，生孩子是一天也不能等了。医院成立了新科室"二胎门诊"，门诊室里全是大龄妇女，熙熙攘攘，门庭若市。大夫让她先调养身体，要夫妻同时调养，梅辞掉了财务科长，专心在家静养，她最近也调着花样做营养餐，婆婆送来的营养品堆积如山。

"这太阳从西边出来了，媳妇你做这么好吃的饭不怕我长胖啊。"军大大咧咧地说。

梅心里想，吃得好是让你出力呢，你以为我是养猪呢。

梅这几天心情特别好，天气不冷不热，是怀孩子的好时机。反正她这一回要积极主动，谁主动了，孩子生出来就像谁，梅还记得一个闺蜜告诉她生聪明娃的诀窍。晚上云雨的时候要讲究姿势，因为年龄大了，精虫和卵泡泡也懒了，要飞的时候脑子里一定要想美好的东西。

在院子里月季花蓓蕾初绽、空中飘着蒙蒙细雨的夜晚，梅完成了她精心设计的造人计划。

由于一连三个晚上的持续用力，军走路都直不起腰了，便休了年假。

夏天过得真快，院子里的月月桂快要凋谢了，梅算了一下亲戚也快三个月没来看她了，她觉得应该去医院检查确认一下。

这天，她打扮妥当，约杨姐和红一起去医院，她要让化验单把这个喜讯突然告诉杨姐和红，让她们瞪大羡慕的眼睛，让她们发出啧啧的赞叹声。她会像得胜归来的将军一样荣耀。她看到红的肚子已经微微凸起，杨姐说她已经完成了女人的使命，永远告别了青春，她说顺便做一次例行检查。看来大家都没有闲着，都在各自努力，为国家做着贡献。

医院二胎生育门诊门口依旧车水马龙。

抽血化验，做尿检，一会儿工夫一位护士把三份化验单扔给她们，火急火燎的风一样飘走了。梅说，红，你看看我们的报告单是什么情况，梅想听到红惊讶着把她怀孕的消息告诉大杨姐。

女人就是这样，表面融洽，暗中攀比，默默较量，生怕过得好别人不知道。

第一份报告是红的，红怀上了，红祈祷说一定要是个女孩哦。

第二份报告是杨姐的，她满不在乎地对红说，看看姐更年期后没什么问题吧。

"嗯呀，杨姐，报告显示你也有孕了。"

这怎么可能？梅想杨姐你不是已经没有那个了吗？不是老公还在援外，这半年也没回家吗？杨姐一把抢过化验报告，突然站起来，脸上的表情一年四季。都怀孕五周了，她居然不知道，这情况太复杂了。她又仔细去看了一遍，忽然起身扭头一声不响快速离开了门诊大楼，楼道里传出高跟鞋敲击地板急促的声音。

"梅姐，你怎么没有，是不是化验单出了问题？"红疑惑着说。

梅也抢过化验单，仔细地看了几遍，结果显示真的没有怀上，倒是她提前进入更年期了。看着这个报告单，她的眼泪随着委屈倾泻下来，她没有去擦拭，习惯性地扶住眼镜。为什么会是这样！一心栽花花不成，无心插柳柳成荫。这一年的辛苦，思想的煎熬和肉体的折磨让她瞬间崩溃，她思维瞬间空白愣在那里，医院楼道的空气像血块一样凝固了。

梅突然大声地哭起来，哭得昏天暗地，眼泪像河水一样滔滔不绝。

医院楼道里的女人都过来安慰她，扔些宽慰的话。

情理中的意外。

接下来的日子，红的第二个孩子生下来了，果真是个女孩子，红高兴极了，通知梅去吃满月酒席，电话里激动得语无伦次。杨姐好久没有消息了，不知道在忙什么？大概是在忙着回忆确定谁才是孩子的亲爹。杨姐觉得无脸去单位上班了，这事一天也等不得了，她办了病退手续去非洲找孩子他爹去了。

梅养了条叫"小白"的泰迪狗，虽然是公的，她却把它当女儿养，每天给"小白"化妆、洗澡、扎蝴蝶结，照顾它吃喝拉撒，傍晚带"小白"去散步，生活过得悠闲自在。

军自从那次出大力后身体不如以前好了，每次亲热总是草草了事。

归来泪满巾

一

"哥，我送给你一个儿子。"

巴龙用他的摩托罗拉翻盖手机打电话给我，通话声音嘶嘶啦啦的，像热油锅里滴了水珠子。能听出来他很着急，他不是在征求我的意见，是部队首长给士兵下命令的语气。

"什么？ 我已经有一个三岁的儿子了。"在没有弄清楚事情缘由前我本能地把这个球踢了回去。

秋天的夜晚，雨一直下，好像一个止不住哭的女人。雨点顺着大杨树厚实的叶子滑落下来，急促地落在屋顶石棉瓦和塑料布上，发出清脆密集的响声。工厂居民区是 60 年代建成的瓦房，主体是青砖灰瓦，墙面白灰勾缝，松木檩条上搭着细细的杨木椽，芦苇秆上有碎麦秸和泥土覆盖，瓦片经过夏天太阳炙烤和冬天冰冻的轮番蹂躏，已经破碎不堪。暴雨铆足劲把水灌进黑瓦缝隙里，房屋顶棚上的泥土就剥落到屋内。主房前的厨房低矮破旧，是各家临时搭建的，高低不平，形态各异。两排平房之间有狭窄的过道，被煤球、盆盆罐罐里的花草和杂七杂八的东西占据，湿气拥挤在一起，久久不能散去，空气中弥漫着重重的霉味。天气没有转好的迹象，人的心像被巨石压着，变得焦躁不安。青砖硬化的道路，再也渗不进雨水了，人走上去随时都会滑倒。各种电线横七竖八地缠绕在一起，要走进最后一家，得躲过空中无数个障碍，红裤衩、蓝背心和大小不一的胸罩妖娆地在工人自制的衣架上随风摇摆。电线杆上 15 瓦钨丝灯泡像疲惫人的眼睛，无精打采地亮着，把夜归人的影子拉得越来越长。

巴龙怀抱一个婴儿火急火燎地闯进我家。他气喘吁吁浑身被雨水淋透，头发被雨水分成若干绺贴在头上，他脖子上有几道鲜红的抓痕，脸上一片混沌，分不清是雨水还是泪水，应该是刚经过一场搏斗。我疑惑地看着这眼前的一切，招呼他先将怀中的婴儿放到床上，婴儿的啼哭声很低，时断时续，像一只蚊子在嗡嗡地飞。

刚才还在闹腾的儿子璇璇，手握着能发光和声音的卡宾玩具枪，锁定着 14 寸熊猫牌彩电屏幕上的动画片，保持着战斗的姿势进入了梦乡。再看看襁褓中的婴儿脸色铁青，双目紧闭，小脑袋不停地扭动。孩子细嫩的脖子上有血印，像是手指掐过的痕印。

老婆李云看到襁褓中一息尚存的婴儿，本能地扑上去，撩开衣襟，把硕大的乳头熟练地对准婴儿微张的小嘴，婴儿噙着并没有奶水的乳头，慢慢地平静下来。李云半截雪白的腰肚子，露在两个男人面前，就像神圣的圣母玛利亚一样。

有好多种假设在我脑海里闪过，我不知道该从哪里提起话头。巴龙的手一直在颤抖，双手握着的茶杯险些掉到水泥地板上。

逼仄的房间此时显得更加拥挤，空气随着这两位不速之客的到来紧张起来。

巴龙的脸涨得通红，他惊魂未定，好像一头受伤的雄狮不停地舔着伤口。

"孩子从哪里来？父母亲是谁？到底发生了什么事？"我终于打破了沉闷。

"我……秀丽……姑姑……虹……孩子……自杀……"巴龙语无伦次，这些关键词带着火星星从他嘴里蹦出来，散落了一地。

二

纺织厂当年还是县里的大型骨干企业，上千台织布机二十四小时轰鸣，像一架架飞机加大油门依次起飞。纺织女工是织布机上的零件，一刻不停地高速运转。她们三点一线穿梭在车间、宿舍和饭堂。伴着晨曦，下夜班的女工摘下口罩，揉着惺忪的眼睛，打着哈欠，大声咳嗽两声，惊醒了树枝杈间梦中的鸟雀。纺织女工大部分是未婚女青年，厂里为她们建有单身楼，每间房住6人，像大学生宿舍。上早班、中班、小夜班、大夜班的人都有。你上班她下班，你睡觉她吃饭，你哭她笑。女工们习惯了陀螺一样被机器用鞭子抽着。三天一次倒班才可以休息一整天，这天从早到晚，女工像雨后的玫瑰一样娇艳欲滴。她们急切的眼光像不断转动的雷达朝楼下扫描，然后锁定目标。楼前停放着摩托车、自行车。暧昧的口哨声把这些怀春的女人撩拨得春心荡漾，还有各种只属于情侣两人之间的手势。宿舍楼没有阳台，窗台晾衣架上花花绿绿的衣裤，像一面面充满诱惑的旗帜，构成纺织厂独特的风景，生活区内的大杨树高大雄伟，树冠遮天蔽日。这些树是建厂初期栽植的杨树，树梢已经和五层楼平行，树干粗壮，两个人都抱不拢。

李云当初也住在单身楼，房号508。女工宿舍楼拒绝一切雄性进入，哪怕一只公蚊子也不行。公寓管理员却是一个色眯眯的老头，据说这老头是厂长的舅爷，一个鳏寡老头。他的眼神看男人像警察，看女工像蛤蟆，靓女们都用帽子、丝巾捂住脸进进出出。我曾经也是楼下张望一族，目光经过高度近视镜片聚焦后直达508室，李云会在窗口给我打手势，只有我明白她手势表达的意思，比如今天上什么班，晚上有没有时间和我约会。我甚至还能从手势中判断她今天是否来了大姨妈。嘿嘿，工人师傅的创造性被发挥得淋漓尽致。让我这个中文系毕业、整天舞文弄墨的人也佩服得五体投地。

上学那会儿，每次考试放榜巴龙的名字总是和校长攀近。迟到、早退、旷课、社会上小混混勾肩搭背，他样样有份。他毫无悬念地被学校开除。从此他像逃出笼子的小鸟，活得更加阳光灿烂。那个年代男生都被少林功夫和白无瑕搅得心猿意马。巴龙瞒着父母去嵩山武校混了一点皮毛功夫，又去了海南。后来，他邮寄给我一张照片身后是高大茂密的椰树林，似乎还能听到大海的波涛声。江湖不是小孩过家家，他捡了一条命被打回到小县城。父亲又把他投进四堵墙的工厂，他像一头逃出动物园许久的老虎又被重新圈起。纺织厂发展壮大占用他们的土地，把失去土地的农民安置进来当工人。男工在纺织厂一般都是香饽饽，都是长白班的维修活，巴龙学习不好，打牌泡妞却比一般人精。他长得也有点模样，身体壮实，头发梳得整齐划一，摩丝打得油光发亮，一双白皮鞋油光可鉴，屁股下一辆渭阳 50 摩托虎虎生风。他是众多女工心中的白马王子，整天被三宫六院般地伺候着，争风吃醋的事情经常发生。他好像是黑道大哥，今天为这个小弟摆平事端，明天为那个大哥两肋插刀，肚子被捅了个洞，肠子挂在外边，都不吭一声疼。那个年代，沾点江湖义气的巴龙像一个 200 瓦灯泡在女工中间闪闪发亮，女工们飞蛾扑火般地投向他。后来我明白秀丽为什么当初没有相中大学毕业的我，而选择了他。在学校我和巴龙并不是一条船上的人，毕业后多年也没有见过面，在一次考勤中，我发现了这个熟悉的名字，想不到许多年以后再见到他，他依然大名鼎鼎。人的性格与生俱来，别期望社会能改变一个人，说改变只是隐藏不露了，或者是把本性包裹起来了。

江湖在哪里？在金庸大侠的小说里，是雪山飞狐，是头戴斗笠，着一身玄衣、策马扬鞭、仗剑天涯。巴龙的江湖是和一帮狐朋狗友彻夜狂欢，投机倒把，倒卖工厂棉纱，他们把几进几出作为炫耀的资本，引以为荣。碍于同学面子，几次我帮他大事化小，小事化了。我们是同学又是工友，他人前人后尊我为大哥，不叫哥不说话。说心里话，我打心眼里看不起他，他不过就是个小混混而已，登不了大雅之堂。况且，如果没有他，秀丽就是我床上的女人，我会抱得美人归。巴龙文化浅，肚里没有那么多花花肠子，说话办事直来直去。认识这么一帮人也没有坏处，可以满足我的虚荣心，大家不再说我是个书呆子，羡慕我朋友多，门路广。巴龙的工资大把花在他那帮弟兄身上。不知何时，我暗下决心，一定要让秀丽后悔她当初的选择。我心里说，秀丽你目光短浅，看不清土里埋的金子。我是堂堂大学中文系毕业，纺织厂的政治明星。说不定哪天我会青云直上，当上副厂长，甚至厂长。人生不确定的事太多了，人有十年旺，神鬼不敢挡。

如果那次犯事我也被投进牢房，就和巴龙一样的结局了。谁管你是大学生还是目不识丁的流浪汉，犯一次错和惯犯在本质上并没有区别。经济拮据的我们暗中实施了纺织厂历史最大一桩里应外合的偷盗棉纱案，巴龙很讲义气，分给了我一笔数目不小的钱，让我生活宽裕了一阵子。但行动中出现了纰漏，一名成员出售赃物时被工厂保卫科抓了个正着。我每天惶惶不可终日，想象那个可怕的场面，我会被戴上手铐，会被游街示众，李云会以泪洗面，儿子会被这个犯了罪的爹拖累，怎么面对我的父母姊妹？如果被他们供出来，我的前程就完了，人生将被印上耻辱的符号。

他们一个个被抓进去，又分轻重给了处理释放。只有巴龙一人被劳教一年，我安然无恙，仍高高坐在厂办主任的位置上。巴龙把一切罪责都揽下了，他拯救了我，拯救了我们全家，拯救了我的宇宙。

一念之差，有时候你就是佛，有时候却变成了魔，当你坐在云端，为所欲为、呼风唤雨的时候，你忽然会跌入地狱，万劫不复。人生最远的路在你的梦幻和现实之间，横亘在你的行为和欲望之间。

巴龙离开一年，我对秀丽照顾无微不至，我说不清我是什么目的。是报答，还是嘲笑？或许还有不可告人的目的。我觉得我很卑鄙，很龌龊，我不敢把自己的心拿到阳光下暴晒，我的阴暗见不得光。

我编织了一张无形的大网，鲜花、温柔和关怀是网上的诱饵，但是秀丽没有自投罗网，投怀送抱，她是一只有原则的甲壳虫，眼光犀利如剑，她识破了我的局，坚守了底线，没有给我机会。我也及时收手，庆幸自己没有犯下弥天大错。秀丽的眸子依然清澈如水。

凭我的条件，做秀丽的男人是绰绰有余的，当她弃我而去，我不甘心，现在她又一次选择，让我如梦初醒，我再无脸面对她，更无颜面对即将出来的巴龙。我的所有虚伪、自责都被李云用爱情稀释了，她把我从迷茫混沌中拉回到现实。

一年后，我和巴龙约定，婚礼定在同一天举行，两家的关系如胶似漆，鱼儿离不开水。李云和秀丽从女工单身楼搬到了家属区，他们分到一间半房，我在厂领导身边工作近水楼台分到了两间。我是靠路第一家。一棵大杨树紧挨着我家的厨房，有绿荫庇护，房子里冬暖夏凉。秋天的雨连绵不绝，黑瓦吸足了水，瓦面像涂了一层蜡泛着光亮，湿气氤氲缭绕，围绕在房前屋后，风从远处田野吹来种子，丢落在屋顶，屋顶长满了草，排水不畅，屋内报纸裱糊的顶棚到处叮咚。地板上放满盆盆罐罐，李云一点也不恼，她说在盆里埋些土撒上种子，雨水浇灌的花草不用施肥也会长得旺盛，不同深浅、不同形状和材质的锅碗瓢盆发出的声音不同，璇儿说叮叮咚咚的声音像学校里的电子琴响。形状各异的锅碗瓢盆，各种废旧物资都被盘活了生命，用到能发挥作用的地方延续生命。那个年代，能住上这样的房子是每一个职工伟大的梦想，在火热的爱情面前，困难也像电影里甜蜜的插曲。

巴龙结婚之后，父亲丢下他们母子，领个小蜜远走他乡。有人说去深圳开公司了，还有的说在天津口岸做外贸。巴龙和母亲相依为命。巴龙说他小时候，家里天天乌烟瘴气、鸡飞狗跳。父亲发酒疯，东西摔得噼里啪啦，母亲脸上青紫，挂满眼泪。巴龙像一只无助的猫，躲进墙角，恐惧地看着发生的一切。时间长了，看习惯了，巴龙漠然视之。父亲出走后，母亲变得喜怒无常。再无心管教这个叛逆的儿子，抑郁成疾，不久就去了该去的地方。

三

这个婴儿从哪里来，我被这个问题搅得寝食难安。

是不是巴龙的儿子？是巴龙和哪个女人的儿子？是巴龙捡到的弃婴？一个个假设在我的脑海里出现又被否定。巴龙那天晚上提到一个女人的名字叫虹。虹是一个吧台女生，她一直和巴龙有联系，巴龙让这个女人念念不忘，但是如果真是这样，那勉强还想得通。女人婚前和多少男人交往过，关系到什么程度，女人不说谁也不会知道，一旦嫁人，给自己男人生孩子才是天经地义。怀了其他男人的种，生下的娃不清不白，心里受一辈子煎熬，活得遮遮掩掩、窝窝囊囊，总害怕东窗事发，被唾沫星子淹死。

是不是他姑姑的私生子？姑姑是巴龙的恩人，遇到这样的事，自然会想到让亲侄子帮忙。姑父去世后，姑姑一个女人生活，许多塞塞窣窣的故事，不能在阳光下亮着，大家也心知肚明。一个女人生活的背后有多少辛酸和无奈，人前支撑着脸面和尊严，强作欢颜，人后只有悄悄抹泪。

秀丽为什么对这个孩子如此抗拒？好像彗星扫过天空，末日降临前的恐惧。她给巴龙生了姑娘，眼下白捡一个男婴，儿女双全，有什么不好？巴龙那天晚上脖子上的血印肯定是秀丽留下的，婴儿脖子上的掐印是谁的？我不敢往下想了，我不认为一个女人会那么狠，会对一个嗷嗷待哺的小生命下手。

我突然从沙发上弹了起来，这个猜想幽灵般地闪现在我脑海里，它好比飓风，摧枯拉朽地清空了我大脑内存。难道是？不，不会的，不可能。我对我这个想法感到羞愧，但是这个想法顽固地占据了我的大脑，挥之不去，像粘在脚底的泡泡糖一样。

那几年，我被巴龙带着整天泡吧，瞳孔里映出的全是灯红酒绿，身体被香脂气和酒味包裹。总觉得有大把的青春可以肆意挥霍。迪吧的音乐是大剂量春药，让所有的露水爱情都黏糊糊的。男人不管学历高低，修养如何，在某些事上出奇得统一。几年后，当初山盟海誓的林妹妹都鸟儿一样散了。恍惚间就到了中年。上学那会儿，觉得三十多岁很遥远，蓦然回首，连青春的尾巴也抓不住了，痛心疾首的样子是给别人看的，人依然我行我素。

我终于做到了厂办主任，成了车间一线工人羡慕的白领，巴龙说哥哥鲤鱼跳龙门，前途无量。我从小文字功底好，中学开始码豆腐块文章，发表在各级刊物上。大学期间学了中文，主攻西方文学，欧亨利、契诃夫、莫泊桑、托尔斯泰等等都成了我的莫逆之交，从这些文学巨匠深邃的作品里，我洞穿人性，读懂人生。那个年代，我拿起笔写我的生活，我的前途，我的希望。那时没有公考，没有关系，大学毕业的我灰溜溜地进了这家纺织厂。当年企业效益还不错，我被厂长筛选到厂办写材料，写简报或者干一些伺候领导的活。我起草的讲话稿上难认的字上面都有拼音字母，厂长的讲话被我训练得抑扬顿挫，工人俱乐部里经常是掌声雷动。我的新闻稿件妙笔生花，投稿必中。李云是我忠实的粉丝，她也从纺织女工摇身变成工会干部。她温顺贤良，不管遇到再大的事，都泰然处之。简陋的家被她打理得井井有条。

工厂效益好，工资高，福利好，让人羡慕。李云早早办理了退休手续，潜心研究佛学，云游各地寺庙。她不是信徒，但是她的佛系生活让她平静得如一湖春水，从来不起波澜。

秀丽眉清目秀，大眼睛、双眼皮，身材突兀有致，身上永远都散发着勾魂的香水味，她不乏追求者。过于孤芳自赏，暴躁脾气出卖了她的长相，她当初选择巴龙而不是我，多少让我耿耿于怀。她是厂医院的护士，对卫生要求到近乎洁癖的地步，终日和细菌做殊死搏斗。她抱怨这老旧房，墙皮总是脱落，老鼠经常在顶棚上载歌载舞。她彻夜不睡觉，逼着巴龙去当一只猫。巴龙每次回家必须得先"净身"，里里外外的衣服全部换了才能进卧室，家里不能有烟味，更不能有酒味，她闻到酒精味就呕吐。厨房更不能有半点异味，餐厨垃圾每天要倾倒三次。巴龙和女儿心里紧绷绷的，像拉起的弓箭。

厂区职工宿舍共二十多排，一排十多户，老老少少住着上千口人，大家都蜗居着，心安理得，没有攀比，人人平等。大杨树下各种夸奖、各种抱怨、各种希望交织在一起，工人们平静地看着社会的变化，守着国家的大饭碗，苟且偷生。老工人去世了，腾出房子，又搬来小夫妻，小卧室又唱起幸福的歌，小厨房炊烟又起，饭菜的香味顺着老杨树的叶子随风飘出，丝丝缕缕。工人师傅们彼此嘘寒问暖，互相关爱，很少有矛盾发生。一些小摩擦也充满温情，比如因为房子隔音效果不好，新婚小夫妻晚上发出的声音过大，隔壁的孤寡老头满脸嫌弃、喋喋不休、绘声绘色给大家描述，弄得人家小夫妻晚上为爱情鼓掌时嘴上还咬着毛巾。再比如老李家的煤球堆过界了，蹭了老王家新买的飞鸽自行车。矛盾发生在老人和青年人之间，发生在贫富稍微有变化的人之间。

大杨树心无旁骛地生长，枝叶繁茂，树叶拍着手随风而歌。

老工人们说，这些大杨树是他们栽的，小树苗被从外地移来的时候像奄奄一息的婴儿，眨眼间，就变成参天大树了，时光如梭，真是不觉得。

四

先不去追究孩子的来历，眼下问题是这个孩子怎么办？短期寄养倒还可以，怎么说，我和巴龙都是铁杆兄弟，但是男婴见风就长，两个儿子花销太大，我家的经济捉襟见肘。巴龙一直没有告诉我那天晚上到底发生了什么？我承认我心胸狭窄，有点窥视隐私的欲望，我威胁巴龙说，你不说实话，我就把孩子送民政局孤儿院。

孩子吃穿、玩具都是巴龙一手操办，户口也上在他家。我说他，多年的兄弟，你还不相信我吗，孩子都几岁了，谜底该揭开了吧！

一段时间，文凭是衡量个人能力的唯一标准，我糊里糊涂被升了官，混进副厂级领导了，像模像样地混上了主席台，有时候还长篇阔论一番，讲着讲着就跑偏到西方文学，讲得口干舌燥，唾沫乱飞。再定睛往下面看，睡觉的工人千姿百态，有人竟然打起了鼾声，嘴角流出的哈喇子像蜘蛛吐出的丝。我家换了大房子，巴龙还住在他的小家。几次我碰到秀丽，我有意昂起了头，用余光瞥她，我希望看到她脸上失落的表情，希望她对我谄媚地笑，可是我失望了，她丝毫没有留意到我，好像我是空气和尘埃。我家厨房也气派了，一棵碗口粗的大杨树，顶住厨房墙，我让工人把这棵大杨树包进厨房，树干上有时会长出几枝嫩芽，厨房内就有了绿色，李云不去掰掉它，她心境荡漾，做饭时哼着歌。饭菜一出锅，三个男人一扫而光，她负责清理盘子。做饭飘出的香味所有住户共享，工人师傅们你送他一碗饺子，他给你几个包子。其乐融融，关系处得阳光、空气、雨水和花儿。

夏天黄昏，夕阳穿过杨树叶子把树影投在地上，斑斑驳驳。老老少少围坐在小吃店旁边茂盛的老杨树下乘凉，老头们抽着廉价纸烟，谈论着遥远的故事，老婆婆手摇蒲扇，几个头碰在一起，不时指指点点。东家长、西家短，谁家的媳妇穿起了超短裙，谁家的公猫昨夜叫得人心烦。人们谈起秀丽，就皱眉头都躲避着她，因为你不知道说的哪句话，会刺疼她，让她暴跳如雷。刚才还阳光灿烂霎时电闪雷鸣，毫不留情地训斥你，揭穿你，让你难堪。等她进入人群的时候大家谈论的话题就变了。你说，今天的天气真热啊，他说，最近的西瓜便宜了。大家心知肚明地打着哈哈，不一会儿都找借口散了。

昨晚后排一个老工人被送厂医院了，医生说送晚了，没法处置，让转到县医院，县医院让转市医院，转来转去，老人就咽了气。大家异口同声谴责医院。秀丽听罢火力全开说，让老人独住，身边也没有人照看。骨头都摔断了，胳膊耷拉了好几天了才送医，肌肉组织细胞坏死严重感染，让医院怎么治？你们怎么不去谴责老人王八羔子儿女？秀丽发完火，才发现人群已经散去。我看到单身楼508的窗户开了，一个女工在窗口给她男朋友打手势，那些手势我看不懂了。李云不会再出现在508窗口了，我怅然若失。青春是五颜六色的水墨画，青春是人生舞台戏剧里的主角，青春的世界如烟花绽放，短暂而美好。

　　小吃店和菜市场，格外热闹。早起，买菜的人熙熙攘攘，厂里厂外的人都有，青菜还带着露水和泥土，活禽交易现杀现卖，菜摊老板脸上挂着僵硬的笑容，他们不会和这些工人师傅锱铢必较，卖家和买家天天见面，都成了亲戚。小吃摊上，老旧低矮的桌椅板凳上油腻腻的，油条炸得金黄，大碗的豆腐脑从不涨价，市场里人们言谈嬉笑，看不出其他表情。

　　一阵嘘嘘声把我从回忆中拉回现实，我低头发现五岁的大儿子正用一泡尿专注地浇一群蚂蚁。

　　我和巴龙的宿舍隔着两排，每次巴龙喝酒后总会先来我家，猛烈地给自己灌茶，直到茶味完全遮盖住酒味才回去。他慈爱的眼神一直在睡梦中的小儿子身上缭绕，酒后言多，他嘴里有倒不完的过往，回忆上学时候的趣事，比如吃饭排队，男生往女生堆里挤，几百名学生只有两个卖饭的窗口，学生自由组合，分别负责打菜，盛饭。男生打完饭，女生才上，也有胆大的女生往男生堆里挤，男生就趁机揩油，女生有意还是无意，也不躲避，用屁股去蹭，拿胸脯去挡，横冲直撞，巴龙说前凸后翘的女生都是上学挤出来的。

巴龙说得兴致高涨，口干舌燥，我却昏昏欲睡。李云已经照护两个儿子睡下了，她正打定入座，我们的大声喧哗丝毫没有影响到她。

巴龙说，一车间一个工人杀了人，被枪毙了。那小子当初跟我混的时候很乖，怎么突然就杀了人呢？听说是为了他母亲，他母亲种着几亩地，天旱，土地龟裂，田苗就要枯死，为了争水，用铁锨拍了一个老头的脑袋。还有一个工人下岗后跟黑道上人混，现在出息了，成了县城有头有脸的人物，好多不平的事，都请他出面摆平。哥，你还记得过去整天鞍前马后在我们面前晃悠的杨武坤吗？他制造雷管，转运过程中意外爆炸，两条胳膊炸飞了。

巴龙，你别说这些负面的好不？你不看我们班同学，那个谁考上清华大学，现在已经是教授了。还有那个谁考上中专，现在当镇长了，巴龙不再言语，一转身不见了踪影。

那个年代卫生条件不好，家里没有卫生间，大小便得去公共厕所，夏天人们穿得薄，半夜去厕所经常碰见惊艳的画面，女人穿着小背心，甩着两只晃悠悠的胸脯在男人眼皮底下过来过去，冬天大部分人就在自家容器里方便，白天屋里浊气散不尽。秀丽不允许巴龙和女儿在家小便，巴龙晚上带女儿要去厕所好多次。想洗澡得去厂里的油腻乌黑的公共澡堂，每个职工每星期发一张澡票，他家的总不够用。我有时候想，巴龙达到怎样的卫生标准才能上秀丽的床，我庆幸没有娶这个女人，她除了漂亮外一无是处。

巴龙的闺女被拾掇得一尘不染，中规中矩。只是胆儿特别小，听到意外的响声就打战，甚至抽搐，裤裆经常会湿。她不敢放声哭，秀丽呵斥起来，她只有把哭声咽回去，一双小手总是在脸上抹泪。

五

秋雨下得人浑身软瘫，人蔫得像几天不见太阳的花儿，屋外墙角生了苔藓，大杨树叶子耷拉着，昏昏欲睡。

婴儿在李云的照顾下，逐渐恢复了元气，小嘴咂着奶瓶，劲儿很大，眼珠子咕噜噜地转，小生命从鬼门关走了一遭，从惊魂中安定下来。李云的母爱被婴儿唤醒，和孩子咿咿呀呀地交流，婴儿像一只刚出壳的小鸡，毛茸茸的。

几次追问下巴龙一点一点还原了那个惊魂之夜。他说，孩子是无辜的。那晚他抱孩子回家的时候，秀丽情绪很激动，说家里进了怪物。她简直疯了，披头散发，胡言乱语，要把婴儿扔出门。他去阻止，他们厮打在一起，巴龙的脸上脖子上留下了几道血印。

可怜的女儿躲在墙角，不知所措，秀丽拿出菜刀要割腕，他飞快去夺刀，屋里的水泥地板上，血迹斑斑。

巴龙，你慢慢说，孩子母亲到底是谁？

巴龙没有回答我的问题，继续描述那晚恐怖的场面。

我劝说巴龙，秀丽的脾气你也知道，你们过了十多年了，让着她，不管出了什么事，都要冷静，要面对，这样闹解决不了问题。

也许孩子是巴龙和虹生的，巴龙江湖义气，对女人侠骨柔情，也许他有说不出的原因，我了解他的性格，他仗义，对待爱情，对待生命，对待朋友，都会赴汤蹈火，他从不把自己当回事，他的眼里只有别人。

巴龙岔开话题，说母亲走后，他和姑姑相依为命，姑姑像母亲一样，照顾他、温暖他。巴龙提起姑姑，泪水流了下来。

巴龙经常提起他姑姑，我也见过几次，四十多岁，女儿得了白血病去世了，姑父原来在电机厂当工人，有一年元宵节放焰火，发生爆炸，死了几个工人，他姑父未能幸免。

上高中那会儿，每次放假，他都去姑姑家换洗衣服，洗澡，姑姑像母亲一样照顾他，姑姑见证了他由小男生变成一个男子汉。

巴龙说，当初和秀丽结合就是一个错误。她不食人间烟火，让人无法靠近，让全家气氛紧张如战争快要打响，但是为了可怜的女儿，他牺牲了自己。殊不知，牺牲并没有换来女儿的开心和幸福。

他和秀丽反复交谈，做了很多妥协，他看到女儿惊恐的眼神，心里一阵阵酸楚。女儿花枝招展正是被父母宠爱的年龄，应该依偎在父母的怀抱里撒娇，但是女儿很不幸，降生在这样一个充满硝烟战火的家庭。

　　夜晚，秀丽出去散步，巴龙暗中跟随，生怕出现意外，他们一前一后出现在小城的角角落落，她站在城西的高架桥上，看脚下奔驰的列车通过，巴龙担心她会纵身一跃，随列车远去。她坐在河边的凉亭里，巴龙担心她会一头插进湖里，葬身湖底，一个失去理智的女人什么事都能干出来，巴龙小心地应对着，生怕家里会发生一件震惊全城的头条新闻。

　　多么丢人现眼的事，家里不明不白突然出现一个来历不明的婴儿。秀丽有理由怀疑巴龙在外有女人。你说是你捡到的弃婴，谁相信？怎么不送到政府部门，秀丽要拼命阻止这个孩子进门，她和这个孩子水火不容。

　　巴龙无数次苦口婆心，都没有让秀丽改变主意。

　　我对巴龙说，咱哥俩从中学到现在风雨几十年了，我拿你当亲弟弟，我欣赏你的为人，但你得给我交个底啊，孩子是个生命，不是一样东西。不能让他不明不白地活下去，你告诉我，我一定替你保密。不然，我真的没法接受这个孩子。

　　巴龙还是无语，他怔怔地看着我，眼光闪过无奈和悲凉，他说我姑姑病了，病得很重。

　　李云说，你就别问了。不管发生什么事，孩子都是无辜的，孩子多可爱啊，大眼睛，高鼻梁，四方脸，轮廓都成型了，长大一定是个英俊少年，佛说善事多行，诸恶莫为。这个孩子我养了，也给璇儿找个伴。虽然辛苦些，但是养孩子过程是快乐的。你们男人不懂。

巴龙扑通一声跪倒在坚硬的水泥地板上，泪如雨下，他心中肯定有百般委屈，万般无奈，不能与人诉说。

嫂子，你是活菩萨，你拯救了这个无辜的孩子，挽救了我们即将破碎的家，我不知道怎么感谢你，这个孩子的爹妈从现在开始都死了，你们就是他的父母，将来他和你家璇儿一样为你们床前行孝，给你们养老送终。屋里静得出奇，只有灰黄的灯光亮着，亮着。

我的疑虑和自私在李云的大爱面前显得不堪一击。

人长成一棵树多好啊，就像身边这无数棵大杨树！没有忧伤，不会悲凉，无欲无求，独立静默。

纺织厂的效益急转直下，厂长却高升了，临走的时候，把我提拔成常务副厂长主持工作。我说，我是一个只知道舞文弄墨的书呆子，怎么能管理好工厂。厂长说，现在全民尊崇知识，文凭就是知识，你不要辜负我对你的培养，不要辜负全厂职工的重托。

工厂在我的管理下，彻底偃旗息鼓了，纺织厂好像一条折断了帆的大船，在大海中漫无目的地漂。所有的机器停止了轰鸣，车间周围长满了荒草，女工宿舍楼失去了色彩，变成一个个黑洞。没有男工在楼下瞭望了，也看不到漂亮的女工打着暧昧的手势。

食堂门口，有几只流浪狗在那安了家。狗们嗅觉灵敏，大概闻到这里过去饭菜的香味。

我终于明白老佛爷为什么要把摇摇欲坠的江山社稷交给一个三岁的孩子了，我成了纺织厂的末代皇帝。

工人们下岗待业，年轻的都外出打工了，大杨树下留下一堆老头老太太。

巴龙也去了南方，秀丽整天把女儿打扮得花枝招展，女儿像是她的一件手工品。女儿上初中了，开始住校，每次见了我，怯怯地朝我微笑。

我家大儿子读高中，学习成绩不好，更加叛逆。老二乖巧懂事，腼腆内秀，怎么看都没有巴龙年轻时候的影子，我想大概儿子一般都继承了母亲的性格。

李云对待老二格外亲，这让老大嫉妒。

终于，老大得知老二的身世，兄弟间没有了往日的亲密，老大还指责母亲，公开顶撞我。

"哪里来的野种。"老大当着全家人面说这样狠毒的话。

我狠狠地抽了他一巴掌，老大已经长得和我一般高了，他的目光像刀子一样让人害怕。

李云伤心落泪，老二急忙去安慰妈妈。

我吼老大："不管老二的爹妈是谁，他现在是我们的儿子，也是你的弟弟，以后不许你这样说。"

巴龙再回到破败居民区的时候，脸上写满沧桑，手心结了厚厚的老茧，他给我带回来南方的清酒和白茶。他说，南方气候好，水土养人，他活得挺滋润的，女儿上大学了，每月把生活费打给她就行，她几个星期也不回一个电话，现在的孩子为什么这么冷漠！她快毕业了，我也要放手了，她有自己的人生。

"我有个要求实在说不出口，哥，你想听吗？"

"请你把我儿子还给我吧，我需要他。"

"不行。"我回答得斩钉截铁。

巴龙脸上挂不住了，笑容凝滞，身体僵硬地陷进沙发。

"我姑姑没有几天日子了，昨天我看她时，她目光痴呆，拉着我的手紧紧不放。"

"你想知道孩子的父母亲是谁吗？"巴龙问我。

"不想。"我回答得没有一点拖泥带水。

巴龙又去了南方，每次回来都来我家，他再也没有提孩子的事。

李云说两个孩子的开销太大，她想出去打工，我没有同意。她伺候一家三个男人够辛苦了。还是我出去做兼职吧，我有文字功底，也认识文化界几个人，能找一份轻松点的文字活。

李云说，儿子大了才知道养娃不容易，尤其是和我们一样的下岗职工。老大花销太大，不满足他，害怕他惹事。老二学习好是重点高中尖子生，咱要力所能及给他提供好的环境，让他往更高处走，走出风雨飘摇的家。

李云听到我和巴龙的谈话，她怕失去这个可爱的孩子。

秀丽还是和巴龙离了婚，嫁给一名医生，女儿判给了巴龙。

经过几年打拼，巴龙再回来时，是来搬家的。他在高档花园社区买了房。说话底气十足。他说新房子大，没有人住。他面露难色吞吞吐吐地说，求您了，哥，把儿子还给我吧，你要多少钱，说个数。给我个账号，我不做无情无义之人，以后老大老二上学所有花销我全包了。

李云紧紧地抱着老二，生怕一松手儿子就会从她怀里消失。

我看着他们母子，再也忍不住眼泪。

我去了一家报社做文字校对，每天对着电脑，像绣花一样仔细。一年下来，我没有被扣钱，只是换上了高度数的近视镜。

每天回家看到李云和两个儿子，一身的疲惫顷刻间烟消云散。

六

春天如期而至，老杨树又长出嫩绿的新芽。

一张盖有大红印章的法院传票被两个穿制服的递到我手中。老杨树下人们议论纷纷。

民事官司，原告是巴龙，他要求讨回儿子的抚养权。总是会有忘恩负义的人，没有撕破脸是没有到紧要关头。

开庭的那天，法院门口，巴龙看到我，立即跪倒在地。哥，对不起，我没有法子，我也不想横刀夺爱，但是我又走投无路了，像当年那个雨夜一样，我又得求你了。我的生命需要延续，我的生意需要人继承，儿子的父亲是我。哥，我加倍给付孩子十五年的抚养费。

我狠狠地抽了他一巴掌，这一巴掌抹去他在我脑海里的一切记忆。

你觉得金钱能买回一切吗？我们和儿子多年来积攒的感情能用金钱衡量吗？你当初是怎么说的？你三番五次把儿子给我，说从那个雨夜后他爹娘都死了，说以后让孩子和我儿子一样为我行孝床前，养老送终。

法院审判庭里，法官主持调解，法官说，法律也不是冷冰冰的，既要合法更要合情合理。既然原被告不在经济上纠缠，那就听听孩子的意见。

儿子慢慢松开了李云的臂膀，他替母亲擦拭眼泪，他要告别十五年的旧时光，我放弃了巴龙给付的一大笔抚养费，也许儿子的选择是对的，他不愿看到我们这么辛苦。

很短的一截距离，儿子走了很久，他不停地回头张望，脚步几次停下来，扭头的那一瞬间，我仿佛看到那个雨夜，那个嗷嗷待哺的婴儿，我感叹生命的神奇和伟大，我觉得无比骄傲和自豪。孩子没有摘下眼镜，但是镜片背后是泪眼，像一片大海，波涛汹涌。他把不舍藏了，把感激露了出来，他是个聪明听话的孩子。巴龙早已打开了车门，儿子手扶车门最后的一个张望，瞬间成了永远。

我的儿子就要走了，十五年的一点一滴，镌刻在回忆里。

李云对我说，一切缘分天注定，该走的留不住。

巴龙的姑姑死了，她在见到这个孩子后就闭了眼。她说孩子抱走那天，离开娘体才三天，孩子没有吃过一口奶水，瘦弱得像一株小树苗。

过了一段时间，巴龙给我来了一封信：

哥：

你是我亲哥，永远是。我不是忘恩负义的人。我没有告诉你，秀丽也在争这个儿子的抚养权，你忘了，老二户口一直在我家，我们离婚后，女儿跟了我，老二判给了她。她和那个医生也没有生育。我不抢先一步，他们一定也会起诉你讨要孩子抚养权，所以我没有告诉你真相，就起诉了我的恩人，我对不起哥哥，我给你磕头谢罪！

哥，这个孩子还是你的，我看你养得辛苦，不忍心看着你和嫂子过苦日子。你养了孩子十五年，现在该我养了，不光是老二，老大我也养。这些年我打拼赚了些钱，我已经在南方城市给他们买好了房子，我年龄大了，力不从心了，我已经把公司法定代表人变更给咱家老大了，以后这个公司就交给他经营。让老二继续上学，读研，出国，做更大的事，这两个儿子都是你的，我家姑娘也快毕业了，现在出落成美女了，心里的阴霾早已散去。如果她和咱家老大能对上眼，就给他们办事，我们就亲上加亲了。

还有一句话，这么多年了，你一直想知道孩子的母亲是谁，等我过年回去，咱哥俩好好喝一次酒，我都告诉你，好吗？

弟：巴龙敬上

孩子的母亲是谁，已经不重要了，一个生命侥幸存活和健康成长比什么都重要。李云说救赎和成全功德无量。

我们搬迁新居了，曾经居住过的老旧居民区，都画上了红圈圈，等待政府拆迁。

我经常去我们曾经住过的老房子转悠，低矮的厨房半边已经塌陷下去，我弯腰窝进去，看到那棵被包进厨房的老杨树依旧生命勃发。我抬手轻抚，听到被揉碎的时光从指缝间滑落的声音，我禁不住老泪纵横……

误　会

　　城市中间，有一条小河流过，若干年前是纯天然的景观，河水清澈，水草丰美，岸边绿树成荫。现在政府将小河加宽扩容成城市公园。每天早晚，公园健身步道上散步的人流如织。

　　一个约莫 70 岁的老头，身穿灰色西服，深色裤子，运动鞋。每天出现在公园的小路上，一手拿着铲子，一手拿着塑料袋，不停地弯腰去清理狗屎，他走路有些蹒跚，运动鞋看上去很干净。

　　我对媳妇说，如果养狗的市民都能像这老头一样多好。

　　周五晚上，我和老婆漫步河边，吹着晚风，看城市霓虹闪烁，河面上的喷泉水柱随着音乐高低起伏。她说，城市真是越来越美了。我说，可不是吗。说话间她脚下一滑，一个趔趄，险些栽倒，我赶紧扶住。她说大概踩到香蕉皮了，我说闻气味好像不是。她抬脚仔细一看，黏糊糊的东西，踩着狗屎了。我幸灾乐祸地偷笑。她满脸愤怒，再没有心情散步了，叫嚷着要回家。狗屎味弥漫在我们周身。她脱掉运动鞋，让我去河边清洗，我蹙着眉头，满脸不悦，但只得遵命。栈道离水面还有一截距离，由于我腰围大，弯腰下去憋得难受，呼吸急促起来，没有掌握好平衡，一个趔趄险些掉进河里。

现在城市养狗的越来越多，都在清晨或者晚上遛狗，白天还好说，视线好，只要睁大眼睛，时刻提防，躲着"地雷"走，就不会踩着。晚上就难说了，好多人碰到"狗屎运"了，弄脏鞋子和衣服，破坏了好心情，一阵骂声骤然响起。

我想起了那个老头，一定是他。他可能就住在附近，他没有及时清除他养的宠物排泄物，或许他没有养，他的儿子、孙子养了，年轻人嫌脏，让老人代劳。或许他是公园管理员，他没有尽到职责。

我工作之余，喜欢写点小文字，我觉得应该写一篇小文章，呼吁一下市民，自觉维护城市环境。养宠物的，随时携带铲屎工具，及时清理城市道路上的"地雷"。不然，城市建得再漂亮，也会被这些细节给破毁掉。

星期天一大早，我们又去河边散步，有了上次的教训，妻子走路小心多了，她不敢抬头看风景，眼睛一直盯着脚下，生怕再踩响"地雷"。我目光在搜寻那个铲屎的老头，我得和他说道说道，让他每天增加巡查次数。他虽然年龄大了，但我还是想提醒他要尽职尽责，不能吃空饷。

老头出现了，就在我的前方不远处。

我快步上前，心中虽然还有火气，但还是客气地和他说话。

"大叔，你是公园管理员吧？"

"不是。"他回答。

我认为他在撒谎。

"但是我发现你好像每天在这里铲屎啊，你一定要多巡查几次，特别是早上和黄昏，在人们出门锻炼前。"

"你家人一定养狗了吧！你是在为他们效劳吗？"

"不是。"他的回答依然是这两个字。

我又问"那你每天……"

"我就住在公园附近，退休了没事，喜欢在河边溜达，看到许多狗屎没有人清理，我就找些工具，把它清理干净，然后把粪便集中埋到路边的植物下当肥料。"

误会他了，我脸直发烫。

我和大叔正热聊着，大叔说："你看，前面那条大黄狗正在拉屎。"

"你为什么不去制止或者劝说这些养狗的人呢？"

"我这样做，会招来骂声或者说我多管闲事。我等狗拉完了，清理掉就是了，他们开心，我开心，又不污染环境，不是挺好的吗？"

他拿起废铁片制成铲子和装潢塑料板边角，像战士一样冲上前去，一个摩登女郎牵着她的狗逃之夭夭。

"老人家，你慢点走，小心摔着！"

我掏出手机，想把他记录下来，他朝我挥挥手，不好意思地走了。

我去公园管理处打听老人的情况，他们说，老人今年70岁了，儿子在市电视台工作，孙子都上大学了。他家没有人养狗，老人在公园坚持义务清理动物粪便已经很多年了，我们本来想适当给他出点工资，他坚持不要，说这是举手之劳。

　　我又拿出手机，翻看刚才的照片，只拍到了他的背影和侧面，还有他那些铲屎工具。

　　忽然间，老人的形象在我脑海里变得高大起来……

老店、石牌坊和观音庙

　　爷爷总是骄傲地向人说，他家的店是解放前横桥镇唯一一家经营百货和日杂的铺子，是有招牌和字号的生意。

　　爷爷说店前的街道是镇上唯一用石条铺成的路，下完雨，走在路上不湿鞋。大马车碾过，也只有两道车轮印迹。街两边的店铺鳞次栉比，茶肆酒吧，染坊药房，财神庙、娘娘庙香雾缭绕。教堂里礼拜天有唱诗音乐传出，还有一个金发蓝眼的洋人小女孩经常出现在街上，她牵一条金毛狮子狗，一群衣衫破烂、蓬头垢面的小孩众星捧月般围在她周围嬉闹。

　　街道尽头是一座用石块建成的牌坊，爷爷说是康熙年间建的。牌坊高大宏伟，顶端有牛角一样的斗拱造型，也像两个盘腿而坐的老人在对弈。左侧小门上横梁脱落，显露出豁口，阳光穿过来，石板路上留下长长短短的影子，牌坊的四根柱子上刻有对联，是遒劲的隶书，牌坊顶端"圣旨"两个大字威严肃穆，爷爷说这是贞节牌坊。牌坊建在官道上，官道一直修到黄河边的蒲津渡口，乘船摆渡过河官道沿着华山脚下蜿蜒曲折一路向西直达长安。

说是老店，是有凭据的，祖父说那会儿皇帝还在金銮殿上朝。他就开始在镇上经营日杂瓷器，说是瓷器其实就是普通家里用的水缸、面瓮、尿盆之类的，顶多有一些吃饭用的，上了白釉的细瓷碗碟，并没有景泰蓝之类的名贵瓷器，日用杂品样数就多了，货物堆成小山。解放后公私合营，瓷器日杂店变成了镇上的供销社。

老店坐西朝东，早上各家店铺的小伙计依次将通铺门板挪开，店里的货架上就有了阳光的味道，阳光新鲜而清澈。已经擦洗干净的货物整齐地摆放在门口，街上行人马车才渐渐多起来，卖菜的农民挑着担子刚进了城，小吃摊刚搭起的白布帐子下，油条在锅里翻滚，由白变黄，一碗豆腐脑还是熟悉的味道，横桥镇人的一天拉开了序幕。

祖父是个精明的商人，脑瓜子聪明。不管风云再变他都见风使舵，他摇身一变成了供销社副主任。其他爱钱如命的小财主，最后都落个恓惶的下场。用祖母的话说是有九龙口观音保护。她每天晨起第一件事就是迈着小脚跨着小步去九龙庙抢头香，雷打不动。

祖父死后，爷爷接班去供销社里当了售货员。他从没有干过供销社的活儿。那个时候售货员可是个鲜亮的职业，爷爷每天穿着四个兜的灰色中山装上下班，胸前兜里偶尔还插一支吃墨水的钢笔。

爷爷长相寒碜，谁看一眼都忘不了。他生就一张关公脸，无论春夏秋冬满脸通红，分不清是害羞还是发怒，或者是喝二两酒后的反应。据说爷爷刚生出来，吓了祖母一跳，以为是个怪胎。祖父说，分明是神仙转世到我老张家了，这娃日后必成大器。爷爷五官自顾自地长，极不团结，尤其是鼻子长得有些离谱，蒜头鼻不说，鼻孔向前开，鼻毛每天承受阳光雨露滋润，像施了肥的庄稼一样茂盛。祖母说她儿子像观音庙里张牙舞爪的神仙。爷爷闲下来的时候手指总在鼻孔里掏，好像鼻子里面有挖不完的金子。他抓住一根突出的鼻毛，猛地拔出，鼻毛在他手指里撵来撵去，他神情庄重地注视着，嘴里嘟嚷着。这是爷爷一天中最安静的时候，秋天温暖的阳光晒着，让人打盹。

爷爷待人和气，笑容经常挂在脸上，没有人见过他发怒，他天生爱叨叨，像女人的"碎碎嘴"，走路念叨，吃饭唠叨，也不知他念叨的什么话，好像是在说给自己听。

奶奶当时也是供销社售货员，据说她是国军军官的私生女，进不了家门，被父亲丢弃在农村。奶奶骨子里有小姐气质，举手投足都像大家闺秀。她脑后没有时兴的麻花辫子，头发披在肩上，松松地垂在身后，顶多用蝴蝶发卡夹着。她说记忆里没有爹娘，奶娘去世后，世界上就再没有亲人了。她不知道自己是如何飘到横桥镇上的，也不知道怎么就成了供销社售货员。她谜一样的身世成了横桥镇茶余饭后的谈资。在供销社里，每天和爷爷在一起站柜台，爷爷那个时候头发浓密，洗得明晃发亮，衣服穿得平平展展。他为人和善，说话斯文，嘴甜得像抹了蜜，干活卖力气，小腿跑得勤。尤其是打算盘那是一绝，只见他稳坐柜台，挽起双袖，左手扶盘，右手快速拨动算珠，像机关枪发出的声音，算盘的入门课，从一加到一百，等于五千零五十，爷爷蒙着眼睛几分钟就能搞定。那个时候去公社领个证，给大家散发几块喜糖，就算结婚。奶奶把铺盖搬到了爷爷宿舍。在一起生活没多久，奶奶嫌爷爷嘟嘟囔囔像个女人。经常为了几毛几分钱或者一些鸡毛蒜皮的小事，计较半天。

几十年里奶奶经常说起的一句话是，当初嫁给这个男人是草率了点。

我是在爷爷奶奶的吵架中长大的，也不是大吵，每次总是爷爷先扯起线头，奶奶就用木尺子做指挥棒有节奏地敲打柜台，吵得抑扬顿挫，纵横捭阖。到饭点了，奶奶却依旧下厨，爷爷照样吃饭。爷爷去挑水奶奶就把水缸盖掀开，他们像螺母和螺杆，配合得严丝合缝。

责任制后，供销社散摊子了，所有店铺对外承包。公开投标，爷爷以最高价投中这个店。别人不明白这张老头为啥花大价钱盘下这烂房子和荒园子。也不知道他哪里弄来的钱，竟然一把交清了三十年的租金。80年代初一万多元是什么概念，那时候镇上没有几家能一下子拿出这样数目的巨款，这举动着实成了横桥镇一大新闻。大家对这个有点秃顶的老头刮目相看了。有人说，园子地下埋着几罐子银圆，也有的说是金条。这个消息越传越玄乎，长了翅膀到处乱飞。

包产到户了，各干各的营生，各家种各家的地，小麦杨花、玉米结穗，棉花生絮。骡马拉车，黄牛耕地，春种夏耘秋收，庄稼的收成要看老天爷的心情，雨水多了，年成就好。碰上旱年，就得饿肚子。后来引来黄河水浇灌，庄稼才长得像个样子。爷爷不知道稼穑辛苦，他的百货日杂店生意独家买卖、生意兴隆。还是原来供销社留下的摊子，有些货是祖父留下来的。爷爷暗自庆幸，这个店转了一圈又回到了老张家人手中。钱如流水每天进进出出，月末盘点，年底清账，虽然是私人的店铺，却是公家的经营路数。奶奶打理上货，拂尘清洗。爷爷隔三岔五去县里百货公司进货，一辆加重自行车，驮着货从镇上到县里六十多公里远，来回一趟爷爷要缓歇几天。再后来有汽车下乡送货，那辆飞鸽车子两个发亮的轱辘也锈迹斑斑。奶奶把它当破烂卖了，为这事，爷爷嘟囔了半个月。奶奶听得耳朵起了茧子。

吵归吵，奶奶还是为爷爷生了三个儿子，老张家孙子辈像春天的竹笋一样齐刷刷破土而出。

原来一大家人在一起吃饭，他嫌孙子们吵闹，吃饭没有吃饭的样子，不懂规矩，老人还没有上桌，菜就所剩无几了，他吃饭听不得嘴吧嗒，孩子们才不受这约束呢，吃完饭，袄袖子抹嘴，一溜烟不见人影。就剩下他一个人在嘟囔。往后吃饭，奶奶就实行分餐制，像现在的自助餐一样，嗨，问题解决了，皆大欢喜。再后来儿子分家另过，奶奶只伺候他一个人，他嘟囔说奶奶做饭像喂猪，做一顿饭吃三天，吃不了馊了倒掉可惜，浪费粮食。

奶奶说她一生最不喜欢的事就是做饭，爷爷说你还想咋的？小姐身子丫鬟命罢了。

日杂店前排是五间大瓦房，靠西两间是爷爷和奶奶的卧室兼厨房。其他三间的货架上各种商品按类别摆放，琳琅满目。食品区主要是油盐酱醋、散酒、白糖红糖之类，那个时候没有饮料，唯一的冷饮是五分钱的冰棍。大颗粒散盐倒在水泥池子里，池子上架着一根手腕粗细的木棍，被磨得油光发亮。木棍上吊一杆秤，秤砣是铁铸的锥形体，秤盘是洋铁片制成的。后来大家都用弹簧盘秤了，爷爷却坚持用杆秤卖货，他说杆秤用了几十年了，不会少称一两一钱。他从不进袋装的酱油、醋，他认为那种包装会缺斤短两。毛驴车送来散装的，倒进大缸里，用特制的洋铁镏子卖，镏子规格有半斤和一斤的，只多不少。布匹区有的确良白布、各种花布，卖得最快的是天蓝色、军绿色咔叽布。那个年代，男娃标准衣服是军绿衫、深蓝裤。镇上有个名叫志伟的男裁缝，长得白白净净，浓眉大眼，女人们排队找他裁剪衣服，让他用皮尺子在胸前、臀部反复量，说一定给我量准了。他做成的衣服，显胸、束腰、包臀，穿上衣服女人们赞不绝口。自家娃的衣服女人们就不讲究了，自己裁剪，缝成的衣服像麻袋一样宽松，娃娃们长得快，一件衣服要穿几年，老大穿了，老二穿，只穿到七零八落了才丢掉。五交化区，是诸如自行车配件或者是马灯、手电筒、灯泡、开关、电线等货品。这类东西爷爷不太喜欢卖，货架慢慢就空了。

店后面是一个一亩大的园子，爷爷说那是他儿时的乐园。几棵树冠巨大的桐树遮挡住了半个院子的阳光。夏天，知了歇斯底里地在树上叫，入夜，园子里蛐蛐蝈蝈你唱我和。白天，爷爷带着一群孩子在院子里疯，祖父听到盆盆罐罐破碎的声音，捧着碎片片心疼半天。孩子们早已消失得无影无踪了，祖父一会儿也就忘了这茬子事。现在园子里放着一些不怕淋雨和太阳晒的货，比如大大小小的瓦盆，盛水的、装面的，还有紫金的砂锅，草绳捆着的大大小小的碗碟盘子。快过年的时候，镇上的女人们开始在园子里挑挑拣拣，敲敲这个，摸摸那个，听听声音，看看花纹。过年了，添几个新碗碟，待客的时候亲戚吃着美味，嘴里不忘发出啧啧的赞叹，主事的女人脸上红光满面，家里喜庆的气氛一直蔓延到正月底。

爷爷喜欢和这些娘儿们唠叨，女人们和他讲价钱，他随口一句，这些老货是我爹留下的呢，你们看着给钱吧。

这个时候奶奶在一旁拉着脸，眼睛瞪着，嘴里骂道："你个败家子，整天对我立眉瞪眼，见了其他娘儿们脸上笑成了花儿。"有一次奶奶终于忍无可忍了。一个女人买了货要付钱，爷爷推辞，暧昧地拉扯着，奶奶像一只发怒的猫一样扑上去，那个挂彩的女人落荒而逃。

镇东小河里常年清水细流，河上架着一座古老的石桥，桥栏杆早就不见了，就剩下几根石条，桥拱下有一通石碑，湮没在草丛中，碑上的铭文模糊不清。

奶奶走过桥面，水面上倒映着她美丽的影子，她捋捋头发，摸摸脸庞，一站就是大半天。走过石桥，她长久地望着石牌坊，好像一尊雕塑。奶奶认识几个字，她努力辨认石牌坊上已经模糊的字，好像在寻找自己的身世。她经常像得了魔怔一样站在石牌坊下发呆。她说她看到石牌坊周围突然长出许多人，都在嘲笑她。好多女人在撕扯她的头发、抽她的耳光。

太阳一天天升起落下，风吹来了云，云中有雨。雨水落下顺着小河流走。奶奶得了急病，在爷爷一辈子嘟囔声中归了西。弥留之际，她时梦时醒，她说梦见亲生父母了，父母来接她回家，家在大城市里。她嫁给了一个门当户对的富家子弟，家里有花园洋房。她还梦见爷爷是她家的花工，爷爷偷了她的东西，偷走了什么，奶奶说她记不清了，是很贵重的一样东西。

奶奶咽气时说这都是命，她挣扎了一辈子都没有解脱。

石牌坊几百年岿然不动。看样子，它还要俯视横桥镇的人们几辈子。

爷爷的头发所剩无几了，索性剃光了头。货架上的货越来越少了，上面送下来什么他卖什么。园子里的瓷器好的都被挑拣完了，剩余有瑕疵的陈年古董还静静地躺在杂草中。

人老了睡着也是半醒，夜深人静了，爷爷开始在后园灰暗的灯光下转悠，不知道他到底在找什么？也许横桥镇人的传说是真的，园子地下埋着宝贝，这是一个谜，父亲叔伯们也没有从爷爷嘴里得出缘由。

货物腾空的地方，都被深翻过，种上一些不起眼的花草，还有遗落的玉米种子发芽。向日葵是最惹眼的，长得高高大大，葵盘向着太阳，一圈金黄色花瓣耀眼夺目。夏天的后园里满眼绿色。到了秋天，果实也没人收获，藤上的丝瓜叶子干枯了，丝瓜由绿变黄没有一丝水分了，还挂在蔓架上随风摇晃，院子显得荒凉。墙根处几棵苹果树和桃树，是爷爷用来吸引孙子们的，苹果和桃子花凋谢不久，果实才鸡蛋大小，就被孩子们鼓捣完了，只有枝头最高处，孩子们够不着的果实能到秋天。爷爷慈祥地念叨，这帮孙子们太闹腾，一段时间他们不来，爷爷眼光晦涩，唉声叹气。

镇上又开了几家百货日杂店，爷爷的老店日渐萧条"门前冷落车马稀"，他丝毫没有显出急躁的样子。依旧在后园子里转悠，侍弄花草，浇水锄地，那些盆盆罐罐上挂满了尘土他却视而不见。太阳一丈高了，他煮一壶浓茶，在竹躺椅上卧下，躺椅摇动着，发出"吱吱呀呀"的响声。收音机里播放着铿锵有力或者婉转悠扬的蒲州梆子，他眯着眼睛，从太阳的高低判断时辰。该吃午饭了，吃什么？去吃一碗油泼面，碗里要多放点辣椒，他光头上冒着豆大的汗珠。

爷爷从小就听祖父祖母描绘他生出来的模样。祖父说他是关公转世，祖母说像观音庙里的神仙。爷爷感觉他就是普通人一个。

时光在爷爷喝茶的吸溜声中流走。一只流浪猫在爷爷店里安了家，这只母猫通背黄色，只有肚子和爪子是白色。这只猫时而温顺，时而暴戾。它对店里的旮旯旯非常熟悉。爷爷说这只猫

是奶奶变的，是来陪他守这个园子的，爷爷说这话的时候，有点
哽咽。那只猫就扑到爷爷怀里温顺地叫，爷爷轻抚它柔软的毛，
眼眶湿润。白天，猫静静地卧在爷爷躺椅旁，眯着眼睛打盹。有
人进店，才机警地竖起耳朵叫几声，把似睡非睡的爷爷叫醒，如
果是男人进店它又闭上眼睛，如果是女顾客来它就不停地叫。有
次爷爷帮一位中年妇女选布料，无意中手碰到了一起，只见这只
猫跳上柜台，弓着身，冲上去，那个女人的手上留下几道血印，
吓得花容失色。入夜，它翻过墙头消失在黑暗中，黎明前又回到
爷爷的炕头。

爷爷每天对着猫念叨，如平常对奶奶唠叨一样，他眼角堆积
了许多擦拭不掉的眼屎。

有客人进店，爷爷先招呼人坐下，东家长西家短聊一阵子。
来人拿走自己需要的货，问价钱，爷爷说，给多少都行。他把钱
放进磨得油光锃亮的钱匣子里，镇上人都说老头有点糊涂了，算
账不行了。但是儿孙们却不这么认为，自家人来买东西，一分钱
不能少。如果要赊账，打欠条，上账本，写清年月日，年底结清。
孙子们来白吃一个糖都不行，哪个孙子吃的东西就记在哪个儿子
账下。

爷爷一生对别人宽宏大量，唯独对自家人锱铢必较。

一次我偷拿了一瓶价值十块钱的白酒，他找了好久没有找到，
他说是不是哪个顾客拿走漏记了，要是别人拿走就算了，自家的
孩子拿了可不行。这不是小问题。他把全家人召集起来开会。没

有人承认，都想蒙混过关，以为时间长了，爷爷就忘了。没有想到会开了几个夜晚，最后终于水落石出。父亲当着大家的面把酒钱放进钱匣子里。

爷爷说，我卖一箱酒都挣不到这十块钱呢。做生意要算账的，更要正规，自家人更要分清。这是祖上传下来的规矩，货物利润一旦核定了，就不能坐地涨价，不管货有多紧俏，不管什么时候，该卖多少钱就是多少钱，卖不了就放在那里还是商品。

爷爷真是老糊涂了，他甚至忘记儿子们的名字，忘记他们的生辰，但他记得横桥镇上百年的风雨，他更没有忘记他是干大事的人。

初一拜年，爷爷压岁钱不随物价涨，几十年一直是一块钱。年底给儿子们分红，却是一疙瘩钱。给谁家钱，必须有名有堂，比如老大儿子今年要结婚，老二姑娘考上了大学。老三明年要盖新房，一两万也能解一点小急，谁家没有大事就拿不到钱，哪家媳妇有意见也说不出口，爷爷有他的章法和道理。

爷爷的确是老了，货架上的货快空了，钱匣子也不上锁了，有人顺手牵羊摸走几盒烟几瓶酒，他也不去说。乡亲赊欠的东西到了年底不结账，他也不去讨要。他说，人都是有良心的，人家手头宽裕了就会主动送来的。他每天依旧拖着臃肿的身体在园子里转悠，煮茶，吃面，让饭店跑堂的把饭送到店里，不忘给多加两块钱跑腿费。

夜里，后园里依旧会传来他踢踏的脚步声，寒冬腊月，呼呼的北风鬼一样叫，地下到底有什么宝贝让爷爷如此着迷？难道真的有金山银山，我们半信半疑。

镇里建中学，爷爷带头捐了数目不小的款，他甚至没有考虑过，那把竹躺椅快散架了，该换个新的了。穿了十来年的羊皮大衣上净是破洞，他不舍得扔。我买了一个带按摩功能的洗脚盆孝敬他，也被他送给了别人。

横桥镇位于三县之交，自古就是商贾云集的重镇，镇南有一条干涸多年的古运河，运河边一块视野开阔的平地被称为九龙口。有九条路在那里交会，通向四面八方，从高处看像九条龙头聚首。平地最高处原来有一座观音庙，香火很旺。各地的人路过都进庙烧香，虔诚跪拜。庙被日本人毁掉了，只剩荒草中的石头地基和砖头。

爷爷对九龙庙很有感情，祖父说，九龙庙里的观音救过他的命。那年他还不会走，染上了重病，奄奄一息，医生说这娃难活了，祖母不信，她说我娃是神仙转世不会死的。她每天抱着儿子去庙里烧香磕头，小脚磨破了，脱袜子带血连肉。后来观音显灵赐了一服汤药，爷爷服用后奇迹般地好了。

九龙庙遗址被列为县级文物保护单位，爷爷跑镇里、县里游说，要钱建庙，无奈上面只给政策，没有资金。爷爷奔走相告，号召十里八乡善男信女捐款。

听说爷爷要关了日杂店建庙，父亲叔伯都去阻拦。不是不让你捐，咱少捐点行不？但是爷爷态度很坚决，不容改变。婶子刻薄地说，爹啊，你还有这么多子孙呢，多少给孩子们留点念想啊，你以后走了，让他们好好哭你。爹说，我死了是好事，解脱了，你们哭什么！笑着把我埋了就行，或者一张席把我卷了扔到河滩里喂狗。

六间正殿两进两出、六间侧殿，规模宏大的观音庙在原址上建成了。鞭炮齐鸣，锣鼓喧天，参拜的人络绎不绝。观音庙请了蒲剧名角儿连唱三天大戏，车水马龙，人声鼎沸。所有捐款人的名字和捐款金额都被刻在石碑上，捐钱多的被刻在显眼的位置。其中有一通碑很奇怪，上面除了"横桥镇老张家百货日杂店"几个字外，没有名字和捐款金额。

庙建成后，爷爷住进侧殿，成了看庙人。百货日杂店没有留给我们，里面的破铜烂铁、残缺不全的瓷器被汽车碾得粉碎，几个月后，日杂店的地方建起了一座别墅，别墅的主人不姓张。

又过了不到半年，爷爷也驾鹤西去了，坟墓就在庙后面。镇上的人都说观音像旁边那尊神仙，满脸通红、鼻孔朝上、凶神恶煞，像极了我爷爷。

还有人发现一只通背黄色、肚子和爪子白色的猫经常在墓前凄厉地叫。

金榜题名

隔壁王行长家今天怎么一直鞭炮声不断？若不是小区物业出面制止，王家别墅前肯定是炮花满地红了。

原来是王家儿子学军考上大学了，真是喜事。

王行长家的胖儿子学军复读了一年，终于达二本线了，昨晚放榜，难怪今天王家这么热闹。隔壁老王在银行当副行长，他从农村考上大学，然后分配到城里工作，在银行工作多年了，还是那样清瘦，不知道是公家饭不养人，还是他的消耗太大，反正就是吃不胖。人都说缺什么补什么，所以王行长就喜欢丰满的女人，到谈婚论嫁的年龄，他是非胖姑娘不见。现在孩子他妈是在舞厅里认识的，因为当时舞厅里的她格外显眼，吸引了王行长的目光。结婚后，老婆给他生了个胖儿子，对儿子他们视为掌上明珠，从小娇生惯养。胖妈对胖儿子更是宠爱，就差上天摘星星给他了。

按说这个胖儿子脑子不算笨，但是脑子不往学习上使，学习成绩平平，没有考上重点高中。他爸硬是掏高费、托关系走门子才进了市重点高中，但成绩依然上不去。王行长着急了，让老婆辞了文化局工会干部的工作专职去陪读。两年下来，儿子的成绩没有多大提高，胖妈体重倒是提高了不少，上下楼都气喘吁吁，胖妈不说自己能吃，却埋怨是因为陪读没有跳舞减肥。

学军第一年高考离二本线差 100 多分，复读一年分数刚好压二本线。出分那夜王行长夫妻一夜没睡，等到凌晨能查到分数了，夫妻俩竟喜极而泣，胖妈非要拉着王行长跳一曲"恰恰"。

这光宗耀祖的事肯定要好好庆祝一番，夫妻商量大请三天，不收礼金。

说办就办，夫妻俩一合计，在县城最好的饭店订了 698 元的酒席套餐，要请孩子所有任课的老师，要请儿子的同学，要请王行长夫妻的单位同事，还有儿子他七大姑八大姨。

请客的那天，宴席开了 20 桌，《步步高》背景音乐在饭厅里回响。王行长西装革履，胖妈特意选了一件大红色的旗袍，旗袍好像偏瘦了点，胖妈胸前的、腰部的、臀部的肉被旗袍勒出几道线，像没有剥皮的粽子。

酒宴开始，王行长和老婆逐桌敬酒，推杯换盏，好不喜庆！一个穿黑色衣服的领班指挥着若干个穿红色工作服的服务员穿梭在大厅里，服务员们像不知道疲倦一直游动的鱼。

突然"咔嚓"一声脆响全场顿时鸦雀无声，仿佛地球都停止了转动，大家不知道发生了什么事？原来是饭店一个女服务员端着一盘螃蟹正往桌上放的时候，儿子学军忽然站起来，服务员大概没有经验躲闪不及加之满是油腻的地板打滑，这个服务员一个踉跄，连盘子带菜一下子摔在地上，学军的皮尔卡丹西服上满是花花绿绿的油点子，菜花子，两只煮熟的螃蟹正好"趴"在学军的脚上，很是滑稽。

这个女服务员赶紧爬起来，顾不得擦拭衣服上的污物，站在一旁，双腿发抖，脸色煞白。

"真是扫兴，你怎么当的服务员啊？"

"饭店老板怎么招这样的服务员啊，有没有培训过？"

众人七嘴八舌轮番指责那个瘦小的女服务员。再看她，个子不高，穿着明显过大的工作服，满脸愧疚，站在一边，低头不语，牙咬着嘴唇，手捻着工作服衣角，眼眶里满是泪水打转。

胖妈上下打量了这个服务员说："你是农村来的吧，叫你们经理来，我看你和我儿子差不多，我儿子都考上大学了，你怎么连个菜也端不了啊。"

听到响声和吵闹声，饭店老板说话间就到了。

"对不起大家了，这个服务员刚来不久，这个菜重做，这位先生的西服我们负责赔，求你们别难为小姑娘，她也是今年高考生，家里经济困难，利用暑假打工赚点学费。"

"小妹妹你没有摔着吧，没关系的，我不会让你赔一分钱的。"

饭店老板话音刚落，那个服务员大声地哭了起来，刚才在眼里积攒的泪水瞬间倾泻而下……

"对了，忘记告诉大家，她是咱们市里今年的高考理科状元。"饭店老板自豪地说。

头 疼

　　老李头今年 70 多岁，过去一直在行政单位工作，老伴走了以后，为了不让儿女们操心，他把自己的身体保养得很好，早上晚上都在公园里散步、打太极，和老头老太太们聊天，日子过得还算滋润。

　　可是最近老李觉得走路头重脚轻，头有一点点疼，有时是一边疼，有时是两边交替疼，时疼时不疼。老李决定去医院检查一下，年龄大了要注意保养，小病不看酿成大病咋办？况且现在公费医疗政策这么好。他最相信西医，西医仪器先进，治病效果好还快。那年他得了胃癌做了胃部分切除手术后，到现在过去 10 多年了没有复发，吃嘛嘛香。他决定去医院做个脑电图和脑血流图，医生看了报告单后问了问他年龄，说没有太大的问题，该吃吃，该喝喝，别老胡思乱想。老李反复琢磨医生话的意思。怎么能没有问题呢？明明是疼啊，叫我该吃吃，该喝喝，是不是医生隐瞒了什么？老李有点儿后怕。

　　他决定再去看看中医，尽管他不太相信中医。中医前几年被炒得热火朝天，自从那个靠推荐病人吃绿豆治病的"中医专家"被打倒继而早早病亡后，老李更不相信中医了。可是眼下有这病啊，再去看看中医吧，兴许能碰上药到病除、像喜来乐一样的"神医"呢。一朋友推荐他去找公园西边药房里那个老中医看，这个中医不算太老，但是头发发白，一副医学院教授的模样。他开始给老李号脉，手指像是在老李手腕上弹钢琴，一会儿低头自言自语，一会儿又翻白眼像是在念咒。一会儿说老李应该是上火了，一会儿说老李还得祛湿，说先开几服中药调理调理。方子开下去一算账从老李的医疗卡里刷去600多元，这中药真贵呀，老李很是心疼。

中药喝完，还是没有效果，老李的偏头痛没有减轻，反而加重了，老李晚上失眠时习惯打开电视看看养生节目，他注意到一个养生专家的说法似乎有一定道理，对照那个老专家的说法老李的头疼可能是因为生活习惯有问题，比如大便用力过猛啦，再比如弯腰过低啦，平时锻炼头低于心脏引起脑供血压力增大或者是起身太猛造成脑供血不足等等。

老李按照养生专家的说法，每天早上大便一个小时以上，不敢用劲，直到在坐便器上腰僵硬了才起身，出了厕所满身臭气，公园里的老太太见他到了捏鼻子捂嘴；早上去公园散步不敢弯腰拉筋了。尤其是坐下来起身时，好像电视上的慢镜头播放那样，有几个老头老太太说老李你最近是中什么"邪"了。

办法折腾遍了，头疼还是没有减轻，晚上失眠更严重了。老李就翻看过去的报纸，突然间他看到一条消息说地球磁场是南北向的，经常东西方向睡觉的容易头疼，原来如此！第二天老李头叫邻居们把睡了几十年东西方向的床挪成南北方向了。

起初几天还真有效果，没过几天头疼还是依旧，这次头疼不偏了，就在头两边太阳穴的位置。

这可怎么办？

这个干了一辈子革命工作的干部，从不相信鬼神的无神论者突然冒出了一个奇怪的念头：莫非是"鬼缠身"了？

老李想需要不需要明天让"神婆"看看，这恼人的头疼到底该如何治？

月光宝盒

老英雄有一个"宝盒子"现在已经是村里妇孺皆知的事了。

故事还得从他被两个儿子"撵"出家门那年说起，老英雄养的两个儿子都不是亲生的，他是替别的男人养了后人。他每次坐在门口看夕阳的时候，总有擦不干的眼泪。这两个龟儿子你们怎么能忘了跟着你爹享福的日子。这几年你们儿子媳妇孙子小家过得红红火火，咋看老爹横竖不顺眼呢？

"走就走，一个人过也清净了。"他决定搬出去住。

他在收拾那些跟了他大半辈子破铜烂铁的时候忽然发现了这个盒子，他端起盒子好像想起了什么事，老泪纵横了一阵子，他用手轻轻抚摸着盒子，像是在抚摸亲人，他手有些抖，不知道什么时候落下这个毛病，想起在战场上他扣扳机一枪撂倒一个敌人，是部队有名的"神枪手"。大概是那个时候他的手被枪后坐力震的吧。

从此这个盒子就没有离开过他的视线，睡觉枕在枕头下，出门抱在怀里。再看这个盒子，上面全是洋文，一尺见方，木质结构，棱角都用黄铜包裹，盒子四周镶嵌了四颗"宝石"，月光下盒子闪闪发光。盒子正面有一个镂空雕刻的穿着超短裙的西洋美女，一只手叼着一根烟，一条腿站在地上，另一条腿往后边跷着，这个美女长发披肩，总是抛来迷人的微笑。

村里人议论开了，说老英雄家发现了古董，消息越传越玄乎，说盒子里面满是金条和花花绿绿的钞票。

老英雄是抗美援朝战士，这个盒子是从一个死去的美国大兵的行李里缴获的，老英雄只记得打开过一次。在朝鲜打过仗的老英雄在村里是举足轻重的人物，甚至在全镇都知道他的威名。每年"八一"节，县里、镇里的领导都来慰问他，村里人说过去公社书记见了他还握手、点头哈腰呢！别说是普通老百姓了，朝鲜战场结束后他带着脑袋回来了，部队要安排他转业到地方当干部，被他辞掉了，他说那么多战友都死了，他能活着回来就不错了。他坚决辞掉这个官坚持要回到自小长大的小村。其实老英雄觉得他从小给地主家当长工，大字不识一筐，文化水平不行，当了干部会误了群众。

回到村里后，公社安排他当村里贫协主任，贫协主任不知道在当时农村算个多大的官，反正他走在村里大街小巷人见他总是毕恭毕敬，寒暄问候。

实行责任制后，他老了不当村干部了，每月镇里民政给他发25元补贴，20世纪80年代初的25元可是能养活一大家子的。从朝鲜回来，方圆村里已经没有那么大的姑娘等他了，他就和南头的李寡妇生活在一起，李寡妇有一个遗腹子，后来他和李寡妇又抱养了一个儿子一个闺女。老英雄用25元钱养活着这一大家子人。

现在他老了，这两个狗日的儿子也不养他了，两个儿媳妇说话刻薄，他受不了。他搬到村外的一个废弃提水站泵房里住，这一搬家才发现了这个"宝盒"。

村里一位平时和老英雄交好的老伙计问他，"这宝盒子里装的是啥啊，这么沉，不会是金子吧？"

"是金子，是金条呢。"

"有没有美元？"

"有美元，有成摞的美元呢。"

"还有什么宝贝啊？"

"还有比金子更珍贵的东西呢。"他说。

这个盒子一直没有被打开过，打开盒子的密码只有老英雄一个人知道。

盒子里面究竟是什么村里没有人知道。

自从发现这个宝盒子，儿子媳妇们开始孝敬他了，孙子隔三岔五还给他送一顿好饭。

老英雄身体一天不如一天，眼看就要驾鹤西去，这宝盒子还没有打开，全村人都着急了。两个儿子甚至开始策划如何分配这笔财产，大儿子有两个儿子，二儿子有一个儿子一个女儿，老大说按村里风俗长孙要多分点，老二说按照继承法男女平等，女儿也应当分一份。

　　老英雄闭眼那天晚上，儿子孙子们都在跟前，村里的亲朋长辈们也都在，村长书记早早守候在床前，大家各自有各自的想法，焦急地盼老英雄赶快闭眼，然后打开宝盒，发布重大新闻——金光灿灿的金条，和花花绿绿的美元……

　　老英雄闭眼前用不断颤抖的手把盒子正面美女的那只跷起来的腿摁下去，盒子打开了，一屋子的人都踮起脚尖，眼睛睁得像铜铃，盒子里只见两把生锈的勃朗宁手枪，下面是几枚军功奖章，有老英雄年轻时英姿飒爽的照片，还有已经把生命永远留在朝鲜的战友照片，他们都穿着军装，戴着有两个耳孔的栽绒棉帽，在盒子最下面有一张照片很特别，一个朝鲜族少女站在盛开金达莱花的山坡上朝所有人微笑……

仗剑天涯

一

老坏胸中的怒火快速地燃烧起来，他胸膛快要炸裂了，身体所有的血液都涌到了头顶，像火山爆发前快要喷射而出的岩浆。

他翻过自家满是豁口的土院墙，发疯似的跨过门槛，冲进厨房，手持菜刀，朝声音传出的地方奔去。怒气好像有一点火星星就能点燃。阿强朝他扑过来，用身体阻挡着主人，它不知道主人要干什么。当看到主人拿出明晃晃的杀猪刀时，它像煮熟的面条一样立马软了下去。它似乎明白了什么，不再阻挡主人雄狮一样怒吼。淫声浪语不时从虚掩的卧室里传出来，刺激着他的耳膜。撩拨他的火焰，他一脚踹开屋门，圆头从巧菊身上溜了下来。

圆头醉眼惺忪地看着老坏一张已经扭曲的脸。

来呀，往这里捅，老子就和你老婆好，咋啦！你来捅死我啊。

圆头一丝不挂地躺在床上，刚才还挺拔的阳物像打了败仗的士兵一样缩了回去。满是酒味的嘴里依旧吐出轻蔑和不屑。

"杀、杀、人、了，杀人了……"

巧菊脸色苍白、浑身发抖、赤身裸体、连跪带爬出了卧室。

阿强发出剧烈的叫声，强烈的血腥味道让它瞬间兴奋起来。

圆头此时嘴里只有出气没有进气，手在空中乱狂抓着，嘴里含糊不清地叫嚣，像一头快要咽气的白条猪一样做着垂死而无力的挣扎。老坏长长地舒了一口气，他点燃一根烟，让自己的心情平静下来，他目光顺着墙角往上爬，停留在石膏天花板上。这把刀是爹留给他的，是被猪血无数次浸润过的，虽很久没有用，但是刀刃依然闪着寒光，这把刀爹用了一辈子，多少猪命随着这刀起而陨。这是爹留给他唯一的念想，爹说带着这把刀，就可以走江湖。这把刀一直被老坏束之高阁，想不到今天派上了用场。他手中的烟燃到尽头，圆头的命也随着这缕青烟袅袅地飘向空中。

夏日的午后，空气燥热，没有一丝风。巨大的泡桐树叶子被太阳烤得耷拉着，阿强趴在门口，快速地喘气，舌尖上往下滴水，它东张西望，不时舔着爪子。

老坏杀人了！

午睡中的村庄一下子被弄醒了，大晴天平地起惊雷。老坏他居然敢杀人？虽然大家叫他老坏其实人并不坏，他连个小混混都够不上。说他杀人，好像天方夜谭，整个村庄都在疑惑和惊奇。

第二根烟快要烧到老坏手指了，人潮如水一般地涌入小院，大家不相信横桥村会发生杀人案，不相信会发生在一个叫老坏的30多岁中年男人身上。他们脸上呈现出从来没有的亢奋，慌乱中大家窃窃私语，臆想问题的答案。书记说，我已经报警了，大家不要乱，保护现场。快通知圆头弟兄几个过来救人。

圆头几个弟兄先后赶到，看着倒在血泊中一丝不挂、气若游丝的大哥，面面相觑，没有一个人敢冲到老坏面前理论。

老坏从横桥镇上听完瞎子五说评书《武松杀嫂》一段，瞎子五和他喝了一斤老酒，他想借着酒劲和老婆睡一觉。等他跟跟跄跄摇晃到门口，发现大门从里面闩住了。这个女人，中午在家里搞什么名堂。他侧耳细听，屋里传出男人呼哧的喘声和女人发骚的叫床声。声音此起彼伏，肆意而大胆。巧菊听到有人敲门，慌忙对圆头说，老坏回来了。正准备飞上云端的圆头大声叫骂："老坏，早不回来晚不回来，老子就要飞了。你回来，你坏了我好事，你想咋的！"

镇上派出所的警车"呜啦呜啦"开进村庄，小院已经被围得水泄不通。老坏依然稳坐在床上抽烟，眼睛盯着天花板吊灯发呆，警察给他上手铐的时候，他微笑着主动把手伸了上去。两名警察抓住他的胳膊带他走出卧室，他回头环顾着院子和三间漏风透雨的厢房。他被押上警车，朝大家挥挥手，面带微笑。刺耳的警笛声又一次打破了小村午后的宁静，人群主动给警车让开了一条道，等人群明白过来的时候警车已经开出了小村，道路上尘土飞扬，阿强跟着警车狂奔了好久，终于无奈地看着警车消失在天地的缝隙中。

这条叫阿强的牧羊犬是老坏收养的一条流浪狗。

二

老坏的确杀人了，要了和他媳妇巧菊好的男人的命。他知道那一刀肯定会让圆头毙命。爹教过他，技术高超的屠夫一刀就必须让牲畜毙命。不然，就永远是没有出师的学徒，老爹王转院的杀猪技术在横桥镇是数一数二的，当初老坏很不情愿跟着爹去杀猪，他不喜欢血腥的场面。爹说，老坏啊，你已经跟着爹学了几年，今天让你亲手操刀捅一个，爹教他如何把猪四蹄绑死，如何制服一头殊死挣扎的猪，刀进去的时候要用东西挡住猪的眼睛，不然黄泉路上它会把你也带走。要从心里战胜自己，才能征服嗷嗷叫待宰的猪。老坏在爹的调教下，能一气呵成了。最后冒着热气的两板肉就堆在案桌上，猪头早就被提前预订了，是婚丧大事用来祭祀的必备品。

起初老坏也失过手，有一次杀一头两岁多没有阉割的公猪，几个小伙子就是把它按不到案子上，那头猪在拼命，惨叫声让人心发毛，它瞪着血红的眼睛，做最后的抵抗，眼看就要捅刀了猪挣脱掉了，还把一个壮汉撞出两米开外。一群人体力撑不过一头待宰的成年公猪。换一拨人再上，等把猪摁住压在案子上，众人满头大汗，都脱了虚。众人喊，老坏快操刀，捅了这个畜生。猪还在做剧烈的挣扎，老坏一刀捅进去，没有对准心脏位置，没有看到血喷涌而出，猪更疯狂了，竟然带着刀挣扎溜下案台，众人把它逼到了墙角，它怒吼着，朝着老坏的裤裆猛烈地撞去，老坏骑在猪背上抓住两只耳朵稳定身体，猪带着老坏满院跑，地上血迹斑斑。

如此滑稽的场面引得人群哄堂大笑。

老坏觉得爹的脸让他丢尽了。

他爹见状快步上前，两手抓住猪尾巴，用力往上一提，猪后腿失去重心，一下子倒在地上，他顺势倒压住猪身，左手摁压猪头，右手把还插在猪脖子上的刀，用力往猪身体里送，只听"砰"的一声，猪血喷涌而出，刚才还准备和人决一雌雄的猪，瞬间软了下来，嗷嗷的叫声变成了有气无力的哼哼，老坏爹站起来看到他左手滴血，是手被猪咬破了。

人群中传来了掌声和赞叹声，到底姜还是老的辣。老坏看到他爹走路有些踉跄，额头葡萄一样大汗珠滚落下来。

那次以后爹身体一天不如一天，老坏杀猪再也没有失手过。

在老坏记忆中，爹的脸每天都是通红的，每次忙完，主人都会好酒好肉招待，爹每次总是喝到酩酊大醉，他摇晃着瘦弱、电线杆一样的身体在村子里游荡，碰到谁家小孩就去逗，孩子们见他仿佛见了瘟神，四散逃离。

圆头啊，你是死命催的。我和你一个村，一条巷，小时候一起玩大，还跟着你学过少林功夫，谁让你不务正业，和巧菊这只破鞋勾搭成奸，我把这个女人娶回家是没有办法。你呢，为什么要步步紧逼？你和我媳妇好明摆着，我早就知道，村里都传遍了，大家看我的眼神都带着绿，我佯作不知。我就不算村里的男人，家里穷又没有人样，是个女人我就娶了。我是什么人，我是横桥村村民眼里的坏人、穷光蛋，大家茶余饭后的谈资。我姓老叫坏你不知道？你带上巧菊出去鬼混，我睁只眼闭只眼，你玩够了放手把她还给我就行了。你不该变本加厉，你竟然跑到我屋，在我床上睡我老婆，不管怎么说巧菊也是我明媒正娶回来的，狗急了都跳墙何况我还是个人呢。

圆头你才是作恶多端的坏人呢，横桥村人谁不知道，你仗着弟兄多，又会一点拳脚，欺男霸女，你不和贤惠的媳妇好好过光景，却和小姨子奸上了，让亲姊妹两个为了争宠，破口大骂。最后小姨子喝农药自杀了，媳妇也失踪了，你身边没有女人了，就打我老婆的主意，巧菊明着是我老婆，暗地里给你灭火。

圆头比老坏大几岁，长得壮实如牛，什么坏事都能做出来，他们认为拳头就是真理。在横桥村甚至横桥镇都是有名的，派出所也管不了他们，村里人没人敢和他们斗，提起他们老书记也唉声叹气。

不知道他是什么时候勾搭上巧菊的。巧菊过去名声不好，村里人都知道，谁让自己挣不来大把钞票交给自己的女人。

巧菊过去是邻村乔家堡的大美人，人长得好看，皮肤白皙，尤其是那个脸蛋，发光发亮，没有一点坑坑洼洼，一双眼睛会勾魂，她看着男人说话，男人就想骚。她会打扮，长发波浪一样披在肩上，身上的香水味能飘到三里以外。从小跟着奶奶长大，她不记得爹娘长啥模样，她长到20多岁的时候，奶奶就痴呆了，她成了脱缰的野马，成了横桥镇一朵被无数男人蹂躏的花，她成了横桥镇坏女人的代表，她穿衣大胆男人都不敢直视。一个时期国家严打，那帮混混都被关进去了。她像一朵凋谢的玫瑰，整日无精打采地游荡。她不甘这样无滋味的生活，去了广东后，她好像花朵又沐春风，开得娇艳妩媚。她甚至学会了粤语，再回到横桥镇时，已经过去十年了，珠光宝气的装扮挡不住脸上深深浅浅的皱纹。女人到了一定年龄就想找个男人嫁了。光棍老坏成了她的首选。她没有问老坏要一分钱彩礼，还搭赔进去不少。一起嫁过来的还有一个四岁的女儿，花枝招展的巧菊领着一个脏兮兮的女孩一起进了老坏的家。女孩从没有叫过老坏"爹"。

巧菊请人把三间厢房美容了一番，卧室里的大炕被拆掉，换上了华丽舒服的大床，在这张床上，老坏第一次领略了女人的厉害，巧菊也享受了一个没有碰过女人的男人身上喷薄的激情。

村里人说老坏和巧菊是绝配，他俩走到一起谁也不笑话谁，各取所需。

三

"老坏"是村小学张老师送给他的外号，就这样叫开了，大家都忘了他的真名，最后连他自己也忘了。他去果园里偷苹果，被逮住了押到派出所，警察问姓名，他说，我叫老坏。警察说，说你的大名，姓什么叫什么？他说，姓老叫坏。警察说，这哪是个人名啊，村干部说这男娃就叫老坏，他娘早就死了，弟兄四个，家里穷得叮当响。

横桥镇代销店里的零钱丢失几次了，派出所一直没有破案，门窗好好的，锁子也没有被撬的痕迹，外人是进不去的，难道是内贼。直到一天，老坏被抓住后，村里人说这娃有特异功能，他能像猫一样缩骨，从代销店的一尺见方的烟囱中下去，他用一根很长的棍子，棍头帮上松胶从窗户钢筋条缝隙里伸进代销店粘钱盒里的纸币，他被抓后装死能把警察都吓住。警察掐他的人中，眼泪唰唰地流而身体没有反应，村里人说，老坏真是个奇人。

老坏的脑子死活塞不进去语文数学，个子却像路边的速生杨一样往上蹿，他站在同龄人中间鹤立鸡群，胳膊长，巧菊说他腿间的老二也是大号的，很受用。

上小学五年，他在班里不算正式学生数，也不用考试，一直往上升。他闲着就想法儿捣乱，在学校里制造恶作剧，不是把这个女生的辫子绑在板凳上，就是把虫子放进其他学生的文具盒，偶尔偷吃其他学生的零食。他的脸经常被张老师巴掌关怀，张老师也不担心老坏爹会找他麻烦。最经典的一次是他把"鸡鸡"塞进鸵鸟牌墨水瓶里尿，张老师点名让他站起来，一紧张"鸡鸡"被瓶口卡住了。张老师说，人不大，"鸡鸡"不小。你这个厌娃，就是个老坏。学生们忍俊不禁。从此"老坏"这个名字就跟上他了，他爹死后，全村人都不知道他真名叫什么。五年后他也小学毕业了，他除了会写上下颠倒都正确的"王"字外和汉字再没有缘分。

老坏爹的名声威震横桥镇。应该被称作艺人，他爹官名叫王转院，他10岁时穿着漏裆裤跟母亲从河南逃荒来山西。不久母亲就死了，从此他光棍一条，好心人给他撮合了一个憨婆娘生活，女人不会做饭，也不会做家务，只会生娃，他杀完猪，喝完酒和憨婆娘睡一晚，婆娘就会怀上，就这样给他生了五个儿子，憨婆娘不会做女工，儿子们的衣服全靠邻居大婶们救济，一件衣服从老大身上穿到老坏身上的时候，已经饱经沧桑、千疮百孔了。

王转院师傅是横桥镇另一位杀猪人许金娃，他刚开始只跟师傅打下手，比如用绳索打结固定猪蹄，比如刮猪鬃，清洗猪下水。时间长了揣摩久了就掌握了杀猪的要领，后来他手艺渐渐盖过了师傅。他陪着师傅喝酒，给师傅说评书。师傅酒后言语不清，他随声附和。伺候师傅睡下他才回家。几年后，师傅死了，不到50岁。师傅曾经给他说，我们屠夫都死得早，我们手里有猪命呢，那些死去的畜生也有灵魂。会找我们算账，冤有头债有主，报应就在那里等着咱们。

农村人娶媳妇都选择冬天，进入腊月，农村就热火起来，村民闲了手脚心思却变肥变厚，得寻找个事情干了。准备娶媳妇的开始置办东西，酒席是必备的，开春买回的猪崽儿，经过夏天的青草和秋粮喂养，这个时候都膘肥体壮了。老坏爹成了横桥镇唯一会杀猪的人，他活忙的时候就让老坏当下手。老坏不情愿去，爹说，上学有什么用，杀猪是一门好手艺，跟着爹干，天天吃香喝辣，现在整个横桥镇就我一个会杀猪了，我要把这手艺传给你，好好干，攒点钱好给你说媳妇。老坏上头的三个哥都招赘到外村去了，眼下他爹眼前只剩老坏一个了。

老坏打心眼里不喜欢杀猪这个行当，那种血腥的场面让他恶心呕吐，他听不得猪被宰前绝望的叫声。

他经常说爹，那些被宰杀的猪们也有灵魂。它们会找上门索命的。爹说我知道天底下凡是有生命的东西都有灵魂，但是七十二行，总都要有人干的，屠夫生来命贱，小车不倒只管往前推。

老坏最喜欢听评书，喜欢听横桥镇瞎子五说评书，说隋唐演义、三国、水浒、岳飞全传。瞎子五讲的只是凭他口耳相传断断续续的章回，其中也有发挥和演绎的成分。老坏却听得入神，说到精彩处，瞎子五站起来加上动作渲染。说水浒"自古山东出英雄，梁山好汉最著名，替天行道人称颂，名垂青史第一功"。说完名垂青史后瞎子五有一声停顿，然后故弄玄虚语速放慢地蹦出三个字"第～一～功"。你看那李元霸手持一对流星锤，锤被他舞得虎虎生风；看那吕布和关云长大战三百回合，不分胜负；那岳飞舞着七尺长矛，骑在马背上，来到敌阵前，一枪就把小梁王挑下了战马；看那武松回到家，听到他嫂子和西门庆正在二楼雨云，武二爷大喝一声贱人拿命来，看手起刀落，那西门庆的人头被武二爷踢出去滚了好远……

瞎子五说书的时候唾沫四处飞溅，嘴角的白沫越积越多，直

到老坏递给他一碗水才得以缓解。老坏说，单田芳讲的隋唐演义
比瞎子五精彩多了，单田芳说评书前后词语总是黏在一起，听起
来然板。老坏不识字记性却好，他听一遍便能把评书里主要情节
讲下来。再后来，大队部里有了黑白电视，老坏就等日落西山电
视剧播完后评书开场。田连元说书精彩爆棚，嘴里的象声词不断，
听那马蹄声"嗒嗒嗒"、看那李逵手持一对板斧所向披靡、听那锤
子和铁枪在空中飞舞"咔嚓咔嚓"，看那边射出三支箭说时迟那时
快，箭"嗖嗖"地飞出去，敌人便跌落马下……老坏听得入迷，
忘了吃饭，忘了上学，直到爹过来喊他，还不赶快回家睡觉，明
天要杀两头猪，村东一头，村西一头，你得歇足了精神，明天要
出大力。

四

责任制头几年，横桥镇人民干劲冲天，大队书记忙得像头拉
磨驴，他对着大队喇叭整天呜啦呜啦地喊，把上级精神传达得振
奋人心。可是生产队长就是皮，通知开会从 8 点喊叫到 10 点，人
都齐不了。他寻思应该找一个跑腿的代替大喇叭。大队会计小眼
睛一转，这不现成有一个嘛。

老坏就这样走马上任了，成了大队部的编外干部，他的主要
工作是，当好书记的腿和眼睛，要把书记的话不折不扣地传达到
小队一级干部，还要及时搜集群众舆论反馈给书记。不管三伏酷

夏，还是隆冬雪天，老坏必须每天早上在书记家门口候着，等书记起了床，上了厕所，有时候还要等书记和老婆睡完回笼觉，才一起大摇大摆走向村委会。老坏一般走在前面，有鸣锣开道的意思。书记跟着，迈着八字步，一只手拿着报纸，另外一只手拿竹签掏牙缝。老坏走得趾高气扬，走得目空一切，仿佛在横桥镇横桥村，除了书记就数他厉害了。过去受尽了人嘲笑，现在终于算个人物了，不停有人和他打招呼，竟然还有女人给他抛媚眼，这让他激动不已。他不再是只会杀猪的老坏了，他说话办事俨然是书记，他每天忙碌着给各位生产队长传达书记的最高指示，传达的时候，是书记的表情和口气，说完话脸上又堆起了笑容，开始打听和传播一些小道消息，比如村东的寡妇和西头的光棍好上了，比如东家的狗昨天咬了西家的娃，他说话抑扬顿挫，声音忽高忽低，像瞎子五说评书。偶尔在生产队长家混一顿饭，腐败一下，或者过过嘴瘾，和人家媳妇说一阵荤段子。他对横桥村几百户人家的情况了如指掌。时间久了，村人给他名字前面加了一个光鲜闪亮的前缀"王村长"。于是他的名字成了"王村长老坏"。

王村长老坏的艳遇说来就来，西庄一个姑娘进入了他的视线，这个姑娘叫秋歌，经常穿着打补丁的粗布衫子，没有钱买雪花膏往脸上抹，但是人年轻，青春和朝气鼓破衣服往外溢，她个子娇小，皮肤也不白，但是眼睛看人总是含情脉脉，老坏路过她家门口那一刻，魂就被她勾走了。她看着他笑出一脸娇媚，忽又觉得失态赶紧跑回去虚掩大门，这一幕让老坏心旌荡漾。

因为家里条件实在不好，没有人上门提亲，秋歌就在那里干耗着。老坏爹没钱给儿子们说媳妇，他只管杀猪吃肉喝酒，五个儿子，他只给老大勉强定了一门亲，成了家。其他的就只能靠他们自己发展解决了。老坏知道自己家里的情况，村里漂亮姑娘只能在梦里约会。书记说，老坏这厌娃最近怎么胡尿乱窜，一天天往西庄跑。听说这事后，一拍大腿说了一句"老哇（乌鸦）不笑话猪黑，这也算门当户对"。

　　老坏心里盘算，有书记撑腰，这门亲事板上钉钉。过完腊月到了正月，他就能把秋歌娶回来当压寨夫人，他要杀两头猪，摆上几十桌，让横桥村老少爷们看看，我老坏也出息了，也讨上老婆了。春风得意马蹄疾，老坏走路开始飘，差一点就能飞起来。

　　横桥镇空气中弥漫着浓浓的年味。爹越来越忙，家里杀猪的要排队邀请他们，他爹喜欢人们递上好烟点头哈腰请他的感觉。他觉得人生价值在腊月里一下子像猪尿泡一样被吹大了。腊月里他需要老坏做帮手，他要把手艺传给这个当村干部的小儿子，尽管老坏每次总是不乐意，但他应下谁家的事，大队里再忙也得去，爹说师傅教他杀猪的规矩，能下崽的母猪不杀，二彪子猪（没有长成）不杀，病猪不杀。谁家红白喜事请他杀猪不要钱，算做人情份子钱，猪下水归他就行。他一般一天最多杀两头，早上太阳出来后，下午落日前，他告诉猪的主人，让猪美美吃最后一顿，吃饱了再送它们上路。谁家杀猪，要提前请几个青壮劳力帮忙，要先把猪四个蹄子绑紧，猪们知道要被宰了，便开始嗷嗷叫。柴火架起，这些活都由老坏吆喝人干，等收拾妥当了，老坏爹才起身，穿上橡皮水衣，掏出刀，一口气喝下半瓶北方烧酒，最后一口酒喷在刀刃上，酒顺着刀柄流到他的手和胳膊上，他摁住拼命挣扎的猪，背对猪哀怨愤怒的眼睛，刀抵在猪脖子下，刀尖快速移动，找准心脏准确的位置，他要保证一刀进去，猪血就能喷出来，减少畜生痛苦，让它们尽快地上路。刀走进去的几秒钟，老坏会听到爹从喉咙深处发出的吼叫。等热血喷涌而出的刹那间，他爹快速闪开，从始至终身上不沾一点血，这是他爹几十年练就的绝活儿。老坏从心里佩服老爹手艺，尽管他不喜欢这行当。

爹忙完最后一道工序，坐下来呷一口茶，他在等人们稀稀疏疏的掌声和赞美声，黑红的脸上洋溢着手艺人特有的骄傲和不屑。

他爹瘦高个，弱不禁风，平时走路都左摇右晃，喝了酒就像大海里的小船。他不爱说话蔫得像缺水的田苗。说话咿咿呀呀女人腔调，只有在杀猪的时候，才是个真正的男人。

这腊月时光漫长，老坏盼着赶紧过完，他就不被爹叫着去杀猪，晚上可以继续听评书了，可以继续去西庄约会秋歌了，尽管秋歌邋遢，闺房里满是尘土，尽管她浑身散发着汗臭味，但老坏不嫌弃，他愿意去抱她，愿意拉她发烫、汗津津的手。

想不到老坏的村长梦在一场血雨腥风的斗争中戛然而止。老坏"腐败"了，被大队辞退了，到底是怎么回事，说出来你一定唏嘘不已。

老坏在狐假虎威的村长生涯中，得罪了大队小眼睛会计，有几次会计想指派老坏去给他家干活，老坏拖着没去，惹怒了这个掌握全村财政大权的人，书记也奈何不了。年终清账，发现老坏在小卖部里赊欠了两条红裤带，记在大队账上，这两条红裤带是老坏送给秋歌的定情物。虽然只值五毛钱，但是会计抓住这事就是不放，书记也没法子，只好把老坏"削官为民"。

就这样，老坏以"腐败"的名声结束了村长生涯。秋歌爹也把秋歌嫁给外村一个跛子当媳妇，跛子爹出了很高的彩礼，秋歌爹喜上眉梢。

老坏满脑子都是秋歌，秋歌的笑脸像圆圆明月挂在他心中。月芽儿是秋歌的弯眉。起风了，秋歌眉上的刘海是否被风吹散，下雪了，他想起秋歌身上的花花对襟棉袄……

老坏拉过秋歌的手，在激情膨胀得越来越丰满的时候，被生生地刺破了，一脸娇羞的秋歌印在他脑海里，赶不走，抹不掉。

一条小河从横桥镇和横桥村中间流过，镇上住户是从村里迁过去的，大多是头脑精明的生意人，那里有镇政府和镇长，一条坑坑洼洼的公路穿过镇里唯一的街道，一河之隔，镇上车水马龙，喧嚣尘上，而横桥村却淑女一样安静。每年汛期，河水淹没了桥面，河边的庄稼在一遍河水泛过后，被滋养得饱满硕大。村中间池塘和小河是相连的，夏天雨水积满了就外溢到河里流走，河水丰盈的时候，池塘也被注满，池塘边柳树枝叶繁茂，枝条垂下来轻抚池塘水面，圈圈涟漪随风四散开来。池塘边的石头上，浆洗衣服的婆娘们的笑声和棒槌敲打声，此起彼伏。蜻蜓站在水中枯枝上稍歇。傍晚，袅袅炊烟把蛙声送到横桥镇每户人家里。池塘是村里男娃娃撒欢儿玩水的地方，水里的烂玻璃瓶渣很多，娃娃经常被扎破腿脚，上岸摁一把黄土止住血，又鱼一样钻进水里，一会儿工夫便消失得无影无踪。老坏的水性好，他家紧挨着池塘，别的孩子下池塘玩水会被父母不停地喊叫。他在水里泡一天，爹也不会管。他练就了一身好水性，一个猛子下去可以从池塘东游到西，他会踩水，像鸭子一样浮着水上。他上辈子一定是一条鱼，或者是奔走梁山的英雄好汉，杀富济贫，他是救人性命的英雄。

老坏记不清他在这个池塘里救过多少人了，他希望听到人喊他，老坏，有人掉水里了，快点救人。听到急切的呼喊，仿佛听到了战前吹响的号角，他毫不犹豫地跳进水里，不管是夏天燥热泛着腥气的水，还是冬天冰水刺骨，他会像水浒里的浪里白条张顺，从水里救活一条命来。落水人在鬼门关里来回着，拼命地抓住救命稻草。他习惯了被救亲人感激涕零的话，尽管被他救活的人后来并没有看过他，他并不希望被人记起，他觉得是在替父亲还债，替自己还债。救人一命能抵消杀几条猪的命呢，他常常这样想，也在心里默记着数字。

不喜欢做屠夫，因为爹说过做屠夫的都不长命，许金娃就死得早，他爹比师傅也没有多活了几年。屠夫一刀可以结束活蹦乱跳的性命，在世欠的命太多总要还的。那些猪啊羊啊，会成群结队找捅死它们的人算账。

人的一生，你太风光了，前半生提前享受了，后半生就没有了。屠夫吃了太多的肉，最后连自己也吃掉了。

老坏不记得在看守所关押了几个月，每天抬头只能看到巴掌大的蓝天，号子里没有横桥村鸟叫声，听不到小河水流淌，没有叹息，他享受着难得的清净。其他犯人听了他的故事都拍手叫好，尊他为大哥，因为他是杀人犯，比起那些鸡鸣狗盗的鼠辈要伟大得多。他又找回过去当"村长"的感觉。

律师来了，说老坏你要说是无意杀死圆头的，说你是酒后情绪失控才酿成大错，你杀死圆头只用了一刀，完全可以说成是过失杀人而非故意杀人，你还有自首情结，还有你村百姓为你喊冤陈情，你好好配合就可以得到轻判。

谢谢律师，你的好意我领了，我就是要弄死圆头，我捅死他，一刀足够了。我弄死他，替横桥村除了害。

圆头，你就是一个屠夫，吃完自己爱情，吃小姨子，吃完了小姨子还要吃我老婆巧菊的。你太贪婪，死有余辜，我就是武二爷，我要替自己报仇。

老坏杀圆头的确是为横桥村除了害，老书记带着村民去县公安局、法院陈情，要求轻判。他甚至拦法院院长的车喊冤。院长说，杀人是大罪，可是这个老坏，警察一再问他，给他嘴里递话，但他一口咬定就是故意杀人，就是想弄死圆头，他杀死圆头就像捅死一头猪一样简单。

老坏杀了人，不但没有民愤，还落下好名声。

法院判了他 15 年有期徒刑。

五

15 年的光阴一晃就过去了，老坏活得很踏实，心里没有一丝波澜，他好像是睡了一大觉，除了偶尔会想起秋歌，监狱生活像一场没有台词的情景剧，按部就班。

走出监狱的时候是初春，没有人来接，他轻松惬意地走进麦田，静静地坐下，躺在蓬松的绿毯间，他双手挡住太阳，让光线从指缝里流进来，身体暖洋洋的。他什么都不去想，麦田的凉风从耳边吹过，青草裹着泥土的清香唤醒着他的嗅觉。几只鸟从头顶飞过，结伴而行，叫声清脆，天空碧蓝，几朵白云悠闲自在地在天空散步。

他不去想明天应该在哪里。

老院门锁锈迹斑斑，锁眼已经被污泥堵死。院墙又倒了几块，梧桐树依旧茂盛，院里落了厚厚一层树叶，下层叶子已经腐烂，和着雨水灰尘成了新泥，新泥有幼苗吐出。房里还是 15 年前的样子，地板上血迹似乎还在，一些破烂的衣服散落一地。那是圆头和巧菊的衣服。

院子里有动静，谁来了？哦，是阿强。它的一只腿已经断了，它从院墙的豁口进来一下子扑进老坏的怀里，浑身是恶臭垃圾的味道，狗毛脱掉了不少，有伤口刚刚结痂。它动作有些吃力，大口地喘着气，发出呜呜的叫声。

邻居说，你走后这个院子就再没有进过人，只有这条狗早出晚归，也不知道这些年，它在哪里吃，晚上它回到院子里。偶尔的几声叫提示着人们，它在等主人回来。

老坏温热的眼泪流了下来。他抚摸着阿强，阿强的眼睛已经变得晦涩，没有当初的光芒和凌厉。

老书记来了。老坏，合计合计明天干吗？

猪定点屠宰了，你这一把好手艺恐怕没有用武之地了。老坏说，人总要活下去的。

西庄那个叫秋歌的姑娘过得好吗？书记说，要不你把巧菊叫回来，还有她女儿，好歹也是一家人。

老坏想，没有女人照样可以活下去。

几个月后，横桥镇上原来瞎子五说书的房子改头换面变成"老坏肉铺"。门口新立了一个旋风火炉，火炉上坐着大铁锅，锅里卤肉香飘几十里，卤肉总是供不应求，名气越来越大，横桥镇十几个村，谁家过红白喜事都点名买他的卤肉，人们说，他卤的肉，肥肉不腻，瘦肉不柴，还有一种特别的香味，让人吃了欲罢不能。新卤肉刚出锅，就被一抢而空，无数的流浪狗围着一块肉疯狂撕咬，阿强太老了，老坏专门给它吃些碎肉，但总是被别的年轻的狗抢去。

"爸，我妈让我回来照顾你。"

一个20岁左右打扮时髦的女人出现在老坏肉铺，老坏仔细辨认，她不是秋歌，也不是巧菊，听到她一口一个爹地叫，老坏明白了，来就来吧，反正这肉铺也缺少一个女人打理。当初小女孩跟着她妈来的时候才四岁多。老坏娶巧菊的时候，村里人说老坏你狗日的真会算，娶回一个美娇娘还带来一个小棉袄，赚大了。老坏心想，这倒也省事。只是巧菊一直没有为老坏生孩子，老坏每次从她身上溜下来的时候，都想这发子弹一定能中，过十个月他怀里就能抱一个小老坏，他会抱着娃，到处炫耀。那年他进去的时候如果巧菊怀上了，现在孩子也十五岁了，已经长成毛头小伙或者如花似玉的姑娘了。但是现在眼前这个管他叫爹的女人不是他的种，是巧菊和不知道姓名的男人制造出来的。

老坏每天埋头选肉，清洗，尤其猪头上的毛要清除干净，心肝肺肠子要用火碱水清洗很多遍，去掉腥味。然后下锅，放料，炉火烧旺，卤肉的香气像破浪一样四处散开，肉卤的时间和火候要掌握好。卤煮的过程老坏一步都不敢离开，肉铺每天的钱总是交给叫他爹的女人掌管。她渐渐地掌握了卤肉的秘方，这个女人开始不耐烦了。她又领回来一个男人，他们看老坏横竖不顺眼。爹也不叫了，经常呵斥猪一样和老坏说话。

老坏又开始酗酒了，他仿佛又开始跟着爹杀猪了，爹病重的时候，他已经能独撑门面了，他比爹的动作还麻利。他开始收购活猪然后宰杀卖肉。腊月里他杀猪，周围围满了群众，看杀猪好像欣赏一个明星演出。儿童们怕错过了猪尿泡，早早坐在父亲的肩头等着，看老坏刀起刀落，冒着热气的猪尿泡就流了下来，拿到猪尿泡的小孩欢呼雀跃，猪尾巴也是抢手货，传说吃了可以治疗小儿流口水。

横桥镇位于三县交界，隔日的集会人山人海，老坏的肉铺虽然在街道尽头偏僻的地方，但是一会儿工夫卤肉就售罄，外地人买肉人不用问路，顺着肉香就能找到肉铺。

要不是娶回巧菊这个扫帚星，要不是她和圆头勾搭成奸，不是耽误这 15 年，我老坏早就成猪肉大王了。

可是眼下巧菊的女儿回来了，和她娘一样有心机，她们要吃了他的肉铺，总有一天也会吃掉老坏的。

老坏突然想起说书的瞎子五，肉铺上空还回荡着他的说书声，他留恋肉铺这几间烂房子了，在夜深人静的时候这里总有嘶嘶的战马声，有刀叉剑戟发出的金属碰撞声，有笑傲江湖英雄的喧哗声。

横桥镇的桥真的很老了，几百年的老石条毫无生气地横亘在桥面上，岿然不动。桥边杂生树木年复一年地枯了又绿。高大的洋槐树和河岸耸立，春天洋槐花飘在河面顺着河水游得很远。

六

老坏小的时候，河水溶溶，清澈见底，藻草款款摇曳看得清楚，鱼顺着河水游动，河面很宽，水流得平缓。河水能没过人胸膛的时候，正值六月。知了叫得肆无忌惮。河边是镇上的骡马市，骡马牛羊大粪味有青草的味道并不刺鼻。责任制后牲口交易活跃。滋生了一个职业称为"骡马经济人"，老坏是在离开肉铺百无聊赖、到处闲逛的时候发现这个行当的，买卖牲畜的两家面对面不搭话，全靠经纪人从中斡旋，经纪人挎一个能遮住两双手的包包，在买卖家之间穿梭。经纪人嘴里不说价钱，用手语表达，分头给买卖双方讨价还价。在包包后面用手语捏出数字。看上这头牲口，买家给经纪人报价，我出这个数。卖家说，我要这个数。太高了，再往下落点。你再涨点，就这样反复许多次，经纪人察言观色，掌握买卖成交的火候，最后一锤定音，买方觉得价钱可以接受了，嘴里还说嫌贵，卖方也觉得卖这个价钱可以了，嘴里却说贱卖了。

几个月后，老坏把骡马买卖经纪人搞得炉火纯青，在骡马市小有名气了，弄得其他经纪人都没活干了。他每次都能抽到不菲的中介费。他把生活过得有滋有味，晚上，他顺着河边散步，吹着习习凉风，河对岸横桥村依稀灯火、忽明忽暗。借着酒劲，他开始想秋歌，想瞎子五。

他回忆起巧菊床上的叫声，在微醺之后他突然想起了这个骚女人。她的女儿，当初来肉店的时候，几句爹叫得肉麻，多年没有碰女人，老坏心里不免有些荡漾。她总在老坏面前无下限地撒娇，再后来干脆往他怀里扑，用她圆圆的奶子蹭他裸露的后背，他没有想到这是温柔的陷阱，终于在一天晚上，她把老坏睡了，是女儿把他爹睡了。这个女人比她娘巧菊还骚，在床上上下翻飞，她的叫声比她娘更新颖，听得隔壁男人半夜出门乱窜。

这样的好事没有了下回，所以老坏觉得他必须离开肉铺了，想到15年前圆头断气时的画面，不由自主地打了个冷战。他走得坚决，也有无奈。

村里人有一阵子没有看到老坏了。人们都明白肉铺里发生的故事。

横桥镇就那么几户人家，低头不见抬头见，东头放一个屁，西头人就得赶紧捂鼻子。老坏早上出门准备到河边溜达，发现大门被泼了花花绿绿的大粪，黏稠的大便在黑黄色的液体里浮动，苍蝇嗡嗡乱飞，臭味随着晨起的风飘满了横桥镇上的大小角落。

他反复在想是谁干的，脑壳都疼得要爆炸。

秋天了，院子里的草又枯了，老坏好久没有看到老狗阿强了。老书记说阿强死了。在生命的最后一刻没有看到主人，它在村东头一处荒沟里安详地闭上了眼睛。

狗不会死在主人家里，更不会在主人面前咽气，老坏眼眶湿润。

老坏突然在想他官名叫什么？官名只有爹知道，爹死后，连同给儿子起的名字也带走了，老坏想，他还不如阿强。

县城对老坏来说陌生又熟悉，香水诱惑着他，舞厅楼顶的霓虹灯暧昧地眨着勾人的眼睛。剧院里天天有古装戏，老坏虽然不认识几个字，但他记性好，能记住戏词，戏里的精彩片段，他能照着一字不漏地说完，他没有瞎子五说书时候故作神秘的表情，但他能把说书声转化成影像，在他脑子里银幕式回放。

"老坏羊肉馆"开张了，鞭炮震天响，炮花满地红，他亲自选羔羊肉，亲自操刀宰杀，剥了羊皮，把肉从架子上剔除。他的羊肉碗大，料重味醇，肉烂汤浓，香气四溢，令食客回味无穷。有位文化人还为老坏羊肉做了一首打油诗"原汤优质味鲜美，驱寒暖胃添精神，夏天吃了防湿气，冬天吃了暖全身"。羊肉馆开在十字路口，生意火爆，四方吃客交口称赞。

老坏羊肉馆生意越来越好，他开了多家分店，雇用了经理打理生意，注册了商标，老坏羊肉成了县城的名吃，成了全县著名品牌，县长也慕名来品尝他的羊肉，吃完赞不绝口。说要扶持，说要把老坏羊肉打造成该县的拳头产品，然后全国加盟连锁。

钱如水一样流进了老坏的腰包，他开上了奥迪，脖子上挂着几斤重的金链子，多年不见的朋友来借钱了，从不来往的亲戚来要免费加盟，保险公司漂亮的女业务员踢破了门槛，村学校的校长来拉赞助，每次老坏都让他们满意而归。

秋歌在他的店里从店员成长为店长，老坏给了她一个店面，让她独自经营。

巧菊也来了，说她15年等老坏等得辛苦，不思茶饭、望穿秋水，说到动情处，还挤出几滴泪来。老坏想笑，心想你肚里哪来那么多戏词。其实老坏知道，当初巧菊肯嫁给他，就图他是个童男子身，她睡过的男人不计其数，但没有一个像老坏一样干净。

县里著名民营企业家、"老坏羊肉餐饮有限公司"董事长、县政协委员老坏失踪了，这成了县城里头条新闻，是绑架勒索还是被人谋杀？公安局动用了大量警力去寻找，寻人启事雪片一样飘满了横桥镇。一个月过去了，还是没有消息，这可急坏了县里的头头们。

秋歌、巧菊、巧菊的女儿整天去县政府里找县长要她们的男人。

有人说老坏被人杀了，死相和圆头一样惨不忍睹，也有人说他去武当山入了道门。

几年后，横桥镇一位年轻人兴奋地说，老坏活得好好的，在横桥镇影视城好像还看见他了。老坏正演一名侠客，穿着古装，背着一把宝剑，策马扬鞭，仗剑天涯。

叫爷爷也不行

　　几个月没见到儿子了，老伴坐卧不安，好像丢了魂，念叨起来没完没了。老祝暗暗嘀咕，当个交警有多忙，难道抽不出半天时间回家看看老爹老娘？老祝和老伴合计，要不咱去县城看看他吧，也许人家真的忙，说不定是找到对象了，老两口相视一笑。

　　老伴今天起了个大早，烧起柴火土灶，打上蒸笼，等热气腾腾的韭菜包子刚出锅，老伴就嚷开了，别磨叽，赶紧走。老祝穿上洗得褪了色的警服，一头花白头发竖立在头顶，刷子毛一样互不依靠，独立挺拔。新买的电动三轮车颠簸在崎岖的山路上，一场雨后，新生的竹笋悄悄拱出了地皮，每天蹿高一大截。早晨路边草尖上是湿漉漉的露水。老伴喊，老祝，别着急，路不好，开慢点啊，我脑子都被你摇成一锅粥了，你当开的是军车啊。老伴这句话开启了他记忆的大门，部队的往事稀里哗啦奔涌出来。电动三轮车终于蹦出了坑坑洼洼的路，这段路是沙子铺成的乡道，橡胶车轱辘碾在沙子路上，发出细致均匀的响声。路边笔直的白杨像哨兵一样后移，树枝鼓足劲吐出新绿，小树叶泛着光，像婴儿的皮肤一样嫩。

　　部队驻地在长城北一处山旮旯里，春天比城里来得晚，每年这个时候那里的胡杨树才开始泛浅绿。小河解冻，河水里倒映着蓝天白云和散乱生长的胡杨树，各种色彩合理的搭配，水彩画一般。河水里藏着许多小鱼，呼朋引伴散漫地游弋。黄昏时分，落日余晖穿过树林覆盖着整个营房，这是老祝一天最闲的时候，几个战友相约走出营区，在河边戏水。他不喜欢学校，不喜欢被圈于枯燥的课堂，老师喋喋不休的说教好像是催眠曲，让他昏昏入睡，他被老师的粉笔头击中好多次，也饱尝教鞭棍的蹂躏。入伍前，他停学在家窝了两年，他有农村孩子的质朴，一张娃娃脸，小平头，嘴角上翘，给人喜庆的感觉。他喜欢读古诗词，还会写朦胧诗。战友都称他是军营小诗人，新兵连的黑板报被他打扮得花枝招展，评比总是第一。他干净利索，新兵连长看他憨厚、办事机灵，调他当文书，这一当不要紧，连长介绍给营长，营长推荐给团长，最后他成了团部首长的贴身秘书，好运接二连三眷顾他，一次保送上军校的机会，好多人都巴不得，他不愿意走，他说离不开伺候了多年的政委，一脸诚恳的表情，把首长感动得稀里哗啦，其实他是不想再被圈进学校。团部政委是驻地人，要招他为女婿，将来就在驻地市区里安置工作，他一口回绝。老祝不敢告诉首长，娘在家里已经给他定了亲，说什么也不能当陈世美，那样不仅仅是他，父母在家几辈子也抬不起头，这观念毒蛇一样顽固地盘踞在他脑子里。团部人说，这娃就是这一根筋，十头牛都拉不回来。他想复员回家，娘几次催他完婚，首长不放他走，给他转了志愿兵，成了士官，派他去后勤仓库当主任，他把仓库整理得井井有条，各种物资、装备一尘不染，领导来检查，总是赞不绝口。没有命令，谁也别想从仓库带走一个螺丝钉，他一根筋不开窍，得罪不少人，老政委也转业后，新首长让他也转业，不想这正中他下怀。

　　部队上，只有首长才有资格乘坐北京212，他隔三岔五就能坐一回，让其他兵羡慕得要死，军车行驶在路上，永远都是火急火燎的，像是有十万火急的命令要下达。军营十五年，从士兵到兵王，青春一晃而过。那是老祝一生最骄傲的日子，青春热气腾腾的，像刚出锅的韭菜包子。他转志愿兵后坚持不让媳妇随军，说是怕影响工作，其实是家里老妈让他放心不下。老祝是独生子，妈早早就给他娶了媳妇，媳妇任劳任怨在家经营着琐碎事，替他伺候母亲。俩闺女聪明伶俐，一个高中、一个初中，学习上都不让老祝费心。只是每次回家探亲，娘好像总有话要说却欲言又止。他知道老娘的心思，但是这生儿子是系统工程，他无法说服老娘放下执念，老祝觉得这辈子要愧对娘了，要让娘遗憾了。士兵复员要离开军营了，战友们抱头痛哭，团部的饭堂、宿舍，操场，门前的小河都让他们难舍。老祝习惯了稍息立正，齐步走；习惯穿笔直的军装，习惯了豆腐块一样的生活，他像一条不知疲倦的鱼，在营区里穿梭。复转安置，上级征求他的意见，他说，只要能穿制服，什么单位都行。他很满意能成为一名交警。他说穿上制服，肩膀上就有了沉甸甸的责任，就有无数双眼睛盯着。转业那年老祝四十五岁，老娘抱憾而终。老祝也打消了生儿子的念头，也许一辈子就是岳丈的命。

媳妇悄悄说她身体不对劲，好像是有了。老祝盯着媳妇的肚子看了好久，半信半疑。他好像忽然看到儿子就在眼前活蹦乱跳。去医院做完检查，果真是个儿子。嘿嘿！走出医院老祝乐得忘了东西南北，媳妇说，谁说过再不想生儿子的事了，男人的鬼话东边日出西边雨。他摸摸自己的头，嘿嘿地憨笑。

他每天像喝了蜜，逢人就笑，有人问，老祝，你是升官了还是发财了？"嘿嘿嘿嘿……"平常在家习惯衣来伸手饭来张口的他，包揽了所有家务活，去菜市场采买最新鲜的食材，调剂最营养的饭菜，他像一头幸福的小毛驴，不用鞭打，自个儿跑得欢。两个女儿也抢着干杂活。等星星，盼月亮，终于听到儿子响亮的啼哭声，老祝喜极而泣，一颗悬着的心终于平安落地，终于给死去的娘有个交代了，他去娘的坟前烧了纸，一把鼻涕一把泪，告诉了娘这个好消息。他每天走起路来轻飘飘的，像喝了半斤老白干。

儿子上幼儿园了，两个女儿都去外地上大学。老两口把儿子当成生活的全部，县城里居民都认识他，有人问，老祝，什么时候抱上孙子了，孙子真可爱！老祝也不解释，只是嘿嘿地笑。直到老伴满大街找他们，老祝，赶紧回家吃饭，别把儿子饿着了。

老祝越来越发现儿子像一个女娃，没有一点阳刚之气，老祝说这哪行啊，他板起了面孔，搬来部队带兵的那一套，儿子用眼睛剜他，顶撞他。他每次说起当初在部队上如何如何。儿子说，都什么年代了，你的老皇历还不翻页！老祝说他穿上警服走上交通指挥台，就是指挥千军万马的将军，不管刮风下雨，风吹日晒，指挥动作丝毫不走形，有多少眼睛在看着呢。那时候，他是县城的一道风景。老祝说，儿子，你是男人，男子汉，必须雄壮起来。儿子满脸不耐烦，嗲声嗲气地敷衍着。

两个多小时后，电动三轮车终于开进县城，老祝说，几个月没来变化真快。宽阔的柏油路像一条黑色的巨龙伸向城市，三轮车柔柔地唱起欢歌。新画的白色标线整齐划一，老伴左顾右盼急切地问，儿子在哪呢？要不先去交警队问一下。老祝说，你别急，其实他心里比老婆更焦急，更盼早日见到这个冤家。

虽然离开了部队，脱下了军装，但部队的作风没有忘，他准点到岗，不到点不离开办公室。每次走上指挥岗，好像又回到了军营，见到了战友，耳畔又响起嘹亮的军号，他时常梦见门口那条小河，铁打的营盘流水的兵，兵换了一茬又一茬，胡杨林却一直守在那里。多少次梦中醒来，他不愿睁开眼，想让梦延续。他每天上班前要仔细整理警服，不容许哪怕一点点衣衫不整。打扫整理是部队养成的习惯。他不看重荣誉，自己就是一名普通的警察。一起转业的战友，提了干，姓后面带了长，有的脱离一线坐办公室，只剩下他依旧迎着朝霞，目送余晖，心无旁骛，站成一道风景。

那时候县城里汽车还少，他在中心岗，记住了县委、县政府、四大班子机关几十辆车牌号，每当领导的车开过，他都习惯性给一个标准的军礼。县领导也注意到这个白发竖立苍穹、站得笔直的老交警，他被树为劳动模范。队领导找他谈话，要提拔他当中队长。被他婉言拒绝了。他说，还是让我好好站岗吧，我喜欢站在工作台上的感觉。

儿子上学不用功，却遗传了他的文艺基因，老祝呵斥他，咱家不是金玉满堂的贾府，也没有林黛玉，看你活成啥了，像个男人样么？儿子越来越逆反，老祝几次举起的巴掌都被老伴挡了回去，儿子也躲他老远。父子俩突然就水火不容了。儿子在家里像皇帝一样，指挥着老妈，老祝的心好像泡在酒里一样难受。一定给这个冤家找个事情做，让儿子离开他的目光，眼不见心不乱，这样晃悠下去，说不定哪天他和儿子就会爆发一场战争。

就要脱下警服离开心爱的指挥台了，像当初离开军营一样，老祝有点不舍。科技发展太快了，城市建设日新月异，十字路口装上了电子红绿灯，不需要警察站岗了，社会进步了，落后的东西最终被淘汰，变成了历史，成了一个时代的记忆。

儿子被招为合同制民警，老祝光荣退休。

老祝脱下了警服，一时觉得六神无主，他翻箱倒柜又穿上褪色的旧军装。告别了县城，和老伴一起回到了小山村。娘走后老院子一直空着，收拾整理一番，养鸡喂鹅，种菜养花，鸡犬相闻。

一阵急促的刹车声音传来，十字路口，一辆轿车戛然而至，电动玻璃后的人满脸怒气，嘟囔着。老祝回过神，意识到三轮车闯红灯了，他赶紧下车，朝车辆躬身道歉，把三轮车退回到白线内，红灯变绿，汽车呼啸穿过，老祝心有余悸。

新招的合同制交警分配在新开路一个暂时没有红绿灯的路口，老祝说这就对了，虽然科技发展了，不用像他过去每天站岗指挥了，但是交警的基本动作必须掌握，好比战士要熟悉武器性能一样。新修的大道两旁新移栽的法桐刚缓过气来，精神抖擞地站在路旁，像等待检阅的士兵。想到马上要见到儿子了，老祝心里还是有点激动，儿子一定锻炼成男子汉了，像他当年那样，站在指挥台上，姿势标准，英俊潇洒。

老祝停好电动车，擦了一把汗，搀扶老伴下车，老伴腿坐麻了，一个趔趄，险些栽倒。老祝说，不要太激动，马上就见到儿子了，他说着话，眼睛四下里扫描儿子的身影，他想象儿子会主动跑过来，叫一声爸爸妈妈，然后一个标准的敬礼。他满脸堆笑着和坐在值班室的交警打招呼，交警同志，你好！那交警一手叼着烟，一手在本上写着什么，头也没有抬。值班室内，烟雾缭绕，报纸散乱地放在桌子上，地板上，烟蒂，瓜子皮满地，老祝蹙着眉头，用手扇着飘过来的烟，提高了嗓门，警察同志，你忙着呢，请问我儿子……

那个交警表情漠然地抬起胳膊，指向前方的指挥台。

老祝眼睛扫向指挥台，只见儿子猫着腰，松松垮垮，转弯、通过，姿势动作极不规范，偶尔还擦一下鼻子，摸一下眼睛，扭一下腰。"太不像话了，动作不规范，警容不整洁，像什么样子，有损人民警察形象。"老祝终于忍不住大声嚷开了。刚才那个忙着写字的警察，走了过来问："你是谁啊，在这里咋呼什么？别妨碍我们执行公务。"老祝大声嚷道："狗屁公务，你们这是在砸交警的牌子。"

老伴一直在拉老祝的衣角，小声嘀咕着，这是咱儿子领导呢，你让他下不了台，他为难咱儿子怎么办，你就忍一忍吧。

过路的群众聚拢过来，纷纷伸出大拇指。队长朝指挥台喊了一声，儿子不知道发生了什么事，立即跑步下了岗，看到是他爹，气不打一处来。他告诉队长，不用理会，他是爱管闲事的老头，儿子点燃一根烟，看上去满不在乎，根本不把他放在眼里。

老祝听到儿子的话，顿时火冒三丈，头上的头发一根根竖了起来，像个刺猬。他想上去扒下儿子的制服，给他一巴掌，老伴赶紧上前拉住他。老祝说，今天的事我还管定了。

老祝继续向路人讲述刚才发生的一切，群众异口同声指责警察。

"老师傅，你是纪检委还是人大代表、政协委员？"队长立即换了一副笑容试探着问。

"我是一名老交警。"老祝回答得铿锵有力。

"爸，你别闹了好不好啊，有什么事回家再说。"儿子终于开口央求他了。

"谁是你爸，你叫爷爷也不行，我就是一个爱管闲事的老头，就你们这个样子，我有权给你们领导反映，不合格的交警坚决不能上岗。你们谁是负责人，请马上打扫值班室环境卫生，整顿警容警纪，上指挥岗的交警必须规范动作指挥，我就在这里看着，你们做合格了，此事罢休。"

群众中不知道谁带头鼓掌，大家一起喝彩叫好。

"现在执法部门就需要这样的人来监督。"

"老先生真是好样的。"

"老祝，几个月不见儿子，你这是干吗！"老伴发怒了，对老祝吼着嗓门。

周围的群众被眼前的场景弄糊涂了。

过了半会儿工夫，值班室整洁了，老祝再次看到儿子走上指挥台时，衣帽整洁，动作规范，和刚才的形象判若两人。老祝好像看到了当年的自己，禁不住潸然泪下。

包子给儿子留下了，咱们回家吧，老伴一脸不悦。陷入沉思的老祝回过神来，长长地舒了一口气，脸上露出了久违的微笑。

三轮车驮着幸福的老两口沐浴在夕阳里，天边的晚霞红彤彤一片。老祝轻轻哼唱着那首部队里经常唱起的经典老歌"日落西山红霞飞，战士打靶把营归，把营归，胸前的红花映彩霞，愉快的歌声满天飞……"

跟着感觉奔跑

一

阿东想起这句话的时候苦笑了一下，已经龟裂的双手反复拨弄被水泡得发白的指甲。这件黄色仿真皮夹克从秋穿到冬，再从冬到春。衣服上油迹斑斑，领口和袖子已经磨掉了颜色，肘弯处有两个不太显眼的洞，他脑后巴突出，像一个倒挂的葫芦。贴着头皮理完发那几天，怎么看都像一个刚出狱的犯人。

他觉得自己是汽车带进城市里的一块泥巴，晒干成尘土，被风转起来在城市到处飞扬，无处安身。

夜晚的城市街头，霓虹灯暧昧地闪烁，穿梭在灯红酒绿、高楼之间的人，不是小旅馆徐娘半老的站街女，就是城市瓢虫一样的外卖小哥，还有穿黄马褂扫街的老人，他们行迹匆忙，脚步零乱地叩击着城市的柏油马路。阿东想自己算个什么东西？他不敢用夜莺来美化自己，算是一头猫头鹰吧，也不太准确。自己充其量是一只黑不溜秋、昼伏夜出的蝙蝠而已。虽然他不偷不抢，但他挣钱的行当却见不得半点阳光。

小翠，我过年回不去了。他在电话里安慰媳妇说。

不是票都订好了吗？是不是老万耍赖拖欠你工资，有政府给咱撑腰呢，别怕，去告他。

老万是一家野味店的老板，向后背着能数清的几根头发，可笑地试图遮盖发光的脑壳。熊猫一样夸张的黑眼窝里陷下一双眼睛，他眼珠子转动频率比一般人快，警惕得像只猫头鹰。他脸上的笑容已风干定型，和隐晦的表情极不搭配。

"我被请进医院了，一群人前呼后拥的，不用去排队交钱，也不用上下楼去做各种化验。有漂亮的医生护士陪着。我一辈子都没有享受过这种医疗待遇，我想多住几天，好好休息。我身体倍儿棒，只是得配合隔离几天，你别操心我，照顾好咱妈和两个娃就行。"

阿东扬扬得意地躺在隔离病房雪白的床上，床单被子全是新棉花，有度蜜月的感觉，他跷着二郎腿哼着一首流行歌《酒醉的蝴蝶》。

"怎么也飞不出，花花的世界，原来我是一只酒醉的蝴蝶……"

做一只蝴蝶多美，一只醉酒的蝴蝶更惬意，自由自在地飞翔，不用承受人世的煎熬。

两年前也是冬天，娘还是病倒了，山西刀削面饺子馆生意正忙，为了减少开支辞掉了服务员，成了夫妻店。采购、发面、擀皮、剁饺子馅、中午拌凉菜、炒菜、洗盘子刷碗干不完的杂碎活。山西人能吃苦，一般到晚上十点多才打烊，夏天遇到喝啤酒的光膀子，就得熬到凌晨。租住房屋的闹钟每天早上五点像一只打鸣的公鸡不厌其烦地叫，阿东被小翠一遍又一遍地催叫，等他洗漱完准备去蔬菜批发市场的时候，小翠已经把和面机里的面团下成一个个面疙瘩，抹上油，码在盆醒着，三轮车好像也没有睡醒，发出极不情愿的吱吱扭扭的响声。阿东蹬上三轮车过三个红绿灯，才到一家菜市场。菜市场里早已人头攒动，各种声音嘈杂混响。菜农们身上还沾着露水。收菜店老板手指在计算器上戳，报数字的声音很刺耳。这个时候来采购的是大小饭店，机关单位食堂、部队农场等大客户。拉鱼的柴油车冒着黑烟刚刚停稳，活蹦乱跳的鱼随水流而下，涌进"胖子鱼行"黑乎乎的水池。活禽摊点前，还没有苏醒的鸡鸭们被一个清瘦、嘴上叼着烟的小伙子熟练地开膛破肚。鸡鸭咯咯嘎嘎叫了最后几声，就去了另一个世界。白条肉放一边，杂碎放一边，鸡鸭的心脏似乎还在跳动，昨晚吃进去的食物剥出来还冒着热气，这些生鲜店门口，一旁是血，一旁是水，一会儿工夫，血和水被无数双鞋子踩过，混在了一起，空气中弥漫着浓浓腥味。

　　市场里最不起眼的是一家野味店，门口没有挂牌子，他们从不在门口宰杀野味，野味都是提前预订的，凌晨，在这些菜市老板开始营业的时候，野味交易已经完成了，野味宰杀，交易均在夜幕下进行。

黎明有潮湿的雾气，路边的绿化带上还残留着淡淡的月光，无边的陌生包围着阿东，昏黄的路灯高高地眨着冷漠嘲笑的眼睛，鸽笼一般的居民楼灯依次亮起。新的一天城市里许多悲欢离合的故事发生，这些都无关一个开饭店的农村人，他要琢磨的是如何能把每天的辛苦变成厚厚的钞票。

老万经营这个野味店好多年了，他同时经营着一家专做野味的饭店，购销、加工一条龙。老万说话和气，软软的阿拉上海话，有些女腔。阿东刚开始听不懂，后来慢慢能从老万的眼神和表情里揣摩出他要表达的意思。

北方人的饭店不经营野味，他只采购些卤煮熟的猪肉和杂碎牛肉，熟猪肉做成凉菜，便宜的牛杂碎都剁成肉泥包进饺子，阿东饭店开在一家童装批发市场门口，来吃饭的都是秦晋两省进货的老乡，老西儿天南海北走江湖，就爱吃家乡口味的饺子和面食，阿东把饺子馅料按南北方不同食客的口味调制，饭店生意很好，从早起忙到天黑，打烊数钱的时候腰都直不起来了。

二

阿东爹是个铁匠，被飞溅起子弹一样烧红的铁渣伤着胳膊，感染破伤风死了。发落完父亲，妈开始操持这个家，他和妹妹记忆中妈永远都是在小跑。包产到户后因为没有劳力，没有家户愿意和他家搭伙，妈起早贪黑，人家的麦子入屯了，她着急得满嘴起泡，看着天空乌云滚滚，更揪心。她整夜在院里看天，观察云的走向，从风中的潮气，推算雨大概什么时候会到。别家的棉花已经堆成了小山，她家的棉花还雪白地开在枝上，一到农忙娘就着急上火。媳妇小翠19岁就过了门，妈四十岁出头病就来了。她不能下地干活了，就在家看孩子做饭。她一直扛着病，说现在哪有钱看病啊，等负担轻了再去看，这病一时半会儿也死不了。

两个儿子呱呱坠地，见风就长。妈脸上的笑容却越来越少了。小翠说，妈，咱不怕，总要过去的，苦过这几年，娃娃就长大了，他们有两只手都能挣钱，你好好活着，等着抱重孙子吧。

小翠很会哄妈开心，妈一丝欣慰和半分笑容挂在脸上。

大宝脑子不笨，可是爹妈不在身边，奶奶惯着由着他性子。他辍学闯世界，誓言要做顶天立地的男人，不让父母再受苦，挣钱给奶奶看病。初生牛犊不怕虎，不知道天高地厚。几年下来，像一条落水狗一样被从城市打回农村。大宝没有希望了，所以砸锅卖铁也要把二宝送进大学，这个信念全家人十分坚定，没有文化城市就不是你的。无奈二宝学习成绩总是不温不火，小翠花钱让二宝上小班补课，二宝像缺水的田苗一样蔫。

二宝啊，全家就靠你了，一定要给我好好学，花钱给爸说。阿东手拍着胸脯明显没有底气，钱在哪里？还有大宝，20岁出头了，整天纸屑般在村里晃悠。小翠知道，没有房子和车子，还有一个得病的奶奶，不会有人上门提亲。

靠种地是发不了财的，只有走出去才有希望。虽然打工会受白眼，可是为了全家人生活，阿东就是跪下给人磕头也愿意。

每天饭店收拾完，他们总是在讨论这个话题。晚上，阿东想在小翠身上找点乐子，刚有兴趣，就听到轻微的鼾声。

三

医院东边是一个湿地公园，南方水分大，空气总是湿漉漉的。一大片绿地十分养眼，黄杨球被修剪得整齐划一，造型别致。医院后边有一座低山，南方的山和北方的土丘子差不多，随处可见的竹子一簇簇地生长，竹竿挺拔，风吹过，竹竿摇摆的幅度很大，竹叶唰唰地响。极目远眺，看不到裸露的山坡，人工修建的四角凉亭在竹海里若隐若现。医院内法桐叶子还没有落尽，在高处是风景，一旦落下，就变成垃圾。枝条缠绕在一起，在秋风中做最后的挣扎。大大小小的水杉树遍布，树冠透着黑绿，梅花这个季节还没有开，倒是柚子和橘子树高处还挂着稀稀疏疏几个果子。阿东目光回到屋内和窗台上的绿萝相遇，绿萝非常茂盛，像一个青春勃发的少女。

阿东对这所医院不陌生，几年前娘就在这里住院。妈卧床月余后他才知道，舅舅在电话里吼他："你们两个小东西出去潇洒了，把老妈扔到家算什么？两个儿子都大了，你娘哪管得了！再这样下去，你娘死了不说，两娃就让你们毁了，我可怜的姐姐啊。"舅舅过去是剧团唱戏的，说话的腔调像舞台对白，抑扬顿挫。

山西饺子刀削面馆门上挂出歇业的牌子。从车站接着妈就直奔医院，小翠搀扶着妈缓慢地走。医院门诊大楼前熙熙攘攘，各种车子鱼贯出入。一个满身油腻、络腮胡子保安挡住了他们。拿身份证登记，所有东西都要过安检。阿东解释说蛇皮袋里是铺盖和衣服。还有一个熬粥的小电饭锅，老人吃不惯南方的饭，每天要喝小米粥。保安说，锅不能带进医院，医院里不允许做饭。络腮胡子满脸正经。你看老人都病成这个样子了，能不能通融一下啊。不行，不行，医院有医院的规定，络腮胡子把大盖帽摘下放到桌子上，右手摸摸象征权力的橡皮警棍。脸板得像一个尿盆底。

咱不看了，回家吧。娘着急了。

小翠赶紧给络腮胡子衣服兜里塞了些零钞，才被放行。

走进明晃晃的门诊大楼，楼道里充斥着青霉素味道，医生护士戴着口罩，匆忙地进出病房。阿东的怒气还没有消，不愿意说话。小翠去问导医，去挂号。阿东背着娘上上下下，一个中午下来，阿东像狗一样喘着粗气。娘被折腾得脸色煞白，有气无力。

"现在病床紧张，你们过几天再来。护士长说得斩钉截铁。"

"我们是山西来的，路太远，不方便，刘主任，能不能加个床啊。"阿东谄笑着说。胸前挂着听诊器的老头冷漠地说，"医院是你们家开？"

阿东再也忍不住了，眼睛里火苗唰唰地喷出，眼珠子就要蹦出眼眶，拳头砸向桌子，玻璃被打碎，桌子上的东西震翻一地，阿东的手有鲜血滴下。刘主任明显受到了惊吓，他直起身体靠在墙角，气得发抖。几次都拨不出电话。不一会儿络腮胡子提着橡皮警棍来了，小翠赶紧拉拉架，生怕事情闹大了。

怎么说老万是阿东的贵人呢，虽然奸诈了点。这个时候，他竟然幽灵般地出现在门诊楼里。

"阿东，怎么不找我啊，我去找一下关系，这医院我熟人多。"老万埋怨道。

娘终于顺利地入院了，想不到老万的能力这么大，接下来挂专家门诊，预约手术，不费吹灰之力全部搞定。阿东到现在都不明白一个开饭店的普通人怎么能和医院挂上关系，不同层次的鱼怎么会在一个鱼缸里游泳。想不到的事情太多，社会就是这么奇妙。

娘的乳腺癌已经到了晚期，这消息让全家晴天霹雳。娘被切除了一侧乳房，虽保住了命。但医生说余下的时间不会太长。跨区域看病报销比例低，在阿东眼里，花多少钱都无所谓，娘的命比天大。医生说，让老人家回去多吃点好东西，陪她多逛逛。医生说这话，病人家属就心知肚明了。

阿东和老万成了铁哥们儿，每次去菜市场，他们总要闲扯一阵子。酒可以消除语言的障碍，拉近人与人之间的距离。尤其是男人，半斤酒下肚后，他和老万都不说半生不熟的普通话了，操着各自的方言，云里雾里，胡吹乱侃。老万竟然还不到五十岁。他笑着说女人多负担重。老婆孩子在老家，店里这个穿金戴银的女人显然只是他的床上用品。城市里没有人关心这档子事，只在意谁钱包里的钞票多。

"兄弟，哥让你品尝一下蛇肉，你先干了这杯蛇血酒，酒是几十种中药炮制的，喝一杯，让你晚上睡不着，能让十个八个女人跪地求饶。"老万说着瞥了一眼他的小媳妇。小媳妇咯咯地笑，两只明显过大的胸脯摇晃得厉害。

"哥告诉你，我这一辈子，没有文化，也不装清高，活得随心所欲。只要不杀人放火，不偷不抢，该吃就吃该喝就喝过着神仙般的日子。"

阿东觉得社会上有些人已经漏了元气，成了一具皮囊，还满世界招摇，眼里只有今天和当下。身体像一只玻璃茶具只能看不能碰。

"兄弟，你饭店怎么样啊？一年能挣多少？""小生意，十多万。"不是吧，老万瞪大了眼睛，"十多万是什么概念，怎么能养活你一大家子。我一个月收入顶你一年。"老万说。

"老哥，你怎么和医院的人那么熟？"阿东还是忍不住问了一句。

"鸡鸭鱼乌龟王八有钱人都吃腻了，吃野味是身份和地位的象征。现在敢去野味店消费的不是政府官员，而是一些暴发户，还有些客户不能告诉你。"老万笑得十分诡秘，阿东一头雾水。

四

今天已经腊月二十二了，病房里丝毫没有过年的气氛。千里之外的家大概已经热火朝天了。小翠把家清扫整洁了。二宝昨晚发微信说，已经订好今天的高铁票，晚上就能到家。过年有两个儿子帮忙，小翠和娘就会轻松许多。大宝虽然有点叛逆，但还没有到信马由缰的地步。过春节一定给他定门亲，把这小子心稳住。男娃到了结婚的年龄，找不到对象，荷尔蒙无处释放，就到处给你捅娄子惹事。

阿东不幸染上了新冠肺炎，幸运的是他住上了医院。每两个小时小张护士给他量体温，每天血检、尿检、粪检，采集咽部标本，问好多问题，小张工作起来一丝不苟，生怕有遗漏。小张说："她就要过完本命年了，等疫情结束，就回依山傍水的小县城。本打算正月里结婚，可是被紧急调过来了，婚礼就无限期推迟了。"她说话语速慢，嗓音悦耳动听。

阿东没有看到过小张的脸，每次她进来，都穿着臃肿的防护服，帽子包住了所有的头发，纤细灵活的手戴着橡皮手套。虽隔着护目镜，但一双大眼睛忽闪闪的。

夜很深了，阿东没有睡意，有爆竹声传进病房。腊月二十三，灶王爷升天，每年这一天，他们一家子都会去赶集，采买年货。花生、瓜子、柿饼，还有进嘴就化的芝麻糖。小翠总是往衣服摊里钻，摸摸这一件，试试那一件。阿东总觉得愧对小翠，这么好的媳妇，跟着他吃苦受累，不舍得买一身像样的衣服。男娃娃爱放爆竹，大宝二宝为多放炮仗，年年闹架。娘嘱咐一定要请一副门神，还要买一捆柏树枝，说大年初一烤了柏枝火，一年都会顺活。想到这里，阿东眼睛有些湿润，他迷恋家乡的热闹，那里有他的亲人，冬去春来，听听他们的声音，看到他们的身影，世上的牵挂就不再了。而此刻他却躺在离家千里之外陌生城市的病房。

王医生是一位和他年龄相仿的女人，娇小的身体好像承受不起厚厚的防护服，有点驼背，不时有轻微的咳嗽。护目镜上有雾，看不清她的眼睛。她每天机械地穿梭各病房。她脚步轻盈如宇航员在太空漫步。

阿东每天挂水六瓶，午饭要在病床上吃，小张护士细致入微的护理让他感动，护士真是书里说的白衣天使。

王医生也不是这座城市的，是家乡医院的呼吸科主任，丈夫慢性病还在床上。儿子上大学了，有个 6 岁的女儿。出发离家时是除夕夜，同事朋友送她。女儿说，"妈妈你能不去吗？我和爸爸需要你，我们要一起过年。"王医生当着众人的面，失声痛哭起来。她说，"孩子，这个时候有很多人比你们更需要我。"她隔很远给女儿一个拥抱，女儿也懂事地张开了双臂，就这样一个隔空拥抱，感动了在场的所有人。

王医生告诉女儿，饺子刚刚包完，锅里的水快开了，隔壁奶奶会帮你们下饺子吃，等妈妈回来，陪你放风筝。女儿懂事地点头。

几天后王医生收到女儿的两张手绘画。一张画上的妈妈穿着隔离服，戴着口罩和护目镜，旁边几行童诗，让人泪目。"妈妈，我不哭，妈妈，我想你。爸爸说你是英雄，英雄的女儿不能哭，我知道你去救别人的妈妈了，我希望妈妈平安回家。"第二张画上是妈妈陪她放风筝，几朵鲜花开在纸上，无比娇艳。

护士小张赶紧岔开了话题，不能让病人流泪，防止病菌扩散。

"叔叔，要不你给我参谋一下，我的婚礼要中式的还是西式的？我的伴娘团都请好了，给你看我的婚纱照片。"小张护士说。她幸福的眼光如春风拂面，一颗洁白透亮的心在病房跳动。

五

每天只能看一小时手机，阿东慢慢意识到病情的严重。怎么会这样？他为多挣钱听信了老万的话，收购野味，他被金钱拐走了灵魂，变成了一具行尸走肉。

年末，阿东银行账户的余额让他大脑发热。他关了饭店，让小翠回家照顾母亲和孩子，他鞍前马后跟着老万。老万是个讲义气的人，虽然有时候结账迟缓，但是账算得分毫不差。有时饭店剩下的野味，他便和阿东一起享用。

经常来饭店吃野味的有一个叫巴生的男人，肥头大耳，脖子上挂着粗重的金链子。不知道他做什么生意，隔三岔五会打电话过来，预订鲜货。他不问价钱，只关心怎么做好吃。用巴生的话说，天上飞的，地上跑的，水里游的，土里钻的，吃遍人间美味才叫不白活一世。他挺着肚子，像快要临盆的产妇。

老万发微信说巴生死了，他是该市第一例染上病毒，也是第一例医治无效死亡的人。老万说："巴生他该死，他吃了那么多不该吃的东西，这次终于吃了自己的肉。只是这小子还欠几万元餐费没有结呢。"

老万饭店的客户里还有一个40多岁的女人，白白净净，秀发披肩，鼻子上架一副十分考究的金丝眼镜，穿着时尚，走路腰板笔直，很有范儿。老万说她是大学教生物学的老师，也是饭店的常客。她经常带朋友过来。野味销量越来越大，老万存货满足不了供应，送货的人一再抬价。

他对阿东说："哥照顾你个生意，敢不敢做？一天最少纯收入两千元以上。"

"犯法吗？"阿东胆怯地问。

"不是让你捉大熊猫，害怕啥！"

阿东开始收购野味，然后卖给老万，一摞摞钞票让他挣钱的欲望像气球一样越吹越大。今年一定要把家里旧房子拆掉重建，按照村里最高的标准建设。他仿佛看到大宝的媳妇已经进门，媳妇给他生了孙子。二宝毕业了，考上了公务员，体面地出入政府机关大院。娘看病欠下的医药费也全部还了，小翠脖子上挂了一条明晃晃的纯金项链，指头上镶着红宝石的钻戒也闪闪发光……

阿东熬夜过度，眼圈发黑，但是说话的底气明显足了，成就感像发面馒头一样虚大。

老万虽然讲义气，但却是实实在在的生意人。人工费太贵，加工成本大，利润降低。他怂恿阿东说："你连收购带宰杀，一条龙，这样这个链条上的钱全是我们的。"阿东的思维已经被钞票裹挟了，他像一只盲眼的夜莺胡飞乱撞。

第二年清明前后，阿东家盖起了三间两层楼房，院子里亮堂堂的，厨房卫生间一应俱全。娘满脸疑惑地问阿东，钱是哪里来的，咱不敢干违法的事哦。小翠知道他男人遇到了"贵人"老万。她深信自己男人胆小、本分，干的是正经生意。

第二例死亡病例送出了医院，是那个大学女老师，她离婚多年丈夫和孩子去了美国，她组织了一个户外群，天南地北胡吃海喝，群里的人乌七八糟。

老万的野味饭店开在一个倒闭工厂空旷的车间。前头是钢筋玻璃搭建的暖房，鲜花交易做掩护，后面是野味饭店。阿东被饭店豪华的装修震惊。每个包间里，高中低映入眼帘的都是绿植和鲜花。有十人以上的大包间，绿色地毯映衬上摆着红木沙发。三四个人的包间更隐蔽，光线幽暗暧昧。来这里吃饭的客人，车子可以直接开进来，然后领班的秀梅提示服务员用车衣包住整个车辆，每一个包间都有单独的通道和大路连接。

过去巴生来吃饭的时候，气场很大，十分张扬。仿佛满世界都是他的，总是吵吵嚷嚷，一群小弟前呼后拥，提包的，开门的，那阵仗俨然一位非洲的酋长。

此时，一辆丰田霸道车开进大厅，秀梅熟练地领客人去预订好的包间。司机和随从由秀梅负责招呼。老万一旦出现都是有神秘人物来。

饭店吧台前有一个玻璃观赏鱼缸，秀梅告诉阿东，这一缸鱼值几万块。秀梅说话的同时，上下打量着这个北方的汉子，眼神温柔湿润，让久旱的阿东心旌摇曳。这里面全是世界各地名贵观赏鱼类，别看这条黑色鲨鱼个头小，很凶猛。那条雌性孔雀鱼身着华丽的衣服，像招摇过市的站街女，这条锦鲤来自德国俗称水中活宝石，属于稀有品种。

各式各样的鱼穿梭在水草和石头之间，水中的灯被染成五颜六色的。没有客人的时候，秀梅总是对着鱼缸发呆，穿着工装的后背被胸罩的肩带勾勒出几条性感的沟。

大学女老师的朋友成群结队地来，有时候分成几批占领包间，喝酒狂欢到深夜，猜拳行令，大声喧哗，喝醉了呕吐，彻夜不归。他们恣意放纵，仿佛明天就是世界末日。

人年轻时总是透支青春，透支生命，希望年龄大了能补回来。健康总是被一些伪专家误导，没有人去戳破金钱外衣包裹下的谎言，任由恶性循环下去，有的人是被自己一步步吞噬的，最后一餐恐怕是自己的躯体。

阿东还是没有经得住秀梅的诱惑，被这个娇小的南方女人拿下了，阿东觉得愧对家里的小翠，后来次数多了就麻木了。城市竟然还有这样的免费午餐。秀梅有南方女人特有的温柔和狐媚，总能让阿东欲罢不能，每次完事，阿东便暗下决心做最后了断。

一城的灯火，在寒夜里闪闪烁烁，好像是迷茫的眼睛，天空漆黑，仿佛被泼了墨，汽车的尾灯拉长了光的线条，一条蜿蜒曲折的光河在缓缓流淌。

秀梅说得对，我们皆是过客，是这座城市的过客，我们何尝不是生命的过客呢！人短暂的一生如尘埃起落，如灯一样明了灭了。谁会在意你，何必把自己包裹得那么严实，虽有无尽的相思，哪有长久的等待。

六

阿东的眼泪再框不住了，他突然号啕大哭起来，他起身欲冲出病房，输液瓶摇晃不停，王医生和小张赶紧上前制止，病人隔离久了都是这样的，他可能被吓着了。王医生和小张极力安慰，不让他情绪波动。王医生说你年轻抵抗力强，好好配合治疗，不会有事的。阿东想，自己的命不足惜，他在忏悔过去，不停地谴责自己，是贪婪和欲望控制了他的大脑，让他昧良心做事，他觉得羞愧难当。他本来可以在老家春种秋收，可以和小翠一起侍奉母亲，照顾两个儿子过平凡的生活，但是他却被沉甸甸的责任和欲望牵着鼻子走。

阳光很吝啬，透过窗户影影绰绰地照进来，一晃就移了出去。阿东想让阳光暖暖地照着，现在这也成了一种奢望。隔离病房里，有新的病人被送进来，也有治愈出院的，隔着特护病房的玻璃，一拨一拨人通过视频电话朝里头观望，像是看动物园里的猩猩。

今天已经是腊月二十六了，一定给家里打个电话，阿东觉得身体状况越来越差，生命可能快到尽头了。他要做最坏的打算，他平复一下情绪，把要说的话整理好。

"小翠，过几天就能出院，你招呼好娘和孩子们，村里人来拜年问到我，就说我订不到回家的票，晚回去几天，让晓东和阳阳他们把酒菜备好，回去要和他们一醉方休。"阿东强作欢颜，眼里闪着泪花。

"娘呢？"他问。

"在屋里刚睡下，不要打扰她。"小翠答。

视频电话里小翠哽咽，二宝也在一边抹泪。

小翠说今年冬天老家连一场像样的雪也没有，土地干得裂开了口子，麦子喝不上返青的水，病快快的。门口池塘里结了厚厚的冰，现在不让村里烧炭火炉子取暖，电暖气不热还费电。

窗台上的绿萝有几天没有浇水了，叶子耷拉着像打了败仗的士兵。病房里暖意融融。快过年了，小张给窗户上贴了大红的窗花，让病房有了一丝过年的气氛。王医生累得晕倒了几次，依然没有撤离，阿东很感动。要是能活着出去，一定要去王医生家登门致谢，看望她病中的丈夫和女儿。

高烧降下来了，肺部造影上的阴影快消失了，各种检查做完后，一位医生告诉阿东，明天就可以出院回家了。护士小张像一头小鹿雀跃，虽然还隔着防护服，但她的兴奋充满了整个病房。

"王医生呢？"阿东狐疑地问。

小张又嘤嘤地哭起来，有一种不祥的预感冲上了头，难道王医生也被感染了？不可能，她每天穿厚厚的防护服，再说家里还有等她回家的老公和女儿。

小张抽泣着，转过头不再说话了。

"是我害了王医生，该死的人是我啊！我愿用我的命去换回王医生的命，好人为什么不能一生平安。"阿东猛地跪倒在地，头磕在地板上砰砰地响，殷红的鲜血从额头渗出。

出院的时候，医院院长在一群医生护士簇拥下给阿东献上一束鲜花。

救护车驶出了医院大门，那个络腮胡子保安非常开心地打车辆出门的手势，嘴里说着："祝平安！"

七

高铁飞驰，入冬的田野有一层毛茸茸的霜淡淡地飘着，铁路两边荆棘遍布，各式各样的建筑一晃而过。阿东没有心思欣赏路边的风景，心早已飞回到妻儿老小身边。来高铁站接他的人很多，小翠、大宝、二宝，还有晓东和阳阳，村里书记主任也来了，阿东没有见过这么大的迎接阵仗。

怎么没有娘的影子？

娘在地里等你呢。小翠眼泪扑扑簌簌往下掉。

哭什么呢？你男人不是好好的回来了吗，应该高兴才对，这么冷的天，她一个人去地里干吗？

车内音响放着那首熟悉的歌曲，《酒醉的蝴蝶》。

"你的那一句誓约，来的轻描又淡写，却要换我这一生再也解不开的结。春去镜前花，秋来水中月，原来我就是那一只酒醉的蝴蝶。"

车子没有开进明晃晃的新家，径直下了村西的大沟，沟沿酸枣树枝上挂着新撒的纸钱。新坟，娘的遗像，新插的柳，风中摇摆的纸幡。阿东神情木然地愣在那里，忽然间天旋地转，一头栽倒在冬天呼啸的北风里。昏睡了一天一夜才醒，一会儿哭一会儿笑，说着大家听不懂的话。

"腊月二十二娘就走了，走的时候眼睛怎么也闭不上。村干部还有晓东、阳阳他们帮忙发落了娘，你在医院，不知道生死，也不敢告诉你，疫情那么严重你回来也进不了村。"小翠哭成了泪人。

正月里，阿东一言不发，他想了好多，却理不出头绪，他不知道到底哪里出了问题。

阿东想小张护士婚礼应该举行了，她一定是天下最美的新娘，穿着洁白的婚纱，在伴娘的簇拥下，牵起爱人的手，走进幸福的殿堂，一定是很隆重的西式婚礼，神圣的教堂上钟声敲响，塔尖有一群白鸽飞过。

王医生一定也平安回家了吧。她丈夫的病也好起来了吧，女儿一定去车站接妈妈，她们母女一定会紧紧拥抱，母亲会亲吻女儿的脸颊，为孩子擦拭委屈的泪水。春天到了，王医生一定会陪女儿去放风筝，风筝会飞得很高……

感谢我们的国家，致敬那些舍生忘死的白衣天使！

二月二龙抬头，炮声一响，瘟神就夹着尾巴逃走了。被瘟疫肆虐的大地又恢复了生机。打工的年轻人告别了爹娘，陆续离开村庄，孩子们拉住父母的衣襟，哭声让人心碎，又是一年漫长的等待。村里空荡荡的，风一溜烟从巷头吹到巷尾，风不刮春不生，风把水吹上天空，聚成一疙瘩雨，雨把地里的青苗梳理成沉甸甸的秋，然后该收获的收获，该败落的败落，如此周而复始。

小翠热切的眼神，一直往阿东身上播种。等麦子收了，我们种大棚葡萄吧，地里葡萄去年没有客户来收，一筐筐成熟的葡萄都倒进了村西的荒沟，可惜死了。农民生无可恋地把希望寄于来年。

八

娘去世过了百天，大宝还在阿东面前摇晃，小翠憋了一肚子的话要对她男人说，当她看着男人脸上的倦容心软下来，欲言又止。

老万又来电话的时候夕阳正好染红了西天，半个天空都被映成血色，像一幅印象派的油彩画。老万让阿东继续跟他干。阿东想，政府怎么还没有把老万这样的坏人抓进监狱呢。

"不去了。"他异常坚决地回答。

"想跟我干的人多着呢，是我念旧，想继续帮助你而已。"

又过了几个月，阿东对小翠说其实老万这个人不坏，他给老万打电话说，跟你干可以，我再不搞野味了，我不想成为贴在城市脸上的狗皮膏药。

"你这榆木脑袋。"老万骂了一句。

阿东真的想不明白，是自己的脑子出了问题，还是什么地方出了问题，他觉得自己的灵魂已经飘走了，有一双无形的手推着他的躯壳跟着感觉在奔跑。

"你这榆木脑袋。"小翠终于说出这句憋在心里许久的话。

刘老官的春天

中条山像一条巨龙，横亘在晋南黄河岸边，硬是让从黄土高原上奔袭而来、气势汹汹的黄河在这里撞个粉身碎骨，温顺地向东流去。黄河自古"三十年河东三十年河西"，黄河在这里留下了大片的黄河滩地，祖祖辈辈在这里繁衍生息，若干小村庄星罗棋布，如仙女撒在人家的花朵。

小柴庄背靠大山脚踏黄河。祖辈上说，这里是风水宝地。山涧水汇成潺潺溪流，奔涌着流入大河。新修的水泥路直通村里。山前碧绿的草地上几只羊在低头吃草，不时听见小羊羔的"咩咩"的叫声。

一座破败萧条的民宅内，土木结构的三间房子孤零零地站在那里。屋内家居陈旧，吃的穿的用的毫无规则地摆放，显得杂乱无章。刘老官抽着廉价香烟，独自喝着小酒，几只羊在院子角落临时搭建的棚子下安静地反刍着。光头张鬼鬼祟祟地进院子说："刘哥，坐那想啥呢？怎么不说话？今年羊肉价钱这么好，你收入比以前好多了，愁眉苦脸什么吗？我陪你喝几盅。"刘老官说：

"好是好，就是咱的羊太少。"光头张说："你老哥养羊经验多，不如咱们合伙，再弄他几只母羊，几年下来，咱们羊就成群，到时候有咱好日子过啦。"

"钱从哪里来啊，羊圈在哪里盖？你看我这屋太小。"刘老官皱着眉头唉声叹气地说。

"你这榆木疙瘩，活人还能让尿憋死，你是咱村的贫困户，现在国家实施精准扶贫，好政策多得很哩，县自然资源局帮扶咱村，李副局长对口帮扶你，你外甥又在咱镇管土地，这事还难办？要抓住这难得的好机会发展自己。"

太阳有一丈多高了，刘老官才赶着他的五六只羊往地里走。羊不时低头啃着路边草。刘老官若有所思，不停地抽烟。公路边一辆小汽车奔驰而来，车停下，村委会胡书记夹着包下车。

"刘叔，在想啥呢，来抽支芙蓉王烟。"

刘老官说："今年羊肉行情好，我想再弄一群羊，建个羊圈，还想贷点款，你能帮忙吗？"

胡书记说："我刚好从镇上开完扶贫工作会，国家真的为贫困户着想，有无息贷款，你只要申请，肯定能贷出款子。咱村口这么多地呢，你自家还有三亩好地呢，你在自家地里建羊圈啊，反正你也不种庄稼，也不给别人说话，你外甥是咱们镇的土地爷，这事不难办。我走了，石料厂还有事呢。"小汽车一溜烟跑不见了，公路上尘土飞扬。

晚上，村头路灯影影绰绰，两个老汉的身影忽长忽短。刘老官和光头张在商议，他们身边摆着一个空酒瓶，烟蒂扔得遍地。光头张说："地的问题好解决，你家的地我家的地正好连畔着，也有五亩多，够盖羊圈了，通过扶贫渠道可以搞点无息贷款，再找你外甥借点，再不够的话让你老姐动动老本，老婆底子厚着呢！"刘老官说："过几天我去县城跑一趟，看看情况。"

光头张说："看什么看，时间不等人，等你想好了，黄花菜早都凉了，咱们说干就干，拉砖定匠人，后天就开工。"刘老官无语，惆怅地望着远方。光头张说："你老家伙怎么不言语了，我看你是想寻老婆了吧。"刘老官回过神来，脸上露出微笑，光头张开怀大笑。

小柴庄村委会大院公告栏上贴着花花绿绿的广告，把各种公示的纸遮挡得严严实实。胡书记在村委会办公室里。腿搭在办公桌上，一手端着茶杯，一手划着手机屏幕，手机播放着抖音小视频，夸张的笑声不断传出。他用手机摇个不停，像是要把天上的仙女摇到他面前。刘老官敲门，推门走进胡书记办公室，递上一支烟给胡书记。

刘老官说："胡书记，我就在我和老张的地里盖，贷款一时下不来，你先借点钱我们明天开工。"胡书记说："好啊，刘叔，你是咱村的贫困户，我全力支持，我先给你拿一万用着，不够尽管开口。"刘老官说："明天开工不会有人挡我吧。我心里还是有点不踏实。""谁敢挡你，村委会支持你，还有你外甥是管土地的所长，你就放心盖吧。"

麦田绿油油，一望无际。小麦已经抽穗，长势喜人。拖拉机在卸砖，翻斗车在卸沙，一片热火朝天的施工场面。刘老官和光头张站在推土机后面，推土机把麦苗连根拔起。不一会儿很大一片麦苗就被毁完。光头张指指画画，忙得不亦乐乎。一辆打着国土监察字样的巡查车开过来。一位身穿制服的执法人员掏出执法证件亮给光头张看后说："我们是镇自然资源所执法人员，这是我们的证件，请问谁在毁坏庄稼，准备盖什么，有没有占地手续。"

光头张满脸堆笑边递烟边说："小兄弟，盖羊圈呢。"执法人员把烟推开问："有土地备案手续吗？"光头张一脸不屑地说："我在我地里盖呢，小麦是我种的，我占我的地，还备个啥案啊。"执法人员义正词严地说："占用耕地，必须经过审批或者是备案，你先停工，马上去我们所接受调查，弄清情况后再说。"光头张脸上的表情马上晴转阴，阴阳怪气地说："我说你这小兄弟，火气还大哩，你也不问问这是谁在盖，我们上面有人，就是你们所长来了都不敢这么厉害。"说完他扭头离开。几名执法人员合计了一下，填写下发了停止施工文书。车子飞快开走，光头张满脸不屑地冷笑。

两位执法人员将情况汇报给王所长，王所长打开地图，立即查看图版，发现该地块是基本农田，立马站起来，神情凝重地说，问题严重了，情况紧急，刻不容缓，我们分头行动，小邓，你们马上去现场制止，绝对不能再毁坏麦田了。一定要阻挡他们施工。带上照相机和记录仪，我立即去一趟县局给领导汇报。两辆车子开出国土所，分别驶向小柴庄和县城。

镇国土所王所长叫王光鹏，瘦高个子，一副眼镜架在鼻梁上，说话慢慢腾腾，但是遇到大事却毫不含糊，他大学毕业先是分配到县土地局工作，在办公室写材料，伺候了局长几年，他是个爱较真的人，被领导下派基层"锻炼"，挪了几个乡镇，现在成了他家所在的城中村镇上的自然资源管理所所长，这个所管理的城关镇，离老家近了些。

等光鹏从县里折返到工地的时候，看到舅舅坐在地头，立即明白了一切。"舅舅，你这是干啥呢，麦子长势这么好，毁了多可惜"。刘老官看到来的是外甥，立马松了一口气，满不在乎地说："舅舅想扩大养殖规模，在咱自家地里盖个羊圈。"光头张满脸笑容点头哈腰说："侄娃子，我和你舅舅合伙弄哩，在自家地里盖呢，莫个啥，你舅舅是咱村贫困户，国家政策也扶持，难道你不想让你舅舅早日脱贫？""舅舅，你这是犯法呢，咱这地是基本农田，只能用于种植农作物，不能在这建羊圈养羊啊，赶紧停下来，另外寻地方建。"

刘老官板着脸说："这人马三起的，砖、水泥、沙子都拉来了，说转就转啊，不行，再说，匠人都订好了，非盖不行。"王所长转身对小邓说："小邓，下发停工通知书，拍照留取资料。"光头张上前拉住工作人员，气势汹汹地说："我的地，我想占就占，谁挡我，我告谁。"光鹏说："今天我就让你们弄不成，不是我和你们过不去，是国家法律不允许，责令你们马上停工，撤离人员，恢复地貌，这是停工通知书，请你签字，若再不停工，我申请县局立即立案查处。到时候损失就更大了。"

刘老官被眼前的情况吓住了，拿着文书的手一直抖个不停。光鹏回头对工作人员说："马上给市局汇报，立案查处。"刘老官心里骂道，你个兔崽子，翅膀才硬了几天。光头张在一旁煽风点火："世道变了，这有钱外甥不认舅了。"

幽暗的灯光照着刘老官凌乱破败的家，房间里烟雾缭绕。光头张和刘老官一边喝酒一边合计。刘老官说："我寻思，咱们是不是真的违反国家土地法了，我外甥从来没有这样对我凶过。"

光头张立即反驳："我看你是越活越傻了，现在是什么时代了，不花钱哪能办事啊，你外甥也是人啊，需要通融通融，请吃饭，送个礼什么的。"

刘老官寻思，哪有舅舅给外甥送礼的，再说他去了脸往哪里搁。

光头张突然拍了一下瓦亮的脑袋说："咱们和胡书记合计合计去。"

小柴庄门房是二层小楼的不多，全是明晃晃的瓷砖贴墙面的更不多。屋里高档家电、家居一应俱全就更少了。胡书记是个能人，文化不高胆子大，靠山吃山，前几年投资弄了个石料厂，发了财。他思想觉悟也突飞猛进，村里谁家有困难，他都尽力帮忙，谁家遇到经济问题，只要向他张口，他都慷慨解囊。镇上领导器重他，让他入党，村民就推举他当了书记兼村长。两人走进胡书记家，进屋落座。光头张手里拿了两条芙蓉王烟。

光头张懊丧着对胡书记说："镇土地所挡住了，这可咋办啊？"

胡书记笑着说："你外甥把你挡住了啊，哈哈，这真是大水冲了龙王庙了。我想着是你外甥在例行公事，你外甥还能给你出难题啊。你们放心，我明天去镇里通融通融去。"胡书记说："刘叔啊，你怎么是聪明一世糊涂一时啊，你外甥现在是干部，你去说说，花点小钱，准行。"

光头张阿谀奉承有一招："胡书记见多识广，就是不一样，这主意高，实在是高。"光头张模仿着电影台词跷起了大拇指。胡书记被逗乐了，哈哈大笑。

光头张和刘老官这几天白天黑夜在一起合计。刘老官想不行就停住不盖了，如果这样村里人会笑掉大牙的，再说，又不犯国法，养羊致富有什么错？没有想到是亲戚的外甥挡住了去路，让他怎么在村里抬头，怎么办，刘老官眉头拧成了大蒜。

光头张边抽烟边安慰老官："看你胆小的，今晚上我陪你给你外甥送礼去，准能办成，让咱们停工那是你外甥做给下面人看的，你出马找你外甥，他难道真的不认他这个残疾舅舅了。"刘老官拿不定主意，面露难色。

光头张说："我明白你有难处，你是拉不下来你这张老脸，不想给亲外甥说话，害怕他不好意思收礼对吧。就算是我送礼，行吗，死要面子活受罪。"刘老官眉头舒展开来。给光头张递了一根烟，并用打火机为他点燃。

傍晚，天还没有完全黑下来，县城里大街上车辆灯光汇成了河，商店门店前的霓虹灯开始闪烁，好像一个充满诱惑女人的眼睛。光头张鬼鬼祟祟地在小区里张望，不时向路人打听王光鹏家的具体位置，刘老官不愿意上这个门，光头张连拉带拽的，两人提着烟酒等礼品进了光鹏家门。

光鹏打开防盗门看到是舅舅，就知道他们的来意。光头张谄媚着说："你舅舅不好意思哩，这有啥，当下办事谁不破费点啊，这是一点小意思，你收下。家里有什么好烟好茶赶紧拿出来伺候你舅爷。"光鹏媳妇赶紧从卧室出来给舅舅沏茶、取烟、端水果。刘老官和光头张不停地挤眉弄眼，在推辞谁先开口。最后刘老官怯怯地说："外甥，你看我们建羊圈的事，你就放我们一马，我知道你也为难，但是不管于公于私你给舅舅开个绿灯吧。该办的手续我们办，该交的钱我们一分不少地交。"光鹏说："你们还是想其他办法吧，你们占的是基本农田，国家法律不允许，不是我为难二老，占五亩基本农田，够判刑了，你们不敢给我出难题啊。

光头张脸憋得通红，说不出话来。刘老官把茶杯摔在地上，摔门而去，光头张一看势头不妙，提着礼品走出了王所长大门。光鹏让媳妇打扫地上的玻璃碎碴。他点燃一根烟，垂头丧气靠在沙发上。烟雾绕过绿植，在墙上的荣誉证书和奖状前散去。

光鹏在办公室接到一电话，是他妈妈打来的，让他过去一趟，他想到是什么事了。没办法，母亲之命不能违。县城一处老旧的居民区，有两人都抱不拢的泡桐树，树叶深绿，随风摇曳。进了家门光鹏避开话题，先问候妈的身体。母亲问："你舅舅建羊圈的事到底犯了哪条法律？""妈，你不懂，别管他们，不是你娃我无情，真的是国家法律不允许啊，按说我舅舅也是可怜人，如果政策允许我肯定不会为难他。""我就这么一个兄弟，你舅爷爷奶奶死得早，我们姐弟俩相依为命，他从小照顾我，那一年为了多挣工分，上山砍柴摔断了腿，这还不是为了你们弟兄几个上学啊，他现在这样，我们不能让村里人说我们忘恩负义，尤其是你，吃上了公家饭，这事办的，让我怎么见他。"母亲越说越激动，眼泪唰唰地流。"难啊，人皮难背，我现在吃公家饭，可是我说了也不算啊，我不能做违法违纪的事，国家有国家的法纪，我要是干了违法的事是要丢饭碗坐牢的。"母子两个一个比一个哭得恓惶。

光鹏将此案件向分管李副局长汇报，李副局长指示："这个刘老官是我的对口帮扶户，他是个好人，腿有残疾，咱们一定帮他渡过难关，争取让他早日脱贫。你们帮他重新选个一般耕地让他建羊圈，你同学不是在县畜牧局吗，听说那边有养殖对口扶贫项目，国家无偿投资鼓励农民发展养殖业呢，你赶快去争取一下，我们自然资源局虽然要严格执法，但是也要讲人情啊，更何况是你舅舅呢。"光鹏恍然大悟。低头走出局长办公室。

6月25日是全国土地日。村里的几个大喇叭在村委会大院里高杆上响起来。胡书记在喇叭里广播："全体居民注意了……"村委会大院里摆着几张桌子，桌子上有宣传材料，还有扩音器和麦克风。红底白字的宣传横幅"国土所六二五土地日宣讲大会"特别醒目。群众陆陆续续走进村委会露天广场。

光鹏对着他熟悉的群众点头致意。会场上人差不多了，他开始讲话："今天我和咱小柴庄的父老乡亲们坐坐，也不叫讲话。就是给大家唠个嗑，顺便宣传一下我国的土地法律，国家保护耕地是为了更大的战略利益，保护18亿亩耕地红线，就是保护我们子孙后代的饭碗啊，同时也是为了国家的粮食安全和长治久安。现在国家采取了一系列措施，包括卫星监测，目的就是要严格保护耕地，防止耕地被无序占用，特别是基本农田，谁占了是要坐牢的。国家为了让农民增收致富，鼓励大家利用一般耕地、荒地、废弃地发展设施农业，同时为农民提供一切方便。"群众听得很认真，不时有人交头接耳小声议论。光头张和刘老官坐在后头听得仔细。"咱村有群众发展养殖业这是好事，我已经请示县局，全程为大家服务，帮助大家选址，同时我也是小柴庄的人，我同学在县畜牧局，我已经给大家报了项目，国家无偿提供资金补助，大家赶紧报名，特别是咱们的十几户贫困户。"

会场骚动起来了。刘老官脸上露出了久违的笑容。光头张笑着站了起来带领大家开始热烈鼓掌。胡书记最后总结："希望大家都遵守土地法，不要给我们二娃子添麻烦哦。"小柴庄村委会笑声和掌声一浪高过一浪。

刘老官和光头张主动拆除了在基本农田上的建筑物，转运石料。另外靠近山坡的一块土地上，专业技术人员手拿图纸，指指画画。国土所小邓和小梁正在用尺子丈量土地。

山村的晚上，凉风习习，胡书记风风火火走进刘老官大门。"刘叔，那笔扶贫贷款走绿色通道，帮扶你的干部，县自然资源局李副局长亲自过问，现在五万元贷款已经下来了，明天你拿身份证去镇里办手续领钱。"光鹏妈也在弟弟家："胡书记来了啊，先坐下来，喝口茶，又辛苦你了。我今天去了趟东沟村，给你叔定了一门亲，这家里没有个女人哪行啊，你看着院子里乱的。"胡书记说："应该的，以后刘叔就是养殖合作社经理了，说什么也得配个女秘书啊。"光头张在一旁附和着："刘哥，你这多年的干柴遇烈火，还不烧得漫天红啊。"几个人笑起来，几只羊在圈里嬉戏，闹得格外欢腾。

山前的荒地上，羊舍已经建起，管理房也正在施工，光头张忙活得不可开交，他俨然是养殖合作社经理助理的派头，到处指手画脚。他不时用毛巾擦汗，光头上汗珠涔涔。刘老官坐在地上，在看养殖技术方面的书，选新品种羊。

村委会的公告栏换了新内容，贫苦户都围着看县里下拨给自己的专项资金数目。最显眼的是刘老官养殖合作社用地项目公示前很多群众在围观，大家跷起大拇指夸刘老官。

刘老官养殖合作社的牌子上盖着红布。门口摆放着鞭炮。胡书记张罗着酒席。刘老官穿戴整齐，胸前的大红花格外耀眼。他忙着给大家散烟，倒茶，红光满面。王母和刘老官的"新媳妇"在一旁整理新房物品。

胡书记说："今天是刘老官养殖合作社开业的日子，也是老官叔梅开二度、喜结良缘的大好日子，我代表党支部村委会表示祝贺，下面请镇自然资源所王所长揭牌。"胡书记和光鹏上前揭牌，鞭炮齐鸣。胡书记带头鼓掌，群众一个个喜笑颜开。

光头张起哄道："刘哥，和新嫂子给大家出个节目吧。"众人跟着起哄。光头张揶揄了一把老官："老刘今年加把劲，来年生个大胖小子。"胡书记："去去去，老张净是瞎起哄，愿老官叔养羊事业更上一层楼。"

笑声响彻小柴庄村，树上的喜鹊扑腾腾地乱飞。

卖针的男人

那个时候有不少营生是被人瞧不起的，比如走街串巷耍猴的和耍皮影戏的，还有卖银针丝线的男人，就被滩里的爷儿们瞧不起。原因很简单，卖针的那个斜眼子成天总是在女人窝里窜来窜去，经常为了一根针的价钱和大姑娘小媳妇纠缠不清。更让滩里爷儿们气愤的是如果那个卖针的斜眼几天不来，村里的女人就像着了魔似的相互聚集在一起穷念叨，盼着卖针的就像盼星星盼月亮似的，比盼她们久出不归的男人还要心急火燎，坐立不安。

卖一包针也不知能赚几颗米，但那个卖针的斜眼在河滩一带卖了多年了仍然乐此不疲，干得有滋有味，全不把别人的小瞧放在心上。时间长了，滩里人都知道他叫老马，也有人直呼他斜眼老马，他也笑笑地应。

1947 年九月初十下午，二战区的催粮队刚刚走，老马就进了古槐村。古槐村西临黄河古渡，东靠蒲州老城，在河滩是个大村子。老马进村时挑着半根扁担，扁担上挂着一个长方形的黑布包，来到村子中央十字路口的老槐树下停了脚，这棵老槐树有几百年历史了，树干几个人都抱不拢，半边树干空心了，但是树顶还枝繁叶茂，村民用石头围起台阶，老槐树下是村长训话的地方，派粮催款的任务的布告也贴在树干上。不大一会儿女人们渐渐围了上来，有的是要买针，有的是为了看老马卖针，一群毛羔娃子也都叽叽喳喳地挤在女人前边，瞪着一双双大眼睛盯着老马。

卖针有啥好看的，说来玄。

一个中年妇女说："老马，我想买一包大针。"

老马解开黑布包掏出一包针递给她。

"够不够数，别逮了我。"那个女人说。

老马就说："包十根，缺一赔十。"

"还是当面数清好。"

老马笑了。他知道这些女人买针仅仅是个诱头，不露两手她们是不会走的。他微笑着从黑布包里掏出一块木板。这是块梨木板，半尺宽，尺半长，板面上又光又白，布满了让人不易觉察的细细针眼。老马把那包大针从纸包里掏出来，在几个指头间来回搓，说时迟那时快，只见他右手往板上猛一撒，只听噌噌噌的声响，梨木板上整整齐齐地扎着一排针，每根针都是针鼻儿朝上，针眼朝着一个方向，针与针之间的距离完全相等，比用尺量的还要准。老马坦坦地说："大嫂，你可要数清楚哦，别找我算后账。"

那个中年妇女还没走近梨木板，围在前面的毛羔娃子倒先争着数了起来。

"九根，少一根。"有个娃子喊。

场上的气氛一时紧张起来。做营生咋能这样子，这可是砸牌子打饭碗的勾当。老马哼了一下用右手在梨木板上一抹，板上的针一根也不见了，全握在他的手上。他用右手在梨木板上左右转了一下，眼神却在观察着那个女人的脸。又听见嗖的一声，梨木板上扎上了针，而且是针分两行，一行五根。这次针是斜扎在梨木板上的，每根针的斜度又都完全一致，在日头下闪闪发光。

"十根，十根。"娃子们兴奋地喊着。

场上的气氛一下子被各种赞叹声和嬉笑声搅得轻松，那位中年妇女对老马说："装好，我要了。"

老马把空锡纸包递给中年妇女。

"屁，空包。"

老马用右手在梨木板上收了针后猛地当空一撒，十根针在头顶二尺嗖地落下飞进空包里，细看尖是尖鼻儿是鼻儿，排列整齐，根根不乱。中年妇女"啊"地尖叫了一声连忙躲闪，针早已装进纸包里了。她举手看了又看，全然无伤。

乖乖，这一手真绝。娃子们都高兴地拍着小手，女人们个个手捏虚汗，惊叹不已。老马此刻在她们的眼里不知道有多伟大。

中年妇女满意地付了钱。

整整一个下午老马顺顺当当地卖了十多包针。这时日头已在西山头上往下滚，眼看就要跌进河里。他把梨木板塞进黑布包里用半根扁担扛在肩上，离开了老槐树又到别的地方转去了。

村里细心的人都知道，他准是又转到李满嫂家去了。尽管细心的人村里没几个，但还是猜对了。

李满嫂的家住在村子西头，家里只有她和一个十岁的娃子，另外还有一头黄犍牛。李满嫂前天被二战区抓去，昨天才被放回来。听说村公所里的两千斤粮食是她领着人偷走又用船运到河西的，只是没有证据只好又把她放了。这时天色已晚，夜幕薄如云烟。老马在一座矮小得很不起眼的土门楼下站了一会儿才噔噔噔地敲了三下门。不一会儿门缝亮出一道灯光，有个脚步声从东厢房出来慢慢地来到门楼下，开门的人正是李满嫂。她手里提着一盏马灯，开门后转身就往东厢房走，嘴里一句话也没说。马灯光黄中发白，照着空荡荡的院子好清静。这个女人30多岁，高挑个子大屁股，走路迈着小八字步，这是常年操务犁耧耙耖留下的痕迹。走进东厢房，看见豆油灯下还坐着几个人，有男的也有女的。他们一个个都低着头，好像不大愿意让老马看见。看样子有些神秘。老马一见房里有人就站在台阶下说："满嫂，我饿了一天，只想用这包针换个馍吃。"

"够数不？"

"缺一赔十。"老马的声音很高，像是在故意说给屋里的人听的。

李满嫂接过纸包看也没看就装进口袋里，转身从屋角桌子上的小木笼里取出两个馍递给了老马。

老马接过馍匆匆地离开了李满嫂家。

"也怪可怜的。"李满嫂对灯下的几个人说。

老马边啃着馍边离开了古槐村，在河边的大道上悠哉悠哉地走着。肚子饱了嘴里哼着小调儿，好像这是他一天最快乐的时光。虽说营生实在苦，可他图的就是这个乐。村里人都说老马是个骚狐，想占李满嫂的便宜，嘴长在人家头上，想说什么，天王老子也管不着，让他们去说吧。那年秋天，黄河发大水，遍滩的庄稼都被泡在水里。二战区的催粮队又开进了古槐村催粮催款，搅得人心惶惶，鸡犬不宁。滩民们颗粒无收连肚子都填不饱哪有粮食缴。古槐村的人齐刷刷的一窝和催粮队对着干，还动手打了起来，打死了两个催粮队员。这下闯了大祸，催粮队荷枪实弹开进了古槐村，又是抓人又是抢东西，整个古槐村三天没有一家敢生火做饭。

老马知道这个情况后，消失了一段时间。奇怪，二鬼子再没有进古槐村骚扰。

河水退下去后，老马又来到了古槐村，在古槐树下，他吆喝了几声，一群女人就围了上去。突然人群中走出两个便衣特务。原来今天老马一进村就被探子给盯上了。早上天气阴沉沉的，滩里的大雾还没有散去。老马顾不上收拾家当，借着浓雾就跑，跑到十字口又被前面另外两个探子堵住了，他们一左一右把老马押了个紧。

老马一边挣扎一边说："我一个卖针的，抓我干啥？"

一个探子说："什么卖针的，你是个地下党，跟我们走。"

"抓我上哪儿？"

"去了就知道了。"

老马说："让我把我的营生拿上。"

一个探子说："你还想卖针，下辈子吧。"

另一个探子抓过那黑布包就扔，老马双手紧抓不放。这营生可是他的命根子，就是丢了脑袋也不能丢掉它。一个探子用枪托向老马的头上砸去，老马的前额霎时鲜血直流，老马成了个血面人。这时有几个滩民远远地站在一边，但谁也不敢靠前一步，其中几个大爷儿们的脸上多少露出幸灾乐祸的样子。

走过的、路过的人渐渐多了起来，有人尖声喊着。

人群中一个中年男人喊道，把这个骚狐带走。

老马听了中年男人的话也没生气，只是用衣袖擦了擦眼角，也不知是在擦血还是在擦泪。

女人们说："斜眼老马是个好人啊，他犯了什么法，你们要抓他。"

一个便衣特务用手枪顶住一个女人的头，顿时人群中鸦雀无声。

老马对着乡亲们说："你们以后恐怕买不到好针了，不过，没事，李满嫂家里有我的存货，谁想要针，就去找李满嫂。"

一个便衣说："少啰唆，吃饭的家伙都保不住了，还惦记卖针。"

古槐村里传开了，说老马是地下党，有的说，老马专门勾引小媳妇参加什么组织。大家心里清楚，这回老马大概凶多吉少了。

老马被押进县城西街的警察局里，关在一间大房子里半天没人理他。午饭后一个姓柴的胖队长领着几个人冲进来，开始对他进行审问。柴队长坐在一张桌子后面，腰里别着盒子枪。老马坐在墙角，把他的营生垫在屁股下面。一个持枪的瘦个子走过来踢了老马一脚说："站起来。"

老马只好站起来，用手摸了摸额上的伤口一言不发。

瘦个子把老马的黑布包捡起来放在桌子上打开，布包里除了那块梨木板和几十包针外别无其他。柴队长晃了晃手中的宽腰带问："快说，你在河滩一带都是和谁接头的？"

老马说："接什么头，我是个卖针的，河滩的人都认识我。"

柴队长劈头抽了老马一腰带说："我们都掌握证据了，你这段时间去了李满嫂家几次，不说实话老子枪毙你。"

老马说："我真是个卖针的，布包里的东西你们都看见了，去李满嫂家讨口饭吃，那个婆娘心肠好。"

"看你细皮嫩肉的，也会卖针，你还是老实交代，免得受皮肉之苦。"

"我家祖传三代卖针。"

柴队长说："那也是个掩护。"

老马说："卖针这行当不能掩护，众目睽睽之下只能实来实去，凭的全是手上的功夫。"

"鬼才会相信"

"那就当堂过目。"

柴队长一手拿着腰带一手拍了一下桌子说："我看你能装到啥时候，不上刑具你是不会开口的。"

哗啦啦，一阵子铁链子响，叭叭叭，一阵皮鞭在空中抽，一个满脸横肉的特务走了进来。

柴队长说："再给你几分钟，这是你最后的机会。"

老马说："长官且慢，我打小就跟着我爹走江湖，我真是个卖针人，地下党谁会我这走南闯北的看家绝活，我给你表演几个，你们看完动刑也不迟。"

老马走到桌子前从黑布包里取出几包针捏在手上在空中一翻，只听他"嗨"的一声把针猛地向柴队长的手指之间扎去。柴队长"啊"的一声急忙缩手，只见桌面上银光闪闪的钢针早已扎成一个五指形图案。柴队长吓出了一身冷汗，举手看了看，竟然没有半点伤着。另外的几个人也都围着桌面细看，一个个惊讶不已。

这时从外面又走进来几个人，也都围着桌面看热闹。

柴队长用手帕擦着额上的汗说："哎哟，红萝卜伴辣子，吃着没有看着的，你还真有两下子。"

老马把梨木板放在桌边上右手一撒说："你们看看板上有几根针？"

柴队长数了一下说："十根。"

老马从容地收起针装进一个空纸包里递给柴队长说："你数数看。"

柴队长从纸包里掏出针一数说："妈呀，咋成九根了？"

老马把双手举起来又上下翻了两番，手中并无一针。柴队长拉过老马的手上上下下仔仔细细地看了一遍，没有发现一根针。老马从柴队长手中拿过针包往梨木板上一撒，只见板上端端正正地扎着十根针，针分两行，一行五根。

柴队长指着梨木板上的针说："十根，见鬼。"

老马便在梨木板上耍起手艺来。一会儿用针扎个八字，一会儿用针扎个王字，右手挥针能扎出凤凰展翅，左手挥针能扎出霸王一条鞭。手与梨木板相离二尺有余，出针之快收针之快如同闪电一般，让观者眼花缭乱，雾里看花。老马简直是在耍魔术，但却又完完全全是真功夫，硬功夫。不是祖传三代，没有十年八年修炼根本学不来。他一边耍针一边拉起嗓门唱了起来。

　　　你买了我的针，

　　　回家大嫂和你亲，

　　　缝件新衣穿上身，

　　　冬夏不怕雪雨淋，

　　　今春缝个红兜兜，

　　　来年就抱小孙孙。

柴队长一听哈哈大笑，满房子里的人也都跟着大笑起来。柴队长突然绷着脸说："你真是个臭卖针的？"

"老总还是不信我，看来不使出绝招是不行了。"老马指着窗户说："你们看好了。"

满房子里的人都屏住呼吸，盯着老马指的那扇窗户。

老马一个左转身，右手一挥，一排针从他的手中飞出，正好扎在窗户的横格上。他一个右转身左手一挥，又是一排针从他的手中飞出，正好扎在窗户的竖格上。他把握十足地说："横三十，竖三十，谁不相信就去数一数，少一根马上枪毙我。"

那个踢老马的瘦个子走到窗根伸长脖子数了数说："横三十竖三十，神啦！"

在场有的鼓掌，有的竖起大拇指连连称赞说："真够绝的。"

柴队长抠了抠头发说："我原以为你是共产党的地下联络员，看来你真是个卖针的。"

老马说："我若是地下党，刚才针早把你们扎残废了，把你们的眼睛全扎得放了黑水了，我若是地下党，你们个个现在都跪在地上求饶了。所以我就是卖针人。我走江湖，靠的就是这身功夫，我卖针挣不了几个钱，但是也饿不死。老总你说是吗？"

柴队长微微地点了点头，半信半疑。

老马微微一笑说："绝招还没使出来哩，你们想不想看？"

"想看，想看。"房子里的人乱喊。

"别起哄，你还有什么绝招都使出来。"柴队长说。

老马从口袋里掏出他吃剩下的半截红萝卜塞进那个瘦个子兵的嘴里说："请这位老总帮个忙。"

那个瘦个子口里塞着半截红萝卜站在那里一动也不敢动。

只见老马扭头向后走出三步猛一转身，目测距离，又挥手做了几个假动作，掂量用力的大小。他站定位置，掏出一包大针，突然双臂齐挥，从左右上下不同方向将针抛出，只见一根根银针像小李手中的飞刀，闪着白光飞出双手，流星闪电一般向前飞去，正好扎在红萝卜中间，十根针全扎在一个眼里。

那个瘦个子吓得满头冒汗，腿哆嗦，裤裆里的尿液往下嘀嗒。

全堂一片喝彩。

柴队长指着老马说："我早就看出你是个下三流的东西，可上头怎么说你是地下党呢，奇怪！"

老马从桌子上拿过梨木板和黑布包转身就走。

"站住。"柴队长又喊了一声。

老马只好又站住，双眼盯着柴队长，心想，难道他们发现了什么破绽？

柴队长走近老马说："听说你和古槐村的李满嫂有一腿？"

老马连忙摇头说："没有，没有。"

柴队长哼了一下说："孤男寡女一个炕，不动家伙谁相信。"

"真的没有，只是李满嫂是个好婆娘，我在滩里跑，也不能带做饭的家伙，没有饭吃就去找她。"老马辩解着。

柴队长说："你们说不清道不明的，这个不是我管的事。只是我警告你，她可是个共党嫌疑分子，上头注意她很久了，迟早会抓住她证据的。滩里的寡妇多了，你去谁家骚情不好，偏要去找这个李满嫂，就是因为你去她家跑得勤了，才引起上头的怀疑。

吃了她睡了她，抹了嘴，提了裤腰带赶紧走人。别自找麻烦。"

老马脸憋得通红他似乎有话说，又觉得是徒劳。

柴队长说："还不快滚。"

老马夹着黑布包急忙离开了警察局。

风言风语传得多了，也没有新鲜劲儿啦，村里人说反正李满嫂是寡妇，瞎眼老马也是光棍一个。有人把老马在警察局里耍针这一段编成故事，越传越神，还有的说老马经不住刑具恐吓，贪生怕死，出卖了同志才被释放的。

打这以后，老马仍然在河滩一带走村串巷卖针，把他的营生干得更加有滋味，从不把别人的小瞧放在心上。在河滩一带问起其他人可以说不知道，但提起斜眼老马全滩的男女老少没有人不认识他的。不过他还是经常去李满嫂家，李满嫂家里白天冷冷清清，晚上经常还是人来人往，滩里人听说要变天了，都保持沉默，没有人再去说他们的事。

第二年县城解放了，古槐村成了河边区区政府所在地。那年正月十五河边区召开全区村民大会，河滩十八村的人都早早来到了古槐村。会场就设在村南的戏台下面。滩民们听说今天县长要来讲话，都想看看共产党的县长是个啥样子。大会开始后，戏台上坐着几个人。一个穿黄军装的人站起来说："同志们，乡亲们，现在请马县长讲话。"

在一片掌声中，老马斜着眼走到台前。不过和往日不同的是，他的肩头没有扛着他的营生。台下的滩民们一个个都傻了眼，叽里呱啦地议论不停。

"这不是卖针的斜眼老马吗？"

"对，是斜眼老马。"

"老马是县长，一个卖针的当了县长了。"

古槐村的女人们傻过眼之后突然清醒过来，自然而然地就想起了李满嫂。她们纷纷说："走，找李满嫂去，让她说说这到底是咋回事。"

老马真名叫王红勤，原条西县山南峪底人，中共党员，解放前一直以卖针修面箩作掩护从事地下工作。他是条西地区情报工作站负责人，他和李满嫂单线联系，解放后一直在邻近几个县当县长，后来去了省城，"文革"中因为历史问题被罢了官，受尽凌辱含冤而死。李满嫂也不是寡妇，他男人是共产党省委干部，是老马的上级。李满嫂真名叫李桂花，她不是共产党员，利用群众的身份一直为党工作。解放后当过一任区长，后跟随丈夫去了省城工作。1987年才去世，享年85岁。

林中鹿鸣

一

三月刚过，林区就变得热闹起来。这里成了绿色的海洋。

其实山里的春天是从林子梢上开始的，那一抹儿的嫩黄在春风的吹拂下一天天变成墨绿，渐渐地把峪里的溪流和坡上的小草都染了个透。放眼望去，层层叠叠的松林在晨雾过后显得更加苍劲挺拔，青翠欲滴。

铃铛是一只公鹿，他一年前巡山时发现并收养的一只被抛弃的、奄奄一息的野鹿崽儿，他把在孩子毛虫身上拴了三年的铜铃铛挂到这只鹿的脖子上，于是，他每天就和清脆悦耳的铃铛声为伴。

他喊这只鹿"铃铛"。

他一大早便脚步匆匆地离开了山口，沿着那条崎岖的小路向山上走去。胸前挂着一个望远镜，肩上扛着一把二股钢叉，边走边回头望着身后的铃铛，生怕它跑丢了。铃铛有意和他拉开了一段长长的距离，好像对他急匆匆的脚步很不乐意。山上的积雪刚刚开始融化，苣苣草的茎上才刚刚开出黄色的小花。山里没有一丝儿风，天空、草地和山林就像熟睡在摇篮里的婴儿一样安详。它东瞅西望，在挂着露珠的草地上跑来跑去，闻着草丛中早开花儿的芳香。开春以来它第一次随主上山，眼前的一切对它来说无不新鲜和好奇。眼前的山路渐隐藏进丛林之中，百里林区一片翠绿。他回头瞪了铃铛一眼示意它别贪玩，快跟上，要进林子了。它懂得主人的意思，跑上来紧紧地跟在主人的身后。走进林区，一棵棵高大的松树挺拔俊秀，直插云霄，粗健的枝丫纵横相牵，一片郁郁葱葱。束束阳光透过稠密的枝叶照在草地上，林间一片五光十色，如童话一般神秘。一只小松鼠从枝头探下头来惊喜地望着铃铛，摇着粗粗的尾巴向它致意。铃铛先是愣了一下然后抬起头轻轻地叫了两声，算是对这位朋友的问候。这时他已经穿过一大片松林，爬到了一个小山包上。他把二股钢叉插在草地上，从怀中掏出一个小酒瓶慢慢地喝着。他的眉毛粗长，双脸的颧骨之下几乎长满了长长的胡须，看上去如野人一般。他喝酒时总是先在左手心上倒几滴，用鼻子闻一闻用舌头舔一舔再举起酒瓶大口地喝。他觉得只有这样喝酒才有味道，他要让鼻子和嘴先享受到烈酒的清香后再让肠胃去慢慢享用。他一边喝酒一边望着山峪，奔流湍急的溪水在哗哗地欢唱着。太阳就挂在头顶，暖洋洋的，让他感到心情舒畅。他一边喝酒一边自言自语地说："好天气。"

铃铛在一片热热草地上转悠，好像发现了什么情况一个劲地叫。他走近它，它却起蹄便跑，像是一种勾引，又像是一种挑逗。他对它说："你今天这是咋的啦？"

铃铛还是对着他叫。他放下酒瓶对它说："那好，咱们就来一回，我就不信逮不住你。"

他起身向铃铛扑去，铃铛扭头便跑，一双后蹄在空中蹬了一下，扬起几朵黄黄的野花。其实逮鹿不用撵，人的双腿哪能跑过它的四个蹄子。他当然懂得这一点，他和铃铛结识一年多来已经学会了一套逮鹿的法子。他赶着它围着林子转，围着大树转，越转圈子越小，它脖子下木绊子上的那一条绳子就会缠在树上，越缠越紧，最后把它牢牢地拴在树上，怎么也跑不掉。他们俩的这种游戏不知玩过多少次了，每次都是以铃铛认输而告终。这次也一样，他逮住了铃铛后气喘吁吁地说，怎么样，逮住了吧。

铃铛低头叫了一声，算是认输。他一边替铃铛解开缠在树上的绳子一边拍打着它的屁股说："走，我带你去一个好地方，保你喜欢。"

铃铛顺从地跟在主人的身后，沿着林间小路继续向松林的深处走去。林子越走越密，眼前的光线也越来越暗。铃铛有些害怕，胆怯地观察着四周不敢前行。他回头对铃铛说："别怕，上去就到了。"

铃铛只好拿出男子汉的胆量和勇气紧跟在主人的身后。他领着铃铛在陡峭的山坡上爬了一个多时辰终于来到了海拔一千五百米的南峰峰顶。站在峰顶，举起望远镜四下望去，三峰两峪百里林区一切都看得清清楚楚。这里是观察林区火情的最佳观测点，只是由于坡陡路窄，奇峰高险，他一般也不常到这儿来。他用望远镜把林区仔细观察了一会儿，并没有发现什么异常情况，心里也就感到一阵轻松，脸上露出难以觉察的微笑。他高兴的时候总爱习惯地拍着铃铛的屁股嗨嗨、嗨嗨地憨笑着说："你看看，没事吧。"

山顶的一块大石下流出一股清泉，泉水不大却有一丈多高的落差，形成了一架小瀑布。瀑布下有一个很小的石槽，可以容下一个人坐进去。人常说山高水高，小瀑布飞流直下，溅起一团团雾，在阳光照射下形成美丽的彩虹。两只早到的山羊正在水槽边饮水，它们发现铃铛和它的主人到来后立即顺着溪流跑去，眨眼间消失在一片丛林之中。水槽边长着一丛丛鲜嫩无比的水菠菜，这是铃铛最爱吃的食物了。他指着水菠菜对铃铛说："看见了吧，我没哄你吧。"

铃铛看见了水菠菜低头便吃，刚才上山时的疲劳和惊怕全都被忘得一干二净。

大石后面有一片小草坪，草坪上的绿草柔软细长，如同绿色的床毡一般。他坐在草坪上默默地喝酒，等铃铛吃饱了就下山。这时太阳已经偏过头顶，整个林区并没有发现什么异常情况。但他仍然不放心，还想再到北峰去转转。因为今天天气很好，有游人进山来玩也说不定会发生什么情况。下山时铃铛主动走在前头，顺着原路匆匆而下，他跟在铃铛身后脚步却显得有些迟缓。

按平日的习惯，他们下山时应走另一条小路可以转到北峰，再由北峰转下山回磅房，一个来回 80 里山路，每天如此。遇到夏秋多风季节一天两个来回也是常有的事。铃铛今天是咋的啦？不想去北峰而只想原路返回是想偷懒还是有什么别的原因？铃铛虽然不会说人话，但它极通人性，一双大眼睛把它要说的话都露了出来。当他们又回到那片热热草地时，他看见草地上扔着一件黑色的衣服。铃铛跑上去用嘴叼，但却没能把那件黑衣叼起。他走过去对铃铛说，捡回去也好，先放在磅房里，等有人来找再还给人家。

他用二股钢叉去挑那件黑衣，黑衣里突然发出"啊"的一声尖叫，他和铃铛都大吃一惊。他放下钢叉弯腰拉起黑衣一看，原来是一个穿着黑大袄的孩子。这孩子蓬头垢面，骨瘦如柴，一件宽大的黑袄穿在身上显得身材矮小，但一双眼睛却瞪得又圆又大。孩子大概是被眼前的铃铛和如同野人一样的他吓呆了，坐在草地上直向后退。原来是个孩子，他哈哈大笑："小家伙，你咋的睡在这儿，我的钢叉没戳伤你吧？"

那孩子一言不发，只是瞪着一双大眼睛盯着他和铃铛，显得十分恐慌。

"你从哪儿来？"

那孩子指了指山南。

"哦，你是从山南来的，你叫个啥？"

那孩子指了指自己的嘴，哇哇地叫了两下。

"原来是个哑巴，一个黑脸哑巴。"

他走到哑巴跟前问道："你咋的一个人敢跑到这深山老林里来，你不怕迷失方向永远也走不出去吗？"

哑巴双手捂着脸一个劲地哭。

"好啦，别哭啦，咱们先回磅房，等你家里人找来了再把你接回去。"他扭头对铃铛说，"铃铛，过来，你就叫他哑巴哥吧。"

铃铛走到哑巴跟前，把头伸在哑巴的脸上，这是欢迎和友好的表示。哑巴停住了哭泣，站起身来比铃铛的腰还要高出半头。他扛着二股钢叉向山下走去，铃铛和它的哑巴哥跟在后边，他们三个拉成了一条长长的队伍迤逦而行。

天快黑时他们才回到了山口。山口有一间磅房，是大兴水利那会儿生产队盖的。他就住在磅房里，守着山口，守着林区。磅房北面的崖下有一孔破窑，窑顶上裂着半尺宽的缝，给人一种随时都可能坍塌的感觉。窑口扎着木栅栏，是用山柴根编成的。铃铛回到山口后很自觉地走进窑里，那是它的家。他回到磅房开始做饭，哑巴就坐在磅房门口把那件黑袄紧紧地裹在身上。别看他一个人住在磅房，长年累月围着山林转，几乎和山下不咋的来往，但房里却收拾得非常干净。桌子上的一部电话油黑发亮，床单也铺得平平展展，很难找出一条皱纹来。磅房的西墙上有一扇窗户，从窗户向西望去，十里坡上山道弯弯，乱石林立，一蓬蓬灌木奇形怪状。坡底便是同蒲铁路的最南端。只是站在磅房并不能看见铁路，只能听到火车经过时的隆隆声。

"到溪边把手脸洗一洗。"他说。

哑巴起身离开了磅房。

磅房南边的坡下是一条小溪，是从山上流下来的。眼下溪水清澈见底，浪花欢快地跳跃。哑巴在溪水里草草地洗了一把脸后又回到磅房。看来哑巴的脸并不太黑，只是显得苍白。

"一天没吃东西了吧。"

哑巴点了点头。

他把一碗香喷喷的面条递给哑巴。

哑巴接过碗和筷子转身又坐在磅房门口低头吃起来，看他狼吞虎咽的样子一定是饿极了。吃完了一碗又要了一碗，放下碗便向窑洞走去。山上渐渐黑了下来，月亮从东垣头的那棵青杉树后面露出脸儿，给大山带来了一片幽静和神秘。磅房里没有灯，如水的月色从门上照进来，脚地一片雪白。他准备上床睡觉时又想起了哑巴。他走到北崖下的窑洞里借着月光看见哑巴和衣睡在铃铛的身边，就像白天那样让人以为那是一件黑衣服。

他喊着哑巴说："你不上磅房去睡？"

哑巴一声不吭，大概已经睡着了。

他又回到磅房取来一件他冬天穿的皮大衣盖在哑巴的身上说："憨娃，山里风大，湿气重，后半夜凉得很。"

二

隆隆的雷声响过后大雨便哗哗地下了起来，整个大山被笼罩在一片茫茫雨雾之中。

好雨！

他从磅房里冲出来，站在雨地里哈哈大笑着。他索性脱光衣服，仰着头任大雨冲着全身。这场雨太好了，在这热风不断，持续高温的五月，老天一场雨比下金子还要珍贵。他用双手抠着卷曲的长发，搓着双肩，搓着胸和臀。他一边洗一边向窑洞喊："哑巴，快出来，洗一洗多痛快。"哑巴躲在窑洞里不出来，对如此珍贵的大雨好像一点兴趣都没有。他赤身裸体走进窑洞一把把哑巴拉出来，脱着哑巴身上的黑衣服说："多好的雨，你不洗一洗全身都发臭了。"哑巴哇哇地叫着，拼命地挣扎着，双手紧攥着那件黑袄哧溜一下又跑进了窑洞。他哈哈大笑，笑声引来了铃铛，他又开始给铃铛洗。大雨中，赤条条的他为铃铛搓背脖，铃铛不断地舔着他的满是雨水的背和臀。在这大雨倾盆的磅房外好像没有人兽之分，没有主仆之分，更没有贵贱之分，有的只是赤条条的两个相依为命的生灵。

哑巴蹲在窑洞里大口地喘着气，像丢了魂似的吃惊和害怕。他的笑声传进窑洞里，哑巴的心里才渐渐觉得踏实起来。站在洞口，哑巴看见他正在大雨中为铃铛洗澡，就像在给他自己的儿子洗澡一样。他和它赤身裸体站在雨中，好像压根儿就不知什么叫放肆，更不知什么叫羞耻。大雨中的他身强体壮，膀宽腰圆，凸出的肌肉在双臂上滚动着，胸前的黑色延伸到腹下，双腿之间林林丛丛，遮不住雄健的阳刚之气。哑巴被眼前的这一切看呆了，想不到野人般的他对铃铛竟如此关爱，情似骨肉。

　　暴雨下了一天一夜，第二天中午才渐渐停下来。山林被大雨冲刷了一遍后显得更加青翠欲滴。太阳露出了脸，溪流边的碎石闪闪发光。他领着哑巴和铃铛在溪边喝水，溪流就是他们这个家的水缸。他坐在一块石头上望着水中的三个倒影感到很是惬意，这三口之家的确怪有缘分。哑巴明显长高了，发胖了，脸儿也不像刚来时那样发黑和消瘦。他和铃铛已经成了一对情同手足的亲兄弟，白天一同上山，晚上一同睡觉，有时也会相互打斗，谁弄痛了对方也都是彼此一笑，谁也不会怪谁。

　　就在这一家三口在溪边喝水时，一个人背着锯从溪边一闪而过，从一块大石后面向北跑过，那边还有一条通往山下村子的小路，只因崎岖难行平日并无人走。一定又是个偷砍树的，趁着雨后山上无人进山砍树，又企图从他们的眼前溜过去。他跳起来，从磅房里拿出二股钢叉向那个人追去，一边追一边喊："站住！"

　　那个中年人背着一捆山柴在崎岖的小路上越跑越快，好像根本就没有听见他的喊叫声。他从一片乱石和一蓬蓬荆棘中穿过去，正好站在那个中年人的对面，用二股钢叉指着那个中年人说："还不站住。"

　　那个中年人汗流满面，苦笑着对他说："哦，原来是祁村长，我还当是谁哩。"

哑巴和铃铛跑了过来，一左一右站在他的身后。他对那个中年人说："还不放下。"

那人说："我拾了一捆山柴干吗要放下，不放。"

他用二股钢叉猛地从那人的背上挑起那捆山柴在半空划了半个弧形后哗啦一下扔在地上，捆柴的绳断了，山柴散了地，几根比碗口还要粗的柏木节从细枝嫩叶中露出来。他指着柏木节问那人说："这是山柴吗？"

那个人堆着一脸笑说："祁村长，我给我妈做棺板就差这一副柏木档了。咱们当地的风俗你也知道，棺材要是没有柏木档穿山甲会钻进棺材吃了死人的脑浆。求村长放我一马，让我拿回去吧。"

"不行。"他绷着脸说。

那个中年人站在那儿一动不动，看来是不想放下他好不容易才砍来的柏木。

那人唰的一下变了脸说："我才砍了一棵树，这算个啥。当年你领着全村所有的男劳力把山上的树都砍光了，谁说你啦，谁挡你啦，你不是还当了模范。"一句话刺痛了他的心，气得他双眼直冒火星，脸上的胡须几乎根根都竖了起来。那是什么年代，他不想回忆往事，更不想用语言来表达他心中的痛苦与悲愤。他二话不说举起二股钢叉猛地向那个人戳去。那个人一见不妙，转身便跑，边跑边回头骂道："祁疯子，祁疯子。"

他从地上拾起一节柏木心疼地说："这可是二十多年的树呀，一刀下去就这么完了。"

哑巴看得清清楚楚，他的眼眶里滚动着泪花。

整个后半天他都闷闷不乐，铃铛也没敢向他叫过一声。他们在林子里转了一圈天黑时才回到磅房。吃过晚饭后，哑巴照样来到窑洞和铃铛一起睡觉，但翻来覆去却总是睡不着。哑巴今天才知道他姓祁，而且还当过一村之长。他为什么村长不当却要一个人住在这偏僻的山口，守着这寂寞的山林。难道他没有家，也没有老婆孩子，这不可能。那个人为啥叫他疯子，也许是他的外号吧。哑巴很想知道这一切，很想知道关于他的所有故事。这时夜已经很深了，窑洞里静悄悄的，连铃铛的咀嚼声也都停止了。他悄悄地走进窑洞，默默地坐在铃铛的身边一言不发。哑巴突然感到一阵恐惧，不由自主地裹紧了身上的黑衣。

"我想有个家。一个从来就不曾有过的家……"

他不知道是在唱还是在喊，唱的也不知是歌还是戏，但他的声音高亢激昂，音质浑厚雄壮，音域宽广劲道，很有蒲剧粗犷、豪放的地方味道。"家"字唱过后便没词了，他就哎嗨嗨哎嗨嗨地高一声低一声地嗨个没完没了，谁也不知道他嗨的是什么内容。不过哑巴听得出来，他的嗨嗨声一会儿像呼啸山林的狂风，一会儿像翻江倒海的巨浪，风平浪静之后便是一阵阵悲伤的哭泣。这种哭泣声在嗨嗨声中显得更加悲痛欲绝，裂心撕肝。哑巴被他的嗨嗨声深深地感动了，这位救命恩人一定有着不平凡的过去，也一定有过极不平凡的经历。他就像这偌大的山林一样让人捉摸不透，却又充满了神奇的诱惑。

他唱过之后哭过之后便靠在铃铛的身上呼呼大睡。

一束月光从窑洞口照进来，照在他满是泪痕的脸上。哑巴悄悄地走过来，用那件皮大衣轻轻地盖在他的身上。

月光给整个山林披上了一层银辉，寂静无声，仿佛只能听到三个心脏在跳动的声音。

三

"你拿锨上窑顶干啥去？"他问。哑巴手里拿着一把铁锨从窑顶转下来，头也不抬地走进了窑洞。

"你听见了吗？"

哑巴咣嘟一声把铁锨扔在窑角，沉着脸不吭声，像是干了一件特别神秘的事又不想让任何人知道一样。他从窑壁上取下木绊子戴在铃铛的脖子上说："咱们走吧。"

铃铛并没有跟着主人立即走出窑洞，它把头伸到哑巴的怀里，很想和他一起去上山。哑巴不知从何处来了气，理也不理铃铛一把把它推到一边。铃铛叫了一声又把头伸过来，大有非他不走的意思。哑巴非常生气，拾起那把铁锨捡起来朝铃铛的屁股打去。铃铛冷不防挨了两下大叫着冲出了窑洞，哑巴紧跟在后举着铁锨还在铃铛的身上打。铃铛平白无故地挨了一顿好打，急得在磅房前又踢又叫。他听到铃铛的怪声后回头一看，哑巴还在用铁锨打着铃铛。他大喊了一声："住手！"

哑巴扔下铁锨扭头跑进了窑洞。

他飞快地跑到铃铛身边，看见铃铛的腰上屁股上被打得红一块紫一块。他心痛极了，用手在铃铛的身上轻轻地抚摸着，嘴里不停地说："别怕，别怕。"

铃铛渐渐地平静下来，卧在地上喘着大气。它的双眼满是泪花，看来它是受了莫大的委屈。他气冲冲地冲进窑洞，一把把哑巴拖出窑洞，当着铃铛的面按下哑巴的脖子拉下哑巴的裤子，用鞋在哑巴的屁股上打了两下。哑巴挣扎着但始终没有抬起头来，他的手实在是太有劲了，活像一把铁钳子。他一边打一边教训着，看你以后再敢欺负铃铛。

哑巴哭着跑进窑洞里，好像也很伤心。

他扭头对铃铛说："你也一样，以后再敢和哑巴打架我也一样收拾你。"

铃铛平日生起气来经常用头撞人，用一双后蹄踢人，他已经领教过不止一次。不过他把铃铛和哑巴的打架看成是两个孩子闹着玩，这种事在一个家庭里是不可避免的，也没个啥事。

他扛着二股钢叉领着铃铛上山去了，转了两个山头也没见哑巴跟上来，天黑时他回到山口走进磅房和窑洞一看，还是没有看见哑巴的影子。他嘿嘿地笑着说："你总有饿肚子的时候。"

第二天下午他回到山口时还是没有看到哑巴的影子，心里不免有些着急。这娃还这么薄脸皮，不就是在屁股上打了几下嘛。他领着铃铛又返回山里寻找，希望能把哑巴找回来，别再拗孩子气了。尽管他对林区的一切都了如指掌，山上的一草一木都像刻在他的脑海里一样，但一连找了好几个地方都没有找见哑巴的影子。眼看天又要黑了，山林里若明若暗，一片朦胧。这种时候经常会有豹子在山林里出现，要是哑巴不巧碰上豹子那就糟了。他想喊却又不知哑巴的名字，他只好站在北峰的一个山包上对着林区喊："嗷……嗷……"

山林里响起了阵阵回声："嗷……嗷……"

铃铛也对着山林尖叫着，它比它的主人更显得焦急不安。哑巴的失踪是由它而引起的，它懂得这一点，找不回哑巴它就会失去一个要好的朋友和兄弟。它瞪大双眼在林子里跑来跑去，突然有一个黑影在它的视线里出现了，那个黑影就在一块大石后面的灌木丛中。铃铛跑过去一看，果然是哑巴仰面朝天地躺在那里，嘴里吐着白沫。它把他引过来，他发现哑巴的脸和前额烧得像个火蛋蛋，显然是病了。他连叫了几声哑巴都昏迷不醒。这是何苦呢，他不理解。好在找到了。他抱起哑巴离开了灌木丛，一步一步地向山下走去。铃铛跟在主人的身后不时地用嘴叼着哑巴的脚。看来它已经原谅了哑巴对它的不敬，主动与哑巴重归于好。

回到磅房后，他把哑巴放在床上。哑巴仍然烧得很厉害，脸儿像一片红云彩。当他解开那件一直没有离开过身的黑袄时他惊呆了。哑巴平躺在床上，黑袄里只穿着一件破烂不堪的花背心，一对乳房坚挺地耸立着，雪白肚皮上画着几道黑色的炭痕。他"啊"的一声向后退了两步，不由得喘着粗气。

原来是个姑娘。

他实在没有想到，都怪自己平日太粗心了。惊慌之后他给她盖上了薄被子，又转身离开了磅房。山上长着一种叫母金草的中草药，这种草茎高不过寸，叶大不过指，但叶片却非常厚实。把这种草熬好后加上红糖服下，专治伤风感冒，比医院里卖的感冒药还要灵。他离开磅房上山去挖母金草，拿回来给她治病。

她醒来后第一个感觉就是全身乏困，四肢无力，喉咙里像含着一个火球一样焦灼难受。这是在哪儿，怎么闻到一股浓浓的草药味儿。她睁开双眼一看才发现自己躺在磅房的床上，身上盖着他的被子。她挣扎了几下想坐起来，可是全身都不听她的使唤。这时听见有人说话，终于醒过来了。

他端过药碗递到她的嘴边说："再喝几口就好了。"

她的双眼落着泪花，他又一次救了她。当她推开身上的被子时不由自主地惊叫了一声，发现她已经暴露了她的女儿身，她开始大哭起来。像要把心中的委屈统统哭出来，还有她所遭受的蹂躏与不幸。他对她说："哭吧，痛痛快快地哭吧。"大哭之后，她把一个发黄的小纸包递给了他。他打开看，原来黄纸包里包着一截寸把长的黑木炭，山里人都见过的黑木炭。他不解地望着她，不知她拿出这么一截黑木炭干什么。

她又哭了，终于开口诉说起她悲惨的遭遇。

"我的家在山南百二盘下一个叫水峪口的小村，我从小失去父亲，和母亲一起生活，后来才有了一个继父。继父是个十足的恶棍，成天对母亲非打即骂，经常在半夜里听到母亲的哭叫声。为了我能上学，母亲靠推石磨做豆腐养活我。初中毕业那年我母亲得了重病，再也推不动石磨了。我只好停学回家跟着母亲学做豆腐养家糊口。有一天我去继父的窑里取豆子，继父掐着我的脖子把我强奸了。我不敢对母亲讲，只怕母亲病情加重离我而去。谁知可恶的继父有了第一次就想要第二次，无休无止地纠缠我，那时我才十五岁。继父有点变态，咬我的乳头掐我的胸背，还用烟头烧我的屁股，直到我大喊大叫他才心满意足。我实在忍受不下去了，准备逃跑，离开这个可怕的家。就在我逃跑的前一天晚上，母亲拿着这个黄纸包交给我说，娃呀，切记，永远也别让男人看清你的脸。

　　我告别了两眼泪涟涟的母亲逃出了家门，装扮成一个小男孩的样子在社会上到处流浪。我拾过破烂，还在小饭店里扫过地，洗过碗。两年的日子不知受了多少苦，流过多少泪。为了不让人看清我的脸，我就用这截黑木炭不停地往脸上身上抹着。那时我也曾想到去公安局告那个恶棍，但又怕没有证据告不倒他。那天我从南峰上翻山过来糊里糊涂地跑进了林子里，转了半天饿得实在走不动了便昏倒在草地上，幸亏遇见了你和铃铛救了我的一条命。"

　　他听了她的话后肺都要气炸了，大骂了一声："畜生！"

她擦着眼泪说:"你两次救了我的命,我不知该如何报答你才好。"

他把那个黄纸包连同那截寸把长的黑木炭扔出磅房,滚落在坡下的溪水里。他站在门口望着大山心想,她和大山一样都曾经受过伤害,当年满目疮痍的大山不是也曾经有过血和泪的控诉吗。他说:"我绝不能让你们再受到任何伤害,我保证。"

哑巴的眼里充满了感激,午后灼热的太阳似乎要烤化了她。

四

山里的溪水真好,把哑巴的脸洗得白白嫩嫩,比城里的姑娘还要好看。不过她还坚持穿着那件黑大袄,戴着一顶从窑顶上捡来的缺半边的草帽,把脸儿遮在帽檐下。看来她并不想让山外的人一眼看出她的真面目,装个男孩子也许让她更开心。

一家三口又出发了。他扛着二股钢叉走在前面,哑巴戴着烂草帽跟在其后,铃铛远远地落在最后,不时地在草地上跑来跑去,嘴里叼着一把嫩绿的热热草。时值仲夏,正是山火多发季节。他一天在山上要转两个来回,经常把哑巴和铃铛抛在老后。有时他在山上转一个来回后把哑巴和铃铛放在山口,他自己一个人独自又钻进了大山里。

酷暑难耐的盛夏,总有不少城里人利用节假日来山上避暑,山高林密,枝叶茂盛,绿地如茵,环境凉爽而又幽静。有些游人对山口的警示牌视而不见，吸烟的生火煮野餐的事经常发生。一点火星星就可以引发一场山林大火，所以这些天他的脚步特别勤快，总是在山林一周转个不停，经常是一天转下来累得连句话也不想说。今天的天气有些阴沉，又不是节假日，上山的游人稀少，也没有发现什么异常情况。他坐在北峪的那道山泉边，悠闲地看着铃铛吃着青草。这股山泉是从北峰流下来的，一直流到山下的一个大水库里。哑巴趴在山泉边掬一口泉水喝，泉水又凉又甜，像糖像蜜。他指着山泉对哑巴说，这股山泉一直流到山下的一个大水库里。山下不远的地方有一座漂亮的城市，住着十二万人，城里人喝的就是这股泉水。

哑巴顺着山泉向山下望去，她看不见那座漂亮的城市，层层叠叠的松林犹如绿色的波涛在眼前起伏。在她离开家的两年多时间里她也曾去过一些小城市，知道那里是个花花绿绿的世界，而且有钱的人也很多。不过她今天第一次听到城里人离开山林连口水也喝不上。住在深山与外界隔绝，其实山林与漂亮的城市原来是紧紧地连在一起的。他指着哑巴身后说："向上看，那棵松树上有两个鸟窝，看见了吗？"

哑巴转身向上一看，果然看见一棵松树上的两个鸟窝。

他说："西边的那个窝里的小鸟已经出壳三天了，我去逮一只给你看看。"

她简直无法相信。这么大的山林，这么多的松树上有数不清的鸟窝，但他却能对每个鸟窝都了如指掌，连那个窝的雏鸟出壳几天这样的事都摸得如此清楚，也真让哑巴吃惊。他熟悉山林的一草一木一石一鸟，他早已把山林当成他自己的家了。他像个大孩子似的哧溜几下就爬到了那棵大树上，踩着条细枝向鸟巢走近，一只手把着树枝一只手伸进了鸟窝里。

他轻手轻脚做贼似的样子挺可笑，让站在大树下的哑巴笑个不停。大鸟不在窝里，两只刚出壳的小鸟才长出红茸茸的胎毛好看极了。他捉住一只小鸟向树下的哑巴晃了晃，哑巴伸出双手喊，快下来呀。他从大树上溜下来把小鸟给了她说，这种鸟叫金翅雀，一年孵两窝，每窝两个蛋四个蛋不等，但绝对是双数。刚才我见窝里只有两只，咱只能逮一只。

"为啥？"

"如果咱们把窝里的两只全逮走，大鸟回来会伤心的。大鸟还会到别的窝里去抢蛋，这样就会引起战争，战争你懂吗？"

哑巴抓住小鸟爱不释手，轻轻地抚摸着它红红的绒毛，黄黄的尖喙，高兴得合不上嘴。她已经晃过了玩玩具的年龄，但上苍却偏偏赋予她爱树爱鸟爱山爱草的天性，使她很快地就适应了山里的一切，自觉地成为他的这个特殊家庭中的一员。她摸着小鸟问："它吃啥喝啥？"他告诉她："它还不会喝水，只吃小虫子，等过了七天就能吃小米了。这种金翅雀一个月就能飞，飞过去带着响声，嗖的一下快极了。不过咱们得赶快离开这里，而且越快越好。"

"咋的啦？"

"大鸟回来发现我们偷走了它的儿子就会追赶我们，一双锋利的爪子专啄人的眼睛。"

哑巴吓了一跳，双手捂着小鸟连忙向林子里跑去。他跟在她的身后说，把它揣在怀里，别让它受凉。

她就把它揣在怀里，慢慢地放在双乳之间，只觉得毛茸茸的，好害怕。他对她说："没事的，它不会咬人。"

过了一会儿她说："我一定把它当我的孩子一样养着。"

他们又从中峰转到了峪底，准备着下山回磅房。

走在峪底看不见太阳，也许已是下午四点多了。这时从灌木丛中突然跑出一只野猪来，正好和铃铛打了个照面。这头野猪全身为黑色，大约有七八十斤重，长长的白牙露在嘴外，样子非常可怕。这种野猪在山林里除了吃草外还经常吃小动物，有时还会咬断小树，大口大口地啃着树皮。铃铛首先发现了野猪，收住前蹄全神贯注地盯着这个可怕的怪物。他向铃铛和哑巴摆了摆手，示意他们站在原地别动，他握着二股钢叉猫着腰向野猪身后的一片灌木丛跑去。野猪的力气大，跑得也快，但它有个致命的弱点，就是发现有危险情况后只知道原路返回，从不向别的方向跑，它认为只有原路才是最安全的。他就藏在野猪来时走过的一丛灌木丛里叫了声，铃铛听到主人的命令后猛地从大树后蹿出来，向着那头野猪扑去。野猪受惊后扭头便跑，正好从他隐藏的灌木丛边跑过。只见他右手一挥，二股钢叉箭一样从他的手中飞出，嗖的一下正好戳在野猪的后腿上。野猪吱儿一声在地上打了个滚甩掉钢叉又拼命地向原路跑去。他拾起二股钢叉又急追上去一双脚像飞一样快，他头上的长发迎风飘着，就像书中画的野人一样。哑巴和铃铛也都跟着追了上来。

他像百米赛跑一样，举着二股钢叉风驰电掣，眼看着野猪已在十米距离之内了，他猛的一下让钢叉出手，不偏不歪正好刺进野猪的肚子里。野猪又吱儿吱儿地尖叫了几声便倒在地上蹬着后蹄。

哑巴和铃铛也都围了上来。

野猪的后腿和肚子流着血，吱儿吱儿的尖叫声越来越小，最后只能哼哼地呻吟起来。他从野猪的肚子上拔出钢叉对准野猪的脖子又猛戳了两下，一股黑红的鲜血从野猪的脖子上喷出来。哑巴"啊"地惊叫了一声，她从来没有见过这种场面。

她说："你的手就那么狠。"

他说："不把血放完它的肉不好吃又不好看。"

她点了点头擦着脸上的汗。

他用钢叉扎着野猪扛在肩上，领着哑巴和铃铛慢慢地向山下走去。当他们走出林子时才发现天已经黑了，连鸟儿也都归了窝。

哑巴觉得这山林太美了，尤其他粗犷的雄性让她如同受到保护的金翅雀一样。

五

一个月后那只金翅雀果然会飞了。它先是在磅房里飞来飞去，慢慢地飞出磅房落在房脊上，哑巴一招手它就飞下来落在她的肩头咕咕地叫。哑巴把一把小米撒在地上，它就落在地上吃着黄澄澄的小米，见铃铛走过来一点儿也不害怕。他见金翅雀和哑巴如此亲近心里非常高兴，哈哈地笑着说："嗨，咱们家又添口了，咱们家又添口了。"

哑巴一边撒米一边看着他笑。他们这个特殊的家庭一天比一天红火起来，热闹起来。

又过了几天，一群鸽子在磅房边落下来，有白的有黑的有褐色的，它们绕着磅房飞来飞去，咕咕地叫个不停，像是在赶集，又像是在集会。这是磅房从未有过的一大奇观。哑巴连忙向地上撒着小米，欢迎这群尊贵的客人。只要她站在那儿展开双臂，马上就有数只鸽子落在她的臂上。她笑着对它们说快吃呀，天快黑了。

西边的太阳跌进河里，那一群鸽子才咕咕地飞走。只有金翅雀仍然停在哑巴的肩头，它要日夜与哑巴做伴。

自从哑巴现出女儿身后，他就不让她晚上再到窑里和铃铛一起睡了。他在磅房的一角支起了一张小床，在床边又挂起了一块白包袱，算是分出了个里外。他每隔半个月左右下山一趟，买回一袋白面再买些油盐等生活用品。他从来不买菜，并不是舍不得花钱，县林业局每月都按时发给他几百元的生活补助。山上有的是青菜，有油油菜、马齿菜、黄花菜、野菠菜、山韭菜，等等，一年四季都吃不完。这些菜吃得哑巴疯长，那件黑袄再也遮不住她高耸的胸了。夜深了，吼叫了一天的林涛声也渐渐平静下来，一片方方的月色从窗棂上探进头来照在木床上。这些天他每日都要巡山两个来回，一上床就呼呼入睡。她用马莲草给金翅雀编了一个笼子，笼子里还铺着一些软草。天黑后她就把笼子放在她床下，生怕谁伤害了它。金翅雀像个听话的孩子，夜里睡觉从不叫不闹。她只有在夜里上床后坐在白包袱里才把那件黑衣脱下来，卷成一个卷儿当枕头。半夜里他醒过来后听见她还没睡便问："咋还不睡，明天不想上山啦？"

"睡不着。"她坐起来说。"咋的啦？""想听你说说话。""这三更半夜的，有啥说的。""就说说你的老婆和孩子吧。""有啥好说的，睡觉。"她来到他的床上坐在他的脚边说："我不是把我的一切都告诉你了吗？"他坐起身来长长地叹了一口气。

"那场突如其来的灾祸事先谁也没有想到，我真是昏了头了。我是我们村里唯一高中毕业的人，我会念诗，还会写文章哩！如果不是家里穷，早念大学了，我二十五岁时老支书推荐我当了村长。我清清楚楚地记得那年八月十五刚过两天，整个村子仍然沉浸在节日的气氛里。十七日的那天晚上响了半夜雷声，我和孩子她妈还坐在灯下说话哩。下了雨涨了河就好了，可以下河捞炭，足够一年烧了。那时山上的树全被砍光了，全部修成了梯田，连柴火也很难拾到，村里人每年都是靠涨河时下河捞炭来维持生活的。我老婆叫小翠，我们可爱的女儿还不到三岁，名字都没起哩，我和小翠都叫她毛虫。我们村的孩子一般不到上学年龄根本就没名字。我们的毛虫长得聪明可爱，经常在睡梦里咯咯大笑。那天夜里房外下着雨，天快亮时还听见一种呼呼的声音，那是涨河的声音，是村里人熟悉的涨河声。小翠早早起床给我煮了四个鸡蛋，又去准备筛子和竹筐。下河捞炭是一件力气活，不填饱肚是绝对不行的。我在吃鸡蛋时听见巷里有喊声，不时还传来一声声的尖叫。不对，这喊声与尖叫声绝非好事。因为下河捞炭总是一家一户悄悄出动，谁也不叫谁，黎明时村子里除了门户的哐当声和门铃的叮当声几乎再不会有什么声响，更不会有谁在巷里大喊大叫的。我扔下鸡蛋碗跑出院子拉开大门一看，巷里的大水已经冲到门坡上来了。不好，山洪下来了，是山洪下来了。过去听村里的老年人说过山洪是如何厉害，可我根本就没有见过。我吓呆了，站在大门口一时不知该怎么办好。山洪从东山上呼呼地冲下来，像一面雨墙在倒塌。头上暴雨似箭，脚下的洪水卷起巨浪哗哗地冲进大门。我们祁家村就在十里坡下，山洪下来第一个淹的就是我们村。我顾不得反身回家去取平日开会时用的铜锣，而是冲进巨浪里大声喊道："快跑呀，山洪下来了。"

全村人乱成了一团。

我被一个浪头翻倒了，落进水里。洪水卷着沙石和泥土，呛得我的鼻子透不过气。我浮出水面向前游了几步抓住一棵树喊：

"快跑呀，山洪下来了。"

巨大的山洪像猛兽一样汹涌而来，十里坡上的小石头在巨浪的冲击下不停地滚动。头上的暴雨下得更大了，压得人喘不过气来。轰隆隆，哗啦啦，水面上不断传来墙倒房塌的声音，不断传来人们的哭叫声和求救声。我和村里的十几个会水的青年人在洪水中游来游去，借着水面的青铁色似的光见一个救一个，只要听见求救声就拼命地游过去，我也不知救出的人是哪家的人。一些牛呀羊呀在洪水中一闪而过，转眼间就被巨大的浪头卷得无影无踪。

早饭时山洪更加凶猛，巨大的石块像皮球一样在洪水中滚动。站在垣头上看，整个村子房无一间，瓦无一片，大树倒在水中，枝头挂着枯草。我突然想起我的小翠，想起了我的毛虫，我不顾一切地又跳进水中，一边游一边喊着小翠，你在哪里？毛虫，你在哪里？

哪里还有村庄，哪里还有家，活着的人站在垣头痛哭欲绝。我领着几个年轻人一直顺水游过铁路，游进黄河，找遍了整个河滩，一直找到二十里外的风陵渡口也没有找见一具尸体。

这次山洪一共夺走了我们村十七条人命，包括我的小翠和毛虫。

几天后，山体滑坡，又发生了一场特大的泥石流。我看见一张省报上刊登着这样一则消息：南同蒲铁路昨日被山洪冲垮三百多米，铁路部门在当地政府的密切配合下正在抓紧抢修。铁路可以修好，它的损失是可以用金钱去计算的，但我永远地失去了我的小翠，后来我很奇怪我找到了拴在我家孩子毛虫身上的铜铃铛。

我主动辞去了村长的职务，自愿上山当了一名护林员。"

哑巴趴在他胸膛上已经哭成了一个泪人了。

他说："有人说我是上山来赎罪的，我说赎罪有啥用，我是想让更多的人知道没有山林我们也就别想活得安稳，护住了山林也就是护住了村子，人和山林谁也离不开谁，我不想再看到我遭遇的悲剧再发生。"

她轻轻地擦着他眼角的泪水，情不自禁地舔着他脸上的长须。他紧紧地抱着她好久好久没有说话。她说："你是个好人你应该有个孩子。"

他把她抱到小床用被单盖好说："过去的事别再提啦，快睡吧，明天还要上山哩。"

她猛地搂住他的脖子把他拉到她的胸上说："你应该有个家，你应该有个孩子。"

他挣开她的手说："你疯啦。"

"我没疯。"

他又回到自己的床上。

"你是嫌弃我。"

"不，我说过我不能让你再受到任何的伤害。"

"不，你没有伤害我。你两次救了我的命，我应当报答你。"

"那你就当我的毛虫吧。"

"不，我要当你的小翠。"

他起身夹着被单走出了磅房，走到门口时他说："你，明天就走吧。"

磅房里传出了她的哭泣声，泪水如绵绵不断的雨。

六

清晨，林区在一片清脆的鸟叫声中显露出浓浓的翠绿来。他拿上二股钢叉走出了磅房，到窑洞叫上铃铛上山去了。他并没有叫醒她，好像磅房里压根就没有她这个人一样。她红肿的双眼又落下泪来，心里感到有一种说不出的痛苦。她不想走，她不想离开磅房，并不完全是因为她深知流落街头的滋味，主要是因为她爱这个特殊的家庭。她爱他的勇敢、善良和执着，她爱铃铛的聪明调皮和可亲，她爱金翅雀的机灵放荡和无拘无束。她还爱山上每一棵大树，每一蓬灌木，每一片绿草和每一朵小花，爱树上的松鼠，溪边的猴子和飞流直下的瀑布，还有清澈见底的山泉，泉里的小鱼和水石下的小螃蟹。在这个特殊的家庭里有温暖，有挚爱，有辛酸，有幸福，她一天也不想离开。

铃铛随着主人沿着山路走了一段后又返回头来，它来到磅房门口叫了一声，它是在叫哑巴出来。几个月来天天上山下山，铃铛已经离不开她了。金翅雀在磅房上咕咕地叫着好像在提醒她别睡懒觉，该上山啦。她走出磅房揉了揉红肿的双眼，对着铃铛说了一句叫啥哩。铃铛主动在前面领路，金翅雀在她的头上飞着，催她加快脚步赶上他。她一见到铃铛和金翅雀便忘了心中的羞愧与委屈，笑着脸儿向山上走去。他回头看了她一眼什么话也没有说，他的长长的胡须里露出一种甜甜的微笑，不过这种笑谁也看不出来，只有他自己知道。大概他已经把昨晚发生的事忘得一干二净了。一家四口沿着崎岖的山路走进了林区，他扛着二股钢叉在前，铃铛叼着哑巴的后衣角紧跟在后，金翅雀却一会儿飞来一会儿飞去，小淘气似的神出鬼没，谁也拿它的机灵与放荡毫无办法。他回头对她说："我今天领你去看一棵奇树。"

她不解地问："啥奇树？"

"是咱中条山上最古老的一棵古树，传说已经活了三千多年了。"

"妈呀，三千多年了！"她一听惊叹不已，嘴张得像一个圆圈。

他们在林子里转了一个多时辰后来到了一条大峡谷前，明显再无路可往前走了。眼前的这条大峡谷大约有二三里宽，深不见底。大峡谷的对面有一座山头，完全被绿色的树木笼罩着。他指着对面的那座山头对她说："那就是中条山的最西端，当地人称为首阳山，咱们过去吧。"她站在大峡谷边非常害怕，胆战心惊地说："没路，咋走？"

他笑了笑喊："铃铛，带路。"

铃铛显然到这里来过，知道翻越峡谷的小路，没等主人喊它就主动带头向峡谷冲去。他们在陡峭的山坡上小心翼翼地向下滑着，一双手紧抓着小路两边的灌木根，粗大的树枝横在眼前，一不小心就会跌下谷底，摔得粉身碎骨。由于坡陡路窄他好像走在她的脚下，她又像是踏在他的头顶。他一边下一边抬头对她说："小心点。"

"哎哟。"一蓬荆棘刺破了她的手。

"咋的啦？"

"没事，手被扎了一下。"

他们费了好大的劲儿终于下到谷底，每个人都长长地松了口气。峡谷底一片阴森，耳边的风冷飕飕的。峡谷底有一条小溪直流向很远很远的山外。他们穿过大树参天的峡谷底开始向首阳山爬去。爬到半山时她突然惊喜地喊了起来："有路啦，有路啦。"

半山腰出现了一条石板路，这条石板路沿着坡势弯弯曲曲直通到首阳山顶。山上有一座石门，半壁已经坍塌，显得一片败落。走过石门，登级而上，眼前出现了一座寺庙。寺庙门口有一片柏树林。

山顶上有一个不大的庭院，碑倒墙塌，满目萧条，一个游人也没有。寺庙并不像人们所想象中的那样高大雄伟，气势非凡，亭台楼阁，如临仙境，大殿建筑低小，和两间普通的瓦房相差无几，房脊上长满了青苔，向人们展示着它的古老和昔日的辉煌。庭院中间长着一棵大树，她却叫不上它的名字来。他指着那棵大树说："看，就是它。"

眼前的这棵大树十丈有余，主干粗健，旁枝坚挺，叶片宽大呈圆三角形，树皮为浅棕色，很细，不像一般大树古树都有层厚厚的粗糙的皮。树冠盖地大约三亩有余，树下一片清爽，常年不见阳光。他对她说："据专家说这棵树名叫索萝树，实际年龄在一千二百年到一千五百年之间，这种树目前查明的全国只有两棵，另一棵长在北京的皇城内。这种树不开花不结果，枝条入土也不生根。谁也不知道它当年怎么来到这光秃秃的山顶上，一活就是一千多年。"

她好奇地来到神树前伸出双臂围着树干转，共抱了五抱还没有转到原来的位置。这么粗的树，真是奇。她对他说："它是咱们家里最年长的一位老者。"

他点头笑了，他特别爱听她嘴里说出的"咱们家里"这四个充满温馨的字眼。

一位弯腰驼背的老人从寺庙偏房里走出，手拿笤帚准备打扫庭院。

她大吃一惊问："这寺庙里还有人住？"

他说："这位老尼人称百岁寿星，上知天文下知地理，把《周易》研究得出神入化，炉火纯青。她常年隐居寺庙，从不与外界来往。"

她怎么也不会想到，在这高山之上竟然还住着一个人，而且还是个女人。他凑在她耳边低低地说了一句："注意看老尼的脚。"说完就转身走下庭院，坐在石门外的一块倒碑上解开腰上的酒葫芦喝了几大口酒，嘴里发出"咂咂"的响声。

"老尼的脚又咋的啦？"

老尼穿着一件灰色的长袍，拂着地面，根本看不见她的双脚。老人慢慢地打扫着庭院，对来人连看都不看一眼。她想，何不将自己心头的愁闷与困惑告诉老人以求得到点化。她放轻脚步慢慢地走到老人跟前，虔诚地叫了一声："老奶奶。"

老尼停下了打扫，坐在石条上闭着双目对她的叫声不理不睬。

"老奶奶。"她又叫了一句。

"我是一德大师。"老尼说话的声音刚强洪亮，完全不像是个耄耋老人。

她看了看身后的他问大师："怎样才能得到一个男人的心？"

老尼一听大为生气，站起身来拂袖而去。

她跪在地上愣了一会儿起身跟着老尼走进了寺庙正堂。寺庙不大，正面的墙前坐着两尊泥塑像，大概就是那两位饿死在这里的圣贤吧。老尼进庙后坐在塑像前双手合十，低头不语。进庙后先向塑像叩了三个头，然后转身跪在老尼面前说："如果能得到大师的指点，我将终生不忘大师的大恩大德。"

老尼双目不睁，闭口不语，藏在白发后面的那张苍白的脸上毫无表情。

她长跪不起决意要感动这位一能大师。过了好长时间老尼才睁开双眼长长地叹了一口气说："看你一片痴心，就送你一个字吧。"

她连忙给老尼叩了三个头说："谢谢大师，谢谢大师。"

"伸过手来。"她伸出了右手。老尼站起身从香案上拿过一支毛笔在她的掌心写了一个字说："合上手，走出山门再看不迟。"

她合上手退出了寺庙大门，只觉得心里嗵嗵直跳。她不知道自己的手里握着一个什么字，也许是福，也许是祸，也许是欢笑，也许是悲伤。她急匆匆地跑过庭院，走出石门，展开手看，右掌心上端端正正地写着一个字："爱。"

"你的手咋的啦？"他走过来问她。

"没什么。"她不想让他知道刚才的事，急忙合上手不让他看见。

"见到老尼的脚了吗？"她摇摇头说，"没有，老尼的脚咋的啦？"

他笑着说："那可是标准的三寸金莲，怕你走遍全国再也不到第二个了。"

"可惜你却没有看到。"

"三寸金莲，我从来没有见过。"她说，"我再去看看。"

"算啦，咱们随时都可以来的。"

他们又穿过大峡谷，沿着小路在山林间转着。她和铃铛在草地上跑呀，追呀，不知心里有多高兴。铃铛对她今天的狂喜感到吃惊，嬉闹之余用头在她的前胸轻轻地撞了一下。她冷不防被铃铛撞了一下，痛得双眼生起泪花。她忍着痛在铃铛头上拍了一下说："你呀你呀，简直快成了一个小流氓了。"

七

金翅雀一天天长大了，丰满的羽毛在夕阳下闪着金灿灿的亮光。入秋以来它竟然明目张胆地领着一个伴儿飞回来，双双落在磅房上玩，一点儿也不知道害羞。

哑巴今天没有跟着他们去上山，早早地做好饭坐在磅房外面等着他们回来。夕阳落入云层，西边的黄河变成了一条弯弯曲曲的银色带子。河岸边的普救寺西厢塔罩在一片彩云之下，清晰可见，只是矮小得如儿童积木一般。她等不见他和铃铛回来心里很着急，又扭过头望着山口的那条青青小路。

山口南不远的地方长着一棵蒲津柿树，当地人也称它为贡柿树。眼下柿叶墨绿，枝头挂着的柿子在夕阳中发红发亮，远远望去就像是大树上挂满了小灯笼。她起身跳过溪水绕过几块大石和几丛灌木来到贡柿树下。她虽然进山的时间不长，但摘柿子却是内行，专挑那些柿皮发软发亮的软旦柿摘。吃这种柿子时先在柿子上咬一个小口，然后用嘴对准小口用力一吸，旦柿里的汁就会滑进嘴里，手中只剩下一个空皮。吸进嘴里的丝汁凉凉的，甜甜的，好吃极了。她这几天不想吃凉东西，摘下几个旦柿拿回磅房等他回来再吃。

铃铛从山路上慌慌张张地跑下来，一边跑一边叫，一直叫到磅房门口。她从磅房走出来问铃铛："你这是咋的啦？"

铃铛粗声叫着，双眼喷着火，一双前蹄在地上吧嗒吧嗒地刨着。

"出什么事啦！"

铃铛转身又向山上跑去。

一定是出什么事了，她放下手中的柿子跟着铃铛急忙向山上跑去。铃铛领着她穿过一片松林，转到北峰下那条流往城市的山泉边。一棵粗大的椵树倒在山泉上面，一只小猴蹲在树干上望着水里的影子玩。他坐在离山泉不远的草丛里，一声不吭，一动不动，活像个泥人儿。她跟着铃铛跑到他的跟前急切地问："你咋的啦？"

他的前额有一道重重的血痕。

"谁把你打伤啦？"

他摇摇头没吭声。

她为他擦着前额上的血迹，心痛地落下泪来。他推开她的手想站起来，谁知左脚一吃力便哎哟一声又倒在草地上。他用双手扭了扭左脚狠狠地骂了一句："龟孙子。"

她急忙脱掉他左脚上的鞋和袜子，用手轻轻地摸着他的脚问："咋的啦？"

"没事，不小心扭伤的。"他对她和铃铛说，"咱们回。"

他在她的搀扶下慢慢地站起来，额上冒着豆大的汗珠。铃铛叼着二股钢叉跟在他们的后面一步一步地向山下走去。

林区的北峰下有一片椵木林，这种树是做高档家具的上好材料。山下有不少人盯着这片椵木林，只因看守太严而无法下手。

今天下午他从北峰经过，有两个偷树的木匠开着小四轮来北峰偷伐椴木。他们把小四轮藏在北坡下的一片灌木丛后面，两个人一斧一锯偷偷地蹿进了椴木林。只要他们把椴树砍倒再按尺寸锯成圆木，抬上山崖用脚一蹬，圆木就会自动从山上滚下去，一直滚到灌木丛里。这一切被他发现了，因为他在十里之内可以听见大树倒地的声音。那是一种风的声音，是一种风与风、树与树、风与树摩擦的声音，一种咯吱一下就像有人拧着他的肠子拉裂他心肺的声音。下午他刚从北峰经过不久听见身后响起了这种声音，他知道有人偷树便握着二股钢叉反身来到北峰。两个木匠正好将一棵粗大的椴树砍倒还没来得及锯断。他和木匠发生了争吵，后来就打了起来。他在追赶木匠跳过一块大石时没想到却扭了左脚踝骨，痛得他倒在草地上起不来，眼睁睁看着两个木匠跑掉了

她把他扶进磅房坐在床边，又端来一盆热水为他洗着左脚，一边洗一边心疼地问，还痛吗？他摇摇头说没事。她端过一碗自己擀的香喷喷的旗花面片递给他。他吃过饭后就躺在床上睡着了。她坐在床边用手心在他的左脚踝上轻轻地搓着，一直搓到天亮。

第二天大清早，她戴着那顶烂草帽拿起二股钢叉往外就走。她要代替他去巡山，好让他安心地在床上养伤。他问她："你一个人去？"

"还有铃铛和金翅雀哩。"

"那也好，不过要小心。"

她点了点头。

他又对她说："下山时挖几苗铁片子回来，再挖几苗艾蒿，认识吗？艾蒿要到阳坡松土处去找，一找就是一片。艾蒿喜欢群生群长，从来就没有独一个苗的艾蒿。它的叶子是花三角的，叶面为灰色而叶的背面为白色，上面有一层薄薄的霜。"

"干啥用？"

拿回来就知道了。

她点头走出了磅房，铃铛早站在溪边等着她。她知道自己的责任重大，一定不能让山林受到任何伤害。上山时铃铛一副男子汉的样子前后护着她一步也不离开。她和铃铛第一次在一天之内沿着山路在林区跑了一个来回，上上下下八十里山路。下山回来时她把挖来的几苗铁片子和艾蒿放在床头问他。"对吗？"他说："对着哩，快拿到外面在石头上捣烂。"

"怎么捣？"她不懂。

"就是把它们放在一个面上有凹的石头上再用另一块小石头砸，直到把它们砸烂。"

"哦，知道了。"

磅房外面已经黑下来了，她找了半天也没找到一块面上有凹的石头。不就是捶吗，随便一块石头也能把它们捶烂。她把铁片子和艾蒿放在一块石头上，又找来一块小石头砸。小石砸在大石上发出哐的声音，这种声音在夜色朦胧的山口传得很远，而铁片子和艾蒿却在这哐哐声中纷纷落在地上。她着急了，只好从地上拾起铁片子和艾蒿放在嘴里嚼，铁片子的生苦和艾蒿的药味熏得她双眼直流泪。她嚼了一会儿觉得舌尖和嘴唇发麻，什么味儿也感觉不出来了。她回到磅房按照他的话把嚼烂的叶浆敷在他的左脚踝上又用一块干净的白布紧紧包好。这时他问她："你一个人上山害怕吗？"

"不怕。"她回答说。

"你为啥要帮我守山林？"他问。

"山林是大家的。"

"你真的这么热爱山林？"他又问。

"我爱这里的一切。"

他听了她的话再没有说什么，心里觉得一阵发热。他多么希望她能永远留下来，他多么希望能建立起这么个家，一个有山有水有草有树有爱情有温暖，充满绿色生命充满青春活力的家。上山二十年来他无时无刻不在想着要建立这么个家，但相伴他的总是孤独与叹息。她来了，给磅房带来了温暖，这又使他萌发了要建立这么一个家的希望，但又不好亲口对她说。他想等待时机，等待着上苍给他的安排。

第二天她照例又和铃铛、金翅雀上山去了，回到磅房后再把嚼好的草药敷在他的左脚踝上。三天过后他的左脚踝消了红肿，能下床走动了。吃饭时他发现她的嘴唇肿大，脸蛋肿得像含着两个核桃。他奇怪地问她："你的脸咋的啦？"

她低下头说："没啥，大概是这几天喝水少了。"

"不，你是嚼草药了？"

她低头不语。

他一把把她拉到跟前用一双粗大的手摸着她的脸，摸着她的嘴唇，一双眼睛闪着灼热的火焰。她不好意思地说："咋的啦，我不好看了吗？"他猛地抱住她说："好看，好看，你是世界上最好看的姑娘。"她也紧紧地抱住他，眼里滚动着幸福的泪花。

八

她醒来时他已经从溪边转回来了。她惊喜地发现他的满脸胡须被刮得干干净净，好像一夜之间年轻了十多岁。她笑着说："小伙子，早上好。"

她的这种称呼一下子缩短了他们之间年龄上的差距，这对于一个心地善良的男人来说非常重要。他也笑着对她说："大姑娘，今天上南峰去，我送你一样好东西。"

"什么好东西？"她问。

上去就知道了，他回答。

他拿起二股钢叉走出了磅房，一家四口浩浩荡荡地向山林进发。

八月的天气在平川也许是秋高气爽，但在大山里却完全不同。大山里的初秋多云多雾，空气也显得湿漉漉的。早上冷得穿棉衣，中午却热得光着身子还冒大汗。爬上南峰，登上峰顶，太阳就好像贴在你的头发梢上，差点儿烧了你的脸。铃铛第一个跑到小瀑布下，水边那一蓬蓬水菠菜正在等待着它。她走到水槽边伸手打着水花，嘴里咯咯地笑着问："送我啥好东西？"

他嗯了一声便转到大石背后去了。

她脱掉鞋挽起裤腿坐在水槽边，双脚慢慢地浸到水里立即感到阵阵凉爽。哗哗的水声又招来了铃铛，它伸长脖子在水中叨她的脚。

铃铛也转到大石背后，跟着主人在草丛中寻找着什么。

山顶上有一种草叫丝丝草，是一种寄生在茅拉蔓上的野生植物。它的形状就像人们常见的金丝线一样细，黄灿灿的闪着金子般的光。到了秋天它就一条挨一条地挂在茅拉蔓上晒太阳。把这种丝丝草收起来捏成团用来搓澡，越搓越香，比高级香皂还要香一百倍。他找到了一片丝丝草后捡了一把来到小瀑布下说，"给你"。

她望着一团丝丝草奇怪地问："这是啥？"

他说："当香皂用，一会儿就知道了。"他说完就转到大石后面，坐在那片草坪上拧开酒葫芦大口地喝酒。

她把那一大把丝丝草捏成团在手上搓了搓，立即就闻到了一股淡淡的清香。她又用它在腿和膝盖上搓了搓，香味更浓更香，就像是六月天钻进了一片成熟的杏林里，浓浓的芳香令人陶醉。她扭头对铃铛说："替我看着人，别乱跑。"铃铛明白女主人的意思，卧在两块石缝中间为主人守住了靠近瀑布的入口。

她脱下身上的衣服赤身钻进水槽里，任瀑布从头上浇下来把全身冲洗个遍。她用丝丝草搓着全身，光滑润泽的肌肤上立即挂满了黄黄的水沫泡泡，水沫泡泡被瀑布冲掉后留下了一片芳香。她站在水雾之中拨动着水花，扬起阵阵浓香，心里感到从未有过的凉爽与舒畅。铃铛望着水雾中的女主人惊奇地叫了声，它的女主人太漂亮了，它从来没有见过这么漂亮的女人。她穿上衣服也转到大石后面坐在草坪上，一头黑黑的头发湿漉漉地摆动着。全身上下散发着诱人的芳香。

太阳照在他的身上，就像一尊勇士的铜像。

她在他的身边躺下来，解开衣襟露出雪白的身体，问他："香不香？"

他回答说："香得很。"

她突然想起她的母亲来。每年腊月二十三晚上，她母亲总要把两个雪白的大馒头献在灶君爷的像前，并跪在地上默默地祷告。这比馒头还要白的双乳呀，她想把它献给蓝天，蓝天就在眼前，伸手就可以摸到；她想把它献给白云，白云就在枕边，扯住一角就可以盖住草地；她想把它献给大山，大山就在身下，四季常青的松柏比一千五百米的顶峰还要高。她想把它献给心爱的人，一个勇敢、善良且具有远见卓识的人，一个深深地爱着自己却又不善于表白的人。他被她全身的芳香吸引过来，一双粗大的手紧紧地摸着她那微微颤抖的双乳。他的身边有一团火，这团火正在燃烧着，开始烧在她的脸上，烧在她的脖子上，渐渐地烧遍了她的全身。她伸手向烈火摸去，熊熊的火焰立即跳跃起来，连大山也在晃动。她觉得她已经被烈火熔化了，变成了一片湿漉漉的小草。

铃铛静静地卧在溪边，羞涩地不住回头张望，金雀儿站在枝头愉快地歌唱。

她第一次真正懂得了这个道理，幸福的女人其实就是一片小草。她呻吟着说："你真是个疯子。"他的的确确疯了一次，他觉得她并非是她，而是千年山林中的一个精灵。

下山时她觉得双腿没有一点力气，却又红着脸不好说出口。他背着她向山下走去，铃铛叼着二股钢叉跟在后面，金翅雀落在她的肩头咕咕地叫着，笑着。她抓住金翅雀在它的头上轻轻地敲了一下说："笑啥哩，你懂个屁。"

金翅雀噌的一下飞走了。

他们在第一次见面的那片热热草地上坐下来，两个人又紧紧地拥抱在一起，谁也不想说话。她脱下衣服猛地向铃铛扔去，吓得铃铛扭头便跑，远远地躲在一棵大树后面偷看。一条白光在草地上闪动着，白光里传出了一声声深情的呼唤。他纵身冲进白光，立即就感到了白光的焦灼与等待。他拥抱着精灵，呼喊着精灵，把他的阳刚之气奉献给精灵。她说他是惊雷，她说他是闪电，她说他是挺拔俊秀的山峰，她说他是汹涌澎湃的江河。其实他只听到她在耳边反复地说着一句话，我叫你疯我叫你疯我叫你疯。

他突然停了下来，抬头望着前方。

"咋不疯啦？"

"你看。"他起身说，"你快看呀！"

她坐起来向着他指的方向看去，在不远的草地上走来了一大一小两只鹿，大鹿身材高大健美，全身呈黄褐色，显然是鹿妈妈，而小鹿则东张西望，看出来是第一次跟妈妈出远门。铃铛看见它们先是一愣，然后叫了一声便向它们跑去。那只鹿妈妈也对铃铛叫了一声，交换了这特殊的问候后三只鹿便跑到了一起。鹿妈妈伸过长长的脖子在铃铛的背上抚摸了一遍，终于认出了这个已经失散了多年的孩子。铃铛又向那只小鹿叫了声，显然是兄弟相见不知道该说什么好。

　　他和她看呆了，他们完全忘记了这一切就发生在他们的眼前。他们穿好衣服慢慢地向它们走去，鹿妈妈和小鹿显得一阵紧张。铃铛叫了一声好像对鹿妈妈和鹿弟弟说，别害怕，他们是我的主人。鹿妈妈见铃铛对这两个人如此友好也就站着不动，鹿弟弟则有些害怕，扭头跑了几步又停了下来。她像孩子似的向鹿妈妈走去，很想抱一抱它的长脖子，鹿妈妈却不让她靠近，只是对铃铛叫了一声。它是叫铃铛跟它回去，回到东边的原始大森林里。

　　铃铛听到鹿妈妈的催叫声后转身来到他们跟前，扑通一声前蹄跪倒在草地上。这是它对主人的告别，也是对主人救命之恩养育之情的感谢。他从铃铛脖子上取下木绊子，拍拍它的脖子说："去吧，跟妈妈去吧。"

　　铃铛又向他们叫了两声便起身向鹿妈妈跑去。鹿妈妈领着两个孩子排成长长的队伍向山林的深处走去，林中响起了欢快清脆的铃铛声。

她突然趴在他的肩头大哭起来，她实在舍不得让铃铛走。

"铃铛！"她哭喊着。

铃铛听到她的喊声又转回头来，在他们的身边转了一个圈后飞快地向鹿妈妈追去，很快地消失在山林深处。

他擦着她的眼泪说："别哭，它们母子团聚，应该让它走。"

她渐渐地停住哭泣，但仍然盯着它们消失的地方，希望再能看到铃铛一眼。

这时太阳已经快落山了。

"咱们下山吧。"他说。

她跟在他的身后慢慢地走着，不时地回头张望。

突然，在他们的身后传来了两声枪响。砰，砰。

树上的鸟儿被这两声突如其来的枪声吓得在林子里扑棱棱乱飞起来。

不好！他听到枪声后立即转身飞跑而去，右手紧握着二股钢叉好像随时随地准备出击。她紧跟在他的身后拼命地向林子深处跑去，不知道到底发生了什么事情。大约跑过五里地，他发现有两个人在前面的林子里闪动着，每个人的手中都拿着一支双管猎枪。他又向前跑了几步看见铃铛倒在一片草地上，它的脖子上咕咕地淌着血。

"铃铛……"

他大叫一声猛扑过去，跪在铃铛的身边不停地呼喊着。铃铛已经紧闭着双眼，再也没有看到它的主人最后一面。他抬头看见一个人提着猎枪向这边跑来，像是寻找枪口下的猎物。他的双眼充满了怒火，举起钢叉嗖的一声向着那个人戳过去，正好戳中那个人的左臂。那人哇的一声倒在地上，妈呀妈呀地尖叫。他紧握住双拳向着那个人扑去，决心逮住这个坏蛋为铃铛报仇。那个人站起身来向他举起了猎枪。

他只顾向前冲去。

那个人就要扣动扳机。

这时另外一个人站在一棵大树后面喊："你不要命啦，他是祁疯子，快跑！"

那人慌乱之中开了一枪扭头便跑，溜得比兔子还快。

一颗火星从他的耳边飞过，整个大山都轰地响了一下。快，抓住他们，一定要抓住他们，他从地上拾起二股钢叉又向那个坏蛋追去。

她跑过来看见铃铛倒在血泊里立即大哭起来，一边哭一边喊："铃铛……"

他没有追上那两个坏蛋，提着钢叉又回到铃铛的身边。

"我真不该让你走。"他说了一句便号啕恸哭起来。

两个人趴在铃铛身上哭成了一团。

天快黑了，晚霞染红了整个山林，也染红了铃铛身上的褐色绒毛。这褐色的绒毛在秋风和晚霞中涌起层层波浪，闪着金灿灿的光芒。他解开了铃铛脖子上那个铜铃铛。两个人在草地上刨了一个坑将铃铛埋葬，又在它的坟头插上了两枝常青的松柏。

天黑了，他们谁也不想离开铃铛，两个人就在坟头守了一夜，直到天亮。

九

整整两天磅房里都没有生火做饭，两个人都沉浸在失去铃铛的悲伤之中。第三天他接到一个电话下山去了，她一个人坐在磅房心里觉得空荡荡的。下午他回到磅房大包小包提了几个，看来他的心情特别好。他的发也理了，脸也刮了，像有了啥喜事一样笑个不停。她也不想让他长时间的过度悲伤，也就跟着他憨笑起来。他对她说："你猜今天是啥日子？"

她摇摇头说："不知道。"

他从一个包里掏出两封月饼放在桌子上。

"我都忘了今天是中秋节。"她高兴地说。

他又从一个包里掏出一个圆镜子递给她说："这是给你的。"

她接过镜子高兴得几乎要跳起来，拿在手上照来照去。进山以来她总是在溪边照着自己，从来就不曾奢望买一个镜子。现在终于有了一个属于自己的镜子，她激动得在他的脸上连亲了两口。

"你看这是什么"，她看见他从一个大包里掏出一身花衣服来，衣料的花色虽然并不那么鲜艳夺目，光彩照人，样式也不那么奇形异状，让人目眩，但让人觉得淡雅、大方，和大山一样质朴和秀丽。她接过衣服展在自己的前胸看了看，又在镜子前转了一圈又一圈，看她的脸儿红得像一个圆圆的红到秋天的柿子。

他又拿出一包饺子馅说："你会包饺子吗？"

她放下衣服说："别忘了，我是女人。"

他转身走出了磅房上山去了，她动手和面准备包饺子。过了有半个时辰他回来了，怀里抱着一堆好吃的。有山柿子、山葡萄，有山杏、山果，还有大大的山梨和纽扣一样小的无花果。这些绿色食品山上到处都有，一年四季也吃不完。他把这些吃的放在桌子上，她又把煮好的饺子放在中间说："吃吧。"

"这让我该吃啥呀。"他说。

"想吃啥吃啥。"她说着取出了一瓶酒倒了一盅递给他说，"小伙子，敬你一盅。"

他接过酒盅哈哈大笑，上山护林二十年来他第一次过中秋。他激动地说："有了你我才像个人，这磅房才像个家。"

她的脸又红了，夹了一个饺子塞进他的嘴里。

中秋之夜，他们俩吃了一顿丰盛的晚餐。天黑了，月亮迟迟没有露出脸来。山风轻轻地刮下来，空气中飘荡着油松果的香味。磅房紧靠着大山，初升的月亮还照不到门口。他光着膀子坐在磅房门口乘着凉儿，她偎依在他的怀里温柔得像一只小花猫。过了一会儿她对他说："你别笑。"

"啥别笑？"

"先说好，你别笑。"他应了一声。

她坐在他的怀里开始轻轻地唱着，听起来好像是一首民歌。

哥是天上一条龙

妹是地上花一蓬

龙不翻身不下雨。

雨不打花花不红。

　　她唱着红字时抿着嘴唇，几乎是用鼻子在哼着，哼得好听极了，让他觉得有一羽什么东西在耳朵里轻轻地搅动一样。她唱完了把头埋在他的怀里直笑。他说："好听极了，再哼一段。"

　　她说："就会这一段。"

　　"那你听我唱。"

　　"听着哩！"

　　"咱说好，你可别害怕。"

　　"我又不是孩子。"

　　他开始唱了，粗粗的吼声一出口就撞得大山响起了回声：

我想有个家

一个从来就不曾有过的家。

蓝天和白云共享着甜蜜的爱情，

高山和松柏相伴着青春的年华。

山泉里流淌着和谐的歌谣，

巢穴中播种着绿色的童话。

家啊家，用心血来铸造，

家啊家，用生命来锻打。

让我们伸出双臂，

去拥抱这美丽的家。

他像是在唱，更像是在喊，激昂的声音像起伏的波涛。觉得自己就像坐在波涛中的一叶小舟之上，在无边无际的大海上自由地飘荡。

她一个劲地笑，丰满的肌肤在他的怀中轻轻地抖动着。

中秋的月亮露出脸儿了。

东山上先是出现了一片红晕，把崖上崖下分成黑白不同两种颜色，红晕中渐渐跳出一条拱形的曲线，这曲线越变越宽，一跃而起变成了小半个月亮。月亮露出脸儿了，越升越高，又圆又大，像一个滚动着的银盘。山上的一切都清晰透明。月亮在溪水中跳动，像是谁扔下的宝石，十里连成一串。他抱起她跳着转着，像小孩似的一次又一次把她扔在半空。她哈哈大笑，嘴里不知说着什么，像是在求饶，又像是在怂恿和鼓励。

夜深了他们才回到磅房，两个人都满头大汗。她拿过毛巾一边给他擦汗一边说："看你看你，就是不听话。"他坐在床头说："我今天到局里把这两年的补助金全领回来了。"

她点了点头没吭声。

"八月十五月圆人团圆，你明天就回老家去。"

"我不走。"她扑过去紧紧地抱住他不放。

"你听我说，你回老家去看看，如果你妈还过得去就把钱留给她，如果她还受那个恶棍的气你就把她接过来，咱们一块儿过。"

她伏在他的肩头哭了一会儿说："一来回山路怕要两个星期才能回来。"

他说："你明天下山乘公共汽车先到风陵渡口后再换车回你家，三天一个来回没问题。"

"明天？"她点着头算是答应了这件事。

已经是后半夜了，月色从窗格照进来，磅房里一片辉煌。她将要离去了，即使是三天的时间她也觉得太长太长。

她不开他，一天也离不开。

天还是亮了。

他拿出两千元钱交给她说："记住我的话，要么把钱留下，要么把你妈接来，反正不能让你妈再受委屈。"

她把钱分成两半说："我不拿这么多，把这一半留下。"

"你回一次不容易，还是拿上吧。"

她想了一下说："咱们还得攒些钱准备咱们结婚时用。"

这是她在他面前第一次提到结婚二字，让他心里觉得热烘烘的。他推过她的手说："咱还有哩，穷家富路，你就拿上吧。"

她把钱装在内衣口袋里，又站在镜子前照了照，镜子里立即出现了一位端庄秀丽、白皙俊美的漂亮大姑娘。

十里坡上山道弯弯，他一直把她送到坡下。她转身对他说：

"三天，三天一定回来。"

他向她点点头说："三天，就三天。"

十

三天一晃就过去了。

他坐在南峰峰顶的大石上一边喝酒一边眺望着远处，远处那低矮的小山头上飘着一片片白色的云彩，白云下面是一层层淡淡的绿色。他多么希望那个熟悉的身影从绿色中走出来。

从白云里走过来站在他的面前。他们的爱情是绿色的，他们的希望与追求也是绿色的。

他又坐在铃铛的坟头等待着，坐在那片热热草地上等待着，从初一等到十五，从月缺等到月圆。中条山仍然一片苍翠，西边的黄河仍然奔流不息，山上的松柏树，一棵棵都在秋风中静静地等待着。

有好几个晚上他都守在铃铛的坟头熬过漫漫长夜，他希望自己能做个梦，梦见铃铛和她，梦见小翠和他们的孩子。但是大树总在身边不停地旋转，绿叶总从头上落下，夜夜秋风，夜夜愁云，熬得他消瘦。他多么希望有一个家，一个亲手建立起来的家。

一天下午，他独自下山来到铁路上，坐在冷冰冰的铁轨上向远方望去。他弯下腰把耳朵紧贴着铁轨，希望能够听见火车的隆隆声和呜呜的长笛声，希望从一节车厢门口突然走出一个她。这些天他经常失眠，今天又是睡到了十点钟才起床。他饭也没吃，水也没喝，扛着二股钢叉孤独地向山上走去。哑巴走了，铃铛死了，金翅雀也不知飞到哪里去了。头上的太阳燎燎的热，山林里一丝风也没有。他转到北峰，经过山泉，老远就看见前边不远的林子里有几个人影在晃动。他扛着二股钢叉走过去，看见在一片草地上铺着一块花单子，花单子上坐着两位年轻的小姐，一个低头看书一个仰头喝着矿泉水。看来山林的清爽和幽静使她们忘记了外面的世界，尽情地享受着大自然的恩赐。在离她们不远的地方生着一堆山柴火，一股烟雾在山林间缭绕着。火苗升高了，火焰变成了红色。火焰上架着一个白色的饭盒，饭盒里煮着一只剥了毛开了肚的雀儿。一个小伙子低头向火焰里添柴，另一个小伙子正在用筷子翻着饭盒里的雀儿肉，一股浓香的嫩肉的味儿飘得很远很远。他大步走到火堆跟前二话没说用双脚踩灭了饭盒下的山柴火，点点黑色的灰烬落进饭盒，一盒美味佳肴立即变成了一盒黑汤。

他突然觉得，架在火上饭盒里炖的是他们的金雀儿啊！他顿时怒火中烧，一脚踢翻了饭盒。

"你想干什么？"一个小伙子生气地向他举起了拳头。

看来又要发生一场恶仗了，他严厉地问："你们进山时没有看见防火的牌子吗？"

那个小伙子看他粗莽的样子和手中的二股钢叉口气立即平和下来，从口袋里掏出香烟和打火机说："对不起，大哥，来，抽一支烟。"

他夺过打火机一下扔进了山泉里。坐在花单子上喝矿泉水的那位小姐说了一句"真扫兴"便又躺倒在花单上。

另一个小伙子也在火堆上踩了两下说："真对不起。"

看来这两男两女并非是有意搞破坏，他对他们说："一星火就可以毁掉整个山林，没了山林还有这一片幽静和凉爽吗！你们什么肉不能吃，偏要吃一只可怜的鸟儿，罪孽啊！"

没人吭声。

他又看了看那堆火确信火完全灭了才转身向林子里走去。他走之后隐约听见他们还在背后议论不停。

"我看这个人神经有毛病。"

"说不定就是那个祁疯子。一定是那个玩弄小姑娘的疯子。"

其实他并没有走远，而是躲在不远处的一棵大树后面，他过去也经常这样做，怕的是他走之后他们再生起火来。他也觉得这种做法有点像小孩子们藏猫乎一样可笑，但不得不这样做。听到他们的议论后他非常生气，真想跑过去每人扇它两耳光，但是他强压住胸中的怒火。上山二十年来他共打架八十三次，负伤四十六次，挨骂受辱不下千次，他不是次次都挺过来了吗。但有一点他必须得向他们说明白，他没有玩弄小姑娘，他和哑巴是真心相爱。她是个大姑娘，是个好姑娘，她不应当受到侮辱。他又走到那两男两女跟前对他们说："我和哑巴是真心相爱，懂吗！真心相爱。"

四个年轻人都瞪着眼睛望着他。他走了几步又回过头来攥着拳头说："我和哑巴是真心相爱，懂吗？"

他心神不定，神志恍惚，走在林区如疯子一般。这并不完全是因为刚才那几个人在林子里生了火并侮辱了他，也不是因为他们炖了哑巴的金雀儿，是因为哑巴下山已经半个多月了还不见回来，实在让他担心。是公共汽车出了事故还是那个恶棍纠缠她不放，也许是她母亲病重需要她在床前照看，一段时间回不来了。但他的眼角直跳，总觉得好像有什么事情要发生一样。铃铛死了，现在金翅雀也死了，如果哑巴再不回来他真不敢想象他的这个家将会变成什么样子。像他这样的年龄且疯痴的人找一个女人不容易，找个志同道合的姑娘更不容易。他不想就这样失去她，他不想就这样失去他亲手建立起来的家。他又登上南峰站在峰顶，向着远方的白云大声呼唤。希望哑巴从云层中向他走来，穿着一件白色的短裙。笑着向他走来，张开一双雪白的臂膀。他伸出双手向她扑去，但云层中空荡荡的，没有他心爱的姑娘，他发疯似的唱起：

"我想有个家，

我想有个家。"

他对着蓝天对着白云对着山川对着松林大声呼唤：

"我—想—有—个—家"

他的呼唤在山林间久久回荡。

北峪上空又冒出一股淡淡的烟雾。

不好，一定有人放火，也许是刚才那几个人在他走后又重新点着了山柴，又开始用白色的饭盒在山柴火上煮着他们可爱调皮的被剥皮开肚的金雀儿。他急忙拿起二股钢叉转下南峰，绕过山路在荆棘和灌木丛中一蹦一跳地向山峪跑去。

"龟孙子！"他大骂一声。

他一边跑一边骂，转眼转过中峰。站在中峰上他看见那股烟雾越来越浓，越升越高，渐渐地变成了一块方阵，笼罩着山峰那一片绿地和蓝天。他奋不顾身地从中峰一跃而下，越过悬崖陡壁，直奔北峰。这时他的脚下踏空，一下子倒在地上，像节圆木似的顺着山坡向下滚去。快，他在命令自己。他从二十多丈高的山坡上向下滚着，整个山林都随着旋转，摇晃。突然他的头被一块大石挡住发出嘭的一声巨响，响声过后他便失去了知觉。

其实后来发生的那场大火他根本就没有看到，大火他一点儿也不知道。如果让他看见了那场大火，他一定会奋不顾身地扑上去。即使是他在扑灭大火中以身殉职他也在所不惜。但遗憾的是他并没有看见那场大火，他只看到了北峪上空升起的那股烟雾，那股烟雾越升越高，渐渐地变成了一块方阵，笼罩着北峪那一片绿地和蓝天。

秋天的林区里仍是黑郁郁的绿，一阵大风吹过，整个森林像大海里的波涛一样汹涌。

一个月后的一天下午，放羊人看见一位漂亮的大姑娘在山口的磅房前转来转去，好像是在低头寻找着什么。放羊人好奇地问她："你在找什么？"

那位姑娘回答说："找我的家。"

人生第一次（后记）

一场春雨过后，我出书的念头像埋在土里的种子一样发芽了。

我一直犹豫，想把这个念头压回去，害怕别人说，还不会走，就想跑，出什么书？但是这个念头非常顽固地占据我的大脑，搅得我不得安宁

"野火烧不尽，春风吹又生。"

我身体里的文学基因大概是遗传的，从我记事时起，就被厚厚的书和誊写好的稿子包围着。那时候，父亲是中学老师，我家就有厚厚的页面泛黄的书。漫长的暑假，除了去地里割猪草，除了去池泊里捉蜻蜓，偶尔学学功夫片里的招式，就是翻看这些书，书大多看不懂，但是四大名著倒是看了几遍，那时候是看热闹，街头巷尾，农闲时总能听到说书人讲四大名著的经典片段，我就好奇，看他们讲的是不是杜撰，和书里写的一样不？看《钢铁是怎样炼成的》起初是源于一个笑话，我就想知道钢铁到底是怎样"冻"成的。

父亲是我的文学启蒙老师，我无聊时翻看他的书桌和厚厚的

退稿信，牛皮纸信封下面印着某某刊物的红字，里面大部分是退回来的文稿。退稿信是填空式的，那说明稿子被毙了。如果有编辑亲笔回信，大概就有希望发表，一篇小说要抄写若干遍，直到卷面整洁，没有黑疙瘩。冬天母亲把土炕烧热，爸爸用棉被裹着身体，只听见笔尖在稿纸上唰唰，好像是春蚕吐丝的声音。夏天的午后，父亲穿着背心，用喝鸵鸟墨水的紫色包头钢笔去奋笔疾书，写一阵子停下来摇一阵子蒲扇。

我记得第一次给广播站投稿是 1991 年 3 月 5 日，写的单位青年学雷锋的稿子，我顶着初春凌晨的寒风，站在大街竖起耳朵，收听早间六点半的有线广播新闻，听到播音员念自己的稿子，激动得快要蹦起来了。几天后，单位门房收到 2 元钱稿费单，通知我去取，真是"春风得意马蹄疾"啊！第一次给杂志投稿已经上初中了，学校距离邮局有几里路，我利用下午自由活动时间，气喘吁吁地跑去邮局，投出去的稿子大多是石沉大海。稿子第一次登上报纸，是 1993 年 7 月份一则通讯发表在《山西公关报》上。拿着铅印的、散发着油墨清香的报纸，手是颤抖的，心是火热的。文学路上的许多第一次都是刻骨铭心的。

没有想到年过半百要出书，这对我来说也是大姑娘上轿头一回。

这本小说集里的小说全部是我近两年写成的，我观察每一片叶子、每一朵鲜花、每一缕春风、每一个路人。组织语言进行贴切、生动、准确地描述。有时候走着走着就撞树上了，或者踩到人的脚后跟，被别人用异样的目光扫描。

看书好比吃饭，如果满桌全是山珍海味，你也会腻味，偶尔上一盘醋熘土豆丝，或者一盘咸萝卜丁，你吃起来可能感觉更爽口些。我尽量保持小说当初写成的原形，让读者在吃大鱼大肉的同时，也吃一点萝卜白菜。读者如果能读完这本书的两三篇就不错了，如果有耐心能看完一半，我就感激不尽了。如果你想表扬我，请不要吝啬，我洗耳恭听。如果要吐槽我，说我浪费了你宝贵的时间，你就当面骂我几句，我也会欣然接受。

最后要说感谢了，感谢中国自然资源作家协会各位同人，感谢陈国栋主席欣然为本书作序，感谢和我一起驻会的"战友们"。感谢中国地质大学（北京）自然文化研究院的大力支持；感谢山西省作家协会副主席杨遥；感谢运城籍老作家王西兰、冯浩、高菊蕊、谭文峰、姚灵芝、张建群、郭昊英、赵应征等老师的指导和提携；感谢永济市政协副主席、自然资源局邵文龙局长、永济市文联杨孟冬主席对本书出版付出的努力；感谢一些文学期刊编辑对我小说的厚爱；感谢中国文联出版社编辑老师的辛苦劳动；最后还要感谢我家媳妇和女儿的大力支持。要感谢的人太多了，他们的帮助我会永远铭记在心。

这本书印刷纸张还不错，如果想给孩子叠飞机就撕下几页，纸飞机迎着朝阳飞上天空，我会和你的孩子一样欢呼雀跃，因为我的文学梦也起飞翱翔了。

2021 年 9 月于北京